BEAUTY, INC.

TARA LAIN

TARA LAIN

Publié par
DREAMSPINNER PRESS

5032 Capital Circle SW, Suite 2, PMB# 279, Tallahassee, FL 32305-7886 USA
www.dreamspinnerpress.com

Édition e-book en français : 978-1-64080-701-3
Édition imprimée en français : 978-1-64080-702-0
Première édition française : février 2018
v 1.0

Édité aux États-Unis d'Amérique.

À Cindy, l'une des plus belles personnes que je connaisse.
Je suis heureuse et fière de te compter à la fois parmi mes amis,
et les membres de ma famille.

I

DR. ROBERT Belleterre, plus connu sous le nom de Belle, retint son souffle en versant une infime quantité de crème dans le creux de sa main gantée. Le nouveau flacon était à la fois élégant et pratique ; il possédait un système de fermeture hermétique, et une double paroi à la technologie unique qui permettait de réduire les impacts de l'oxygène sur les composants de la crème. Ou du moins, il l'espérait. L'avenir tout entier de sa famille reposait sur cette petite boîte en plastique.

La crème était dans son nouveau flacon depuis deux semaines, le laps de temps habituel après lequel même les crèmes de grandes marques commençaient à s'oxyder et à changer de couleur. Il observa attentivement la petite noisette de crème dans sa main sous la lumière puissante du laboratoire. *Aussi blanche qu'au premier jour.* Le cœur de Belle se mit à battre plus vite. Il approcha son visage pour la sentir. *Et toujours aussi fraîche.* Enfin, il prit un peu de crème entre le pouce et l'index de son autre main pour tester la texture. Elle s'étalait à la perfection. Le produit était lisse, onctueux, et riche. Avec un peu de chance, aussi riche que le deviendrait son père à la sortie de cette nouvelle crème.

— Je t'en supplie, dis-moi que ça a fonctionné, intervint Colin, le directeur du laboratoire de Bella Terra Cosmetics, en s'approchant.

Belle avait presque du mal à se retenir de sautiller sur place tellement il était excité.

— Tous les tests semblent indiquer que le flacon fonctionne parfaitement. Je t'enverrai des échantillons de la nouvelle formule dans son nouveau flacon avant la fin de la semaine, je veux d'abord l'examiner au microscope pour être sûr que rien n'a attaqué l'intégrité de la structure chimique du produit. Mais je dois admettre que ça se présente très bien, ajouta-t-il en riant.

— Tu penses qu'on sera dans les temps pour la convention ? demanda Colin en souriant.

— Vous pourrez emmener quelques échantillons avec vous à Las Vegas, pour les faire tester par les heureux clients triés sur le volet qui seront là-bas.

— C'est fantastique, Belle, tu as réussi !

Il entoura les épaules du jeune docteur d'un bras pour une brève étreinte, puis se mit à compter sur ses doigts :

— Réduction des rides et ridules, sans parabènes, sans conservateurs artificiels, et le flacon empêche la crème de s'oxyder. Tu viens de placer la barre très haut, les grandes marques vont avoir du mal à suivre. Même Beauty Inc.

Belle se dégagea gentiment de l'étreinte de son collègue.

— J'aurais préféré qu'on prenne le temps de faire les tests prouvant tous les avantages listés sur le paquet…

— Ton père est catégorique, répondit Colin en haussant les épaules, nous n'avons pas les moyens. Ne t'inquiète pas trop avec ça. Aussitôt que les premières clientes auront testé cette petite merveille, elles vont l'adorer, ce sera le test le plus efficace au monde. Directement sur le visage de la cliente. Je n'arrive toujours pas à réaliser tout ce que tu as fait en l'espace de quelques mois seulement, c'est un travail incroyable.

— Merci, Colin.

Il en avait perdu le sommeil et l'appétit, mais il s'était juré de tout faire pour que Bella Terra reste une société viable, au beau milieu de leurs gigantesques concurrents. Et il avait réussi, il détenait dans sa main une crème qui défiait les lois de la cosmétique, une crème qui allait révolutionner le marché.

— Belle.

Belle tourna la tête en direction de la porte du laboratoire, et aperçut le visage de son père, penché par la porte entrouverte. C'était sans doute la seule partie de son corps à entrer dans cette pièce depuis des mois. Depuis que Belle avait obtenu son doctorat, l'été précédent, Ron Belleterre n'avait plus manifesté le moindre signe d'intérêt pour la partie scientifique de la confection de ses produits. Ces derniers temps, les seules choses pour lesquelles il semblait nourrir de l'intérêt étaient l'alcool et les jetons de poker.

— Oui, papa ?

— Est-ce que je peux te parler un instant, s'il te plaît.

— Mets-la sous le microscope, dit-il en se retournant vers Colin. Je regarderai en revenant.

Il retira sa blouse blanche, l'accrocha sur une patère à côté de la porte, et suivit son père dans le couloir.

Rondell Belleterre était un homme de stature impressionnante, blond et séduisant. Il exsudait une énergie incroyable, mais en grande partie nerveuse. Et plus il vieillissait, plus la sérénité et la paix de l'esprit se faisaient rares chez lui. Belle s'inquiétait constamment pour sa santé.

— Tu voulais me parler, papa ?

— Dans mon bureau, répondit simplement Ron, en menant le chemin d'un pas rapide. Comment se passent les tests du nouveau packaging ? demanda-t-il en lançant un regard à son fils par-dessus son épaule.

— Plutôt bien. Je pense que nous avons atteint notre but.

— Je vais être honnête, Belle, tu as plutôt intérêt à avoir raison, parce que ce projet me coûte les yeux de la tête. Les ingrédients sont incroyablement onéreux, tes antioxydants à eux seuls menacent de me ruiner, et ces maudits nouveaux flacons qui sont plus difficiles à ouvrir qu'une prison de haute sécurité commencent sérieusement à m'inquiéter. Je ne suis pas Midas.

Belle se retint de soupirer.

— Cette crème va nous ouvrir les portes d'un tout nouveau marché. Il y a un nombre croissant de femmes refusant catégoriquement d'acheter des produits de beauté qui contiennent trop de composants chimiques. Avec le lancement de ce produit presque cent pour cent naturel, elles vont toutes accourir chez Bella Terra.

— J'espère pour toi, répondit son père en fronçant les sourcils. Pour une fois dans ma vie, j'aimerais que nos concurrents soient inquiets en regardant notre chiffre d'affaires, et pas l'inverse. Une entreprise comme Beauty Inc. ne sait même pas que nous existons.

Il ouvrit la porte de l'accueil d'un geste brusque, et fonça vers Hester, la secrétaire dont il ne pouvait soi-disant pas se passer.

— Faites venir Rusty et Rick, s'il vous plaît.

— Je crois qu'ils sont partis déjeuner, monsieur.

— Déjeuner ? répéta Ron en fronçant les sourcils. Mais il est dix heures quarante-cinq.

Elle le fixa sans rien dire, mais on pouvait clairement lire dans son regard que ce n'était pas la première fois qu'une telle chose se produisait.

— Laissez tomber, grommela Ron en passant devant elle avec démarche brusque, pour s'engouffrer dans la pièce juste derrière l'accueil.

Belle le suivit, et referma la porte derrière eux. Ron prit place dans le gigantesque fauteuil en cuir derrière son bureau, et lui indiqua l'une des chaises installées en face.

Un croquis du stand Bella Terra pour la convention Cosmétique était déroulé sur le bureau de son père.

— Tout le monde est prêt pour la convention ? s'enquit Belle en étudiant le dessin.

— C'est de ça que je voulais te parler.

— J'ai déjà prévenu Colin que vous pourrez emmener avec vous une petite quantité d'échantillons de la nouvelle crème pour les démonstrations privées.

Belle dut prendre une grande inspiration pour ne pas se laisser emporter par son enthousiasme.

— Cette fois-ci, nous y sommes, papa. Nous allons voler la vedette à tous les produits les plus populaires de Magnus Strong et de Beauty Inc.

— Encore faudrait-il que cette erreur de la nature remarque notre présence.

— Je doute que monsieur Strong en soit arrivé là où il est aujourd'hui en ignorant les progrès des petites entreprises montantes. Jamais nous n'aurons un commerce de leur envergure, Beauty Inc. est une entité titanesque, mais nous pouvons leur voler la vedette sur le marché de la crème antirides.

À ces mots, le regard de son père s'illumina. Belle soupira discrètement. Ron n'avait pas toujours été aussi obsédé par l'argent et la gloire. Mais ses addictions l'avaient peu à peu transformé, au grand désespoir de son fils.

— Je veux que tu viennes à la convention.

— Quoi ? Non, répondit aussitôt Belle en secouant la tête. Papa, tu sais que je n'aime pas ce genre d'événement, et le laboratoire a besoin de moi.

— Nous nous apprêtons à faire découvrir ton nouveau produit au grand public, personne ne le connaît aussi bien que toi.

— C'est Rusty qui s'occupe du marketing, rétorqua Belle en fronçant les sourcils. C'est son travail de savoir parler de nos produits.

— Mais Rusty n'est pas toi. Tu es passionné par ce que tu fais. Ta présence est indispensable. Colin se débrouillera très bien tout seul au labo. J'ai déjà tout réglé avec lui.

Le père de Belle lui tendit un exemplaire du magazine *Forbes*, sur la couverture duquel était photographié Magnus Strong. L'homme n'avait pas honte de son visage unique et inoubliable, il s'en servait au contraire pour la promotion de son entreprise. Une gigantesque cicatrice traversait son sourcil gauche, passait juste au-dessus de son œil, déformant légèrement sa paupière vers le bas. Une autre cicatrice barrait sa joue en dessous, et s'arrêtait à sa lèvre supérieure, figeant son visage dans une perpétuelle expression de rage, comme un animal qui s'apprête à grogner, les babines retroussées. Enfin, son nez cassé, entravé d'une énième cicatrice, lui donnait l'air d'un boxeur dangereux. La laideur à l'état pur, à la tête de la plus grande entreprise de beauté au monde. Ron se mit à rire.

— S'il y a bien quelqu'un qui sera capable d'apprivoiser ce monstre, c'est toi, mon garçon.

Belle détourna le regard.

DEUX HEURES plus tard, Belle était sur la balançoire dans son jardin, et il *savourait*. Il savourait l'air frais et pur contre sa peau, l'air frais qui emplissait ses poumons. Il savourait la verdure qui l'entourait de toutes parts, les arbres, les plantes, la mousse sur les rochers qui n'étaient jamais vraiment secs. Les gens de la région avaient tendance à se plaindre de la bruine incessante de l'Oregon. Mais pas Belle. Au contraire. Il aimait cette petite pluie fine et délicate. C'était ce qui faisait de cet endroit sa maison. Et il n'en changerait pour rien au monde. C'était à cet endroit même que l'inspiration lui était venue de créer sa nouvelle crème, son nouveau bébé.

— Hey, bébé.

Belle sourit. Combien de fois avait-il mis Judy en garde ? Un de ces jours, à force de rentrer sans frapper, elle finirait par le surprendre dans une folle partie de jambes en l'air sur la table du salon. Judy lui répondait invariablement qu'elle dégainerait aussitôt son téléphone, et qu'elle filmerait tout pour le poster sur Instagram. De toute façon, ces temps-ci, les occasions de parties de jambes en l'air se faisaient très rares dans la vie de Belle.

— Je suis là, dans le jardin.

Judy Brancoli, sa meilleure amie, apparut derrière la baie vitrée de la cuisine, et le rejoignit dans le jardin, son petit nez en trompette tourné vers le ciel, la langue tirée pour recueillir les fines gouttelettes qui tombaient.

— J'ai vu ta moto dans le garage, dit-elle en s'approchant de lui. Qu'est-ce que tu fais chez toi si tôt ?

Belle bascula la tête en arrière, le visage offert aux cieux gris, pour imiter son geste.

— Mon père vient de m'annoncer que je devais aller à Las Vegas avec eux demain pour la convention. Je suis rentré pour préparer mes valises.

5

Judy prit place sur le siège de balançoire libre à côté de lui.

— Oh, je vois. Session jardin d'urgence pour recharger les batteries avant le départ ?

Belle se mit à rire. Elle le connaissait trop bien.

— Il faut bien. Je vais devoir supporter le désert du Nevada pendant quatre jours très longs.

Elle glissa une boucle rousse derrière son oreille. Avec la pluie, elle frisait plus que jamais, tandis que ses cheveux à lui étaient raides, et plaqués contre son crâne. Des mèches blond platine tombaient devant ses yeux en gouttant sur son visage.

— Et peut-on savoir pourquoi tu dois subir cette punition cruelle et inhabituelle ?

— Pour être honnête, je n'en suis pas sûr, répondit Belle en secouant la tête pour chasser les mèches qui grillageaient son regard. Mon père prétend que c'est parce que je connais le produit mieux que personne, mais c'est n'importe quoi. Ça fait des années qu'ils couvrent ce genre d'événement tous les trois, ils n'ont jamais eu besoin de moi jusqu'ici. Je ne sais pas ce qu'ils manigancent, mais j'imagine que je finirai bien par le découvrir une fois sur place.

— Connaissant ton père, ça risque d'être une mauvaise surprise…

Belle ébouriffa la crinière de feu dont Judy était fière, et à raison : elle était absolument magnifique.

— Et toi alors ma belle ? Comment tu vas ?

— Ça va, répondit-elle en fronçant un peu le nez. J'ai beaucoup de travail.

— Ton stage se passe bien ?

— Si on veut, répondit-elle avec un reniflement amusé. Ils prennent les stagiaires pour des esclaves. Mais tout le monde sait qu'il faut passer par là pour devenir un avocat digne de ce nom. Il faut simplement que je tienne bon, ajouta-t-elle, l'air préoccupé.

Belle l'examina attentivement.

— Tu es sûre que tout va bien ? J'ai l'impression que quelque chose te tracasse.

Judy haussa les épaules.

— Je dois prendre un rendez-vous important chez un docteur, mais je n'ai toujours pas de mutuelle.

— Je vais te donner de l'argent avant de partir.

— Non, répondit-elle automatiquement. Non, Belle. C'est gentil, mais je me débrouille. La personne que j'ai eue au téléphone m'a assuré qu'ils avaient des honoraires fixes et que la consultation ne me coûterait pas plus de cent dollars. Ne t'inquiète pas.

Sa voix était ferme, mais l'expression sur son visage anxieuse.

— Laisse-moi au moins te donner ces cent dollars. Inutile de puiser dans tes économies qui sont déjà quasi inexistantes.

— Tu peux parler. Aux dernières nouvelles, le salaire que te donne ton père n'est pas mirobolant, dit-elle en cognant doucement son épaule contre la sienne. Regarde-nous, la classe ouvrière.

— Moi au moins j'ai une mutuelle.

— Je sais…

Il sortit un billet de cent dollars de son portefeuille et le lui tendit. Judy l'accepta, le regard triste.

BELLE REGARDA par le hublot et sentit son cœur se serrer. Des kilomètres de terre sèche et aride s'étendaient à perte de vue juste en dessous de lui, et au beau milieu, l'îlot incongru et clinquant de Las Vegas. Toutes les fibres de son corps se rebellaient contre l'idée de ce voyage.

— Excusez-moi, monsieur, est-ce que je peux récupérer votre verre ? demanda une charmante hôtesse de l'air en lui souriant.

— Oui, bien sûr, dit-il en finissant son verre de jus de pomme à la hâte pour le lui rendre vide.

— Est-ce qu'il vous faudra autre chose ? demanda-t-elle en battant des cils.

— Non, merci.

Elle regagna son chariot, dans l'allée principale, mais lui lança un dernier coup d'œil par-dessus son épaule en chemin.

— Quel dommage que tu n'aimes pas les filles, déclara son père en lui tapant le genou. Je pense que tu avais une ouverture pour rejoindre le club très sélect des gens qui s'envoient en l'air avec une hôtesse de l'air.

— Papa voyons, moins fort !

Belle se pencha dans l'allée pour s'assurer que la jeune femme n'avait rien entendu. Son père s'était mis au champagne dès le décollage, et il était passé à la vodka à mi-chemin. Il était complètement ivre.

— Toute cette beauté, et toi tu préfères les hommes. Regardez-moi un peu cette jolie petite gueule, ajouta-t-il en attrapant Belle par le menton.

Belle ne broncha pas. Ça ne servait à rien quand il était dans cet état-là. Mieux valait le laisser faire et attendre que ça passe.

— Tu lui ressembles tellement, tu as pris tous ses meilleurs traits…

C'était surprenant qu'il s'en tienne là. D'ordinaire il ajoutait toujours quelque chose comme « Quel gâchis ».

Le couple assis dans la rangée d'à côté assista à la scène en lançant à Belle des regards compatissants, mais curieux. Que n'aurait-il pas donné pour disparaître à cet instant. Il aurait dû insister pour rester à la maison.

— Vous êtes prêts pour Vegas, les gars ? cria Ron à ses deux autres fils, Rick et Rusty, qui étaient assis juste derrière.

— Plus que prêts ! À nous les petites poulettes de casino ! répondit Rick, l'aîné de leur fratrie.

Rick était marié, et père de quatre filles, mais cela ne l'avait jamais empêché de chercher la compagnie d'autres femmes chaque fois qu'il était en déplacement.

L'avion amorça sa descente, et Belle ferma les yeux. Que seraient-ils tous devenus aujourd'hui si leur mère était encore en vie ? Leur père n'avait adopté tous ces vices qu'à partir du décès de sa femme, trois ans plus tôt. C'était un peu comme s'il cherchait à se rattraper après une vie entière passée sur le droit chemin. Assis à côté de lui, Belle pouvait presque le sentir vibrer d'impatience à l'idée des quelques jours de débauche que leur promettait ce séjour.

— Tout le monde a envie de passer un bon moment, Belle, lui rappela son père en attrapant son bras. Il va y avoir beaucoup de gens à cette convention, beaucoup de beaux partis. On te présentera les meilleurs, fais-nous confiance.

— Je n'ai pas besoin que l'on me présente qui que ce soit, répondit Belle, horrifié. Je suis venu ici pour le travail, rien de plus. Tout ce que je veux, c'est dévoiler notre nouveau produit, et rentrer chez moi le plus vite possible.

— D'accord, d'accord, l'apaisa son père sur un ton condescendant. Crois-moi, on va te laisser te *dévoiler*, ajouta-t-il avec un reniflement amusé.

Derrière eux, Rick et Rusty se mirent à ricaner.

Belle tourna de nouveau la tête vers le hublot pour contempler l'étendue de sable qui se rapprochait lentement. Il avait un mauvais pressentiment.

Lorsque les roues de l'avion heurtèrent le tarmac, leur premier réflexe à tous fut de rallumer leurs téléphones portables. Belle parcourut rapidement sa boîte mail, mais il n'avait aucune nouvelle de Colin. Visiblement, le labo s'en sortait très bien sans lui.

— Qu'est-ce que c'est que ce bordel ? s'emporta son père.

— Que se passe-t-il ?

Ron jeta un regard à Belle, et cette lueur qu'il avait appris à détester traversa ses yeux, cette lueur maligne de toxicomane prêt à tout pour sa prochaine dose.

— Rien qui ne te concerne. Un rendez-vous que je n'arrive pas à fixer, c'est tout.

Il composa un numéro, porta le téléphone à son oreille, et tourna le dos à Belle.

— Comment ça, impossible ? cria-t-il dans le combiné. Je m'en fiche, faites ce qu'il faudra, mais je veux…

Il s'interrompit, lança un nouveau regard furtif à Belle, et se tourna davantage.

— Je veux ce rendez-vous, vous m'avez compris ?

Il raccrocha dans un geste d'humeur. Qu'est-ce que tout cela signifiait ?

— Non mais regardez-moi ça, siffla Ron en pointant du doigt quelque chose à travers le hublot.

À quelques centaines de mètres, un autre avion venait d'atterrir, un superbe jet privé à la ligne élégante, sur lequel on pouvait lire « Beauty Inc. ».

— Vous avez vu ça, les gars ? lança Ron par-dessus son siège.

— On a vu, papa, répondit Rusty. L'ennemi vient d'atterrir lui aussi.

— Cet enfoiré de Magnus Strong, murmura Ron sur un ton à la fois admiratif et calculateur. C'est un beau coucou qu'il a là, je voudrais bien le même.

BELLE PRIT le temps de déballer sa valise, et d'accrocher soigneusement ses costumes dans l'armoire de la chambre d'hôtel. La vue était impressionnante, il devait l'admettre. Sa chambre surplombait le Strip, probablement la seule partie de Las Vegas qui pouvait être qualifiée de belle. Malgré cela, toutes les cellules de son corps appelaient la verdure comme s'il était en manque. Les forêts et les lacs de l'Oregon lui manquaient déjà.

Il s'assit sur le bord de son gigantesque lit, et parcourut la chambre du regard. Au moins, il pourrait toujours venir se réfugier ici lorsqu'on n'aurait plus besoin de lui sur le stand. Son père et ses frères avaient réservé une suite avec deux chambres à l'étage juste en dessous. Ils prétendaient avoir demandé une suite assez grande pour qu'ils puissent être tous ensemble, mais avoir réservé trop tard, et s'être retrouvés obligés de prendre une chambre à part pour Belle. Il n'était pas dupe, il savait très bien qu'ils ne voulaient pas l'avoir dans les pattes alors qu'ils prévoyaient de profiter de tous les plaisirs que ces quelques jours promettaient de leur offrir. Belle ne s'en plaignait pas, il préférait de loin ne pas savoir ce dont ils étaient capables. Il se sentait un peu déphasé et ne savait pas par où commencer. Peut-être devrait-il aller jeter un coup d'œil à l'installation du stand. Ensuite il pourrait rentrer, commander au room service, trouver un film sympa à regarder et passer une soirée tranquille.

Son portable se mit à sonner sur la table de nuit. Belle s'en saisit et regarda l'écran en réprimant une vague de déception. C'était Rusty, pas Colin. Il décrocha.

— Hey, petit frère. Viens passer la soirée avec nous, on va manger un bout et faire un tour au casino.

— Je voulais d'abord passer voir le stand.

— Bonne idée. Rejoins-nous après, on va aller boire un verre en t'attendant.

Belle s'apprêta à répondre que ce n'était pas la peine, puis se reprit. Pour une fois qu'ils l'incluaient dans leurs plans, il pouvait peut-être faire un petit effort.

— Très bien. Où est-ce que je vous retrouve ?

Il lui sembla entendre son frère étouffer un ricanement.

— Au bar, dans le hall d'entrée.

Rusty raccrocha, et Belle fronça les sourcils. D'où leur venait cette envie soudaine de passer du temps avec lui ? Il se secoua, attrapa son jeu de clés, quitta l'hôtel et partit à la découverte de leur stand.

En apercevant les cartons empilés, remplis du petit flacon de crème flambant neuf, son moral remonta instantanément. Ils n'avaient qu'un stand d'une dizaine de mètres contre le mur cette année, mais l'année suivante, si tout allait bien, ils auraient une estrade centrale. Jaime Terazzo, leur responsable des ventes sur la côte Ouest, l'accueillit en passant un bras autour de ses épaules.

— J'ai entendu dire que vous aviez du lourd à présenter cette année. Quand est-ce que j'interviens ?

— Très bientôt. Mais il nous faut d'abord un avis client. Continuez à faire profil bas pendant encore quelques semaines.

Jaime gonfla les joues et poussa un soupir exagéré.

— Ça ne va pas être facile, Belle. Mon équipe a entendu parler de votre nouvelle petite crème miracle, et ils veulent une part du gâteau. Leur marge d'affaires a presque été réduite à néant avec la sortie de la dernière ligne de produits de Beauty Inc. Il nous faut quelque chose pour contre-attaquer, et vite.

— Je sais, mais il va encore falloir patienter un peu et faire comme si mon père ne vous avait pas vendu la mèche six mois trop tôt.

— Ton père a fait ce qu'il a jugé bon de faire pour ne pas perdre ses équipes de vente, répliqua Jaime en haussant les épaules.

— Plus que quelques semaines, je vous le promets. Si on précipite les choses maintenant, on risque de gâcher toutes nos chances de réussite. Faites-moi confiance. Si tout le monde est patient, ce nouveau produit a le potentiel de marcher au-delà de nos espérances. Je dois y aller, conclut-il en jetant un œil à sa montre. Respirez un grand coup, tout va bien se passer.

Il quitta le hall d'exposition et regagna l'hôtel à pied. Il n'était pas très loin et l'exercice lui ferait du bien. Il n'avait pas l'habitude de gérer les complaintes et les inquiétudes des équipes de vente, ce n'était pas son travail, mais son père et ses frères étaient bien trop occupés à tester toutes les distractions de Las Vegas pour penser à ces choses-là. Il commençait à comprendre un peu mieux pourquoi son père avait insisté pour qu'il vienne.

En entrant dans le hall de l'hôtel, il grimaça, tous ses sens assaillis par le mélange étourdissant d'air climatisé trop froid, de musique trop forte, du vacarme des machines à sous, et des centaines de personnes qui se bousculaient. Il chercha désespérément le bar. Lorsqu'il le trouva enfin, il se demanda dans quel état d'ébriété il allait trouver le reste de sa famille. Après tout, il s'était absenté moins d'une heure.

Il se fraya un chemin à travers la foule, et entra dans la salle de bar. Il donna son nom à l'hôtesse d'accueil, qui le dirigea vers une table, tout au fond de la salle. Belle prit une grande inspiration. Peut-être que tout allait bien se passer.

Lorsqu'il approcha de leur table, Rick redressa la tête et lui fit signe. Rusty se pencha pour le voir, et leva son verre dans sa direction. Très bien, ce ne serait donc pas une soirée sobre, mais peut-être qu'il passerait quand même un bon moment. Lorsqu'ils étaient petits, ses deux grands frères ne l'avaient jamais vraiment intégré, alors parfois, ils tentaient maladroitement de se rattraper.

Belle arriva enfin derrière la banquette de leur table, et se figea. Assis à côté de leur père, se tenait un séduisant cinquantenaire, avec des cheveux argentés, parfaitement coiffés. Il avait un long nez fin, des yeux clairs, et un immense sourire étrange qui fit vaguement penser à Belle « C'est pour mieux te manger, mon enfant ».

Belle frissonna.

Son père se leva, autant que faire se peut, coincé sur la banquette entre Rick et leur invité surprise. Rusty était quant à lui assis à côté de Rick, ce qui ne laissait bien entendu à Belle pas d'autre choix que de s'installer à côté de leur hôte.

— Belle, je te présente Eric Kleinschmidt. Eric est un investisseur dans le milieu des cosmétiques, il avait hâte de te rencontrer.

Belle pinça les lèvres et dit adieu à son rêve de passer un simple dîner sans histoires en famille.

II

BELLE HOCHA poliment la tête et tendit la main à leur invité.

— Ravi de faire votre connaissance.

Kleinschmidt prit la main de Belle entre les siennes, transformant la poignée formelle en caresse, et Belle se retint de lever les yeux au ciel.

— Tu n'avais pas menti, mon cher Rondell, ton plus jeune fils est d'une beauté incroyable. Comment dites-vous déjà, dans votre langue ? Il est à croquer, c'est ça ?

Même son horrible rire diabolique avait un accent allemand. Belle jeta un coup d'œil à l'unique place restante, à côté de Kleinschmidt, puis tourna la tête, aperçut une chaise libre à la table d'à côté, s'en saisit, et la rapprocha de leur table, avant de s'asseoir dessus avec un sourire innocent.

— Je ne voudrais pas que vous soyez trop serrés.

Kleinschmidt fronça brièvement les sourcils, et Ron lança à Belle un regard mauvais.

— Qu'est-ce que tu veux boire ? demanda-t-il sèchement.

— Un verre de vin rouge.

— Ne préféreriez-vous pas autre chose ? Je peux vous recommander un délicieux blanc allemand, intervint Kleinschmidt en se penchant un peu trop près de Belle.

Dans sa bouche, cette simple phrase sonnait comme la pire des perversions.

— Je préfère le rouge, merci.

Leur serveuse s'approcha de la table avec un grand sourire, puis, en se tournant vers Belle pour prendre sa commande, ses yeux s'arrondirent de stupeur, et elle poussa un petit « oh » de surprise.

Rusty ricana.

Belle lui sourit gentiment en levant les yeux vers elle.

— Je vais prendre un verre de Zinfandel, s'il vous plaît.

— Nous n'avons que du Zinfandel blanc, monsieur.

Cette fois-ci, c'est Kleinschmidt qui ricana.

Belle lui lança un regard agacé, puis ouvrit le menu pour parcourir la carte des vins. Il pointa du doigt une ligne dans la colonne des vins rouges.

— Dans ce cas, je prendrai un Zabaco.

— Bien sûr, monsieur, je vous apporte ça tout de suite.

Elle s'éloigna et Ron se mit à rire.

— Tu as vu ça, Eric ? Tu imagines faire cet effet aux femmes ?

— Je ne pense pas qu'un tel talent serait très utile dans mon cas, répondit Kleinschmidt en haussant les épaules.

— Oui ni dans celui de Belle, d'ailleurs.

— Je suis ravi de l'apprendre, dit-il avec un sourire en coin.

Belle dut se faire violence pour ne rien dire de désobligeant. Il peinait à croire ce qui était en train de se passer. Est-ce que son père et ses frères venaient vraiment de l'inviter à dîner avec eux, simplement pour le plaisir de Kleinschmidt ?

Son père se pencha vers lui et lui dit tout bas :

— Belle, parle un peu de notre nouveau produit à Eric. Il est venu ici pour investir, et je lui ai déjà laissé entendre qu'il ne trouvera pas de meilleures opportunités que notre nouvelle crème.

Ou bien, peut-être que son père comptait simplement sur ses charmes pour s'assurer le soutien financier d'un investisseur important.

— J'adorerais, mais ce qui aurait été encore mieux, ça aurait été que j'amène des échantillons et les derniers résultats du labo, pour lui montrer des preuves concrètes de notre travail. Malheureusement, je n'ai pas ça sur moi, et tu sais pourquoi ? Parce que je croyais que ce devait être un repas *en famille*.

Ron baissa les yeux sur son verre.

— C'était une invitation de dernière minute. J'ai croisé Eric, il m'a parlé de ce qu'il cherchait, et je me suis dit que c'était l'occasion, c'est tout.

— J'ai vraiment hâte de tester l'un de ces échantillons, lança Kleinschmidt en se penchant vers eux. Nous pourrions peut-être y aller maintenant ?

— Il y a trop de monde dans le hall d'exposition, rétorqua Belle en secouant la tête.

— Bien sûr, je comprends. Après le dîner, dans ce cas ? Vous pourriez me faire une démonstration privée.

— Pourquoi pas. Je vous propose de tous nous retrouver dans la suite de mon père après le repas.

— Pas ce soir, répondit Ron en secouant la tête avec véhémence, j'ai beaucoup trop de choses à faire. Les échantillons sont dans ta chambre de toute façon, ramène-le avec toi pour les lui montrer.

Belle ne put réprimer un discret frisson de dégoût.

Assis à une table du Steuben Rose, le restaurant le plus branché de Las Vegas, Magnus Strong sirotait son verre de vin en observant attentivement autour de lui. Tous les clients se comportaient comme si manger ici était un cadeau béni des dieux, alors que le service était tout bonnement horrible. Les serveurs étaient malpolis, et l'immense file d'attente dehors devant le restaurant continuait de grandir sans que personne n'y fasse rien. Magnus n'avait pas eu à attendre, lui, bien sûr que non, les membres du personnel s'étaient bousculés pour lui trouver une table libre. Ce qui ne changeait rien. Il détestait cet endroit. Il jeta un coup d'œil à Elliott Porter, son expert-conseil en études de marché, autrement dit l'équivalent légal d'un expert en espionnage industriel. Plus ou moins légal.

— Promets-moi qu'on ne remettra jamais les pieds ici.

— Je suis désolé, Magnus. J'étais tellement choqué par leur manque de manières, le temps que je réagisse, ils nous avaient déjà installés à une table.

— Ce n'est pas grave. Ma seule inquiétude, c'est que quelqu'un de la presse nous surprenne et s'imagine que je soutiens ce genre d'établissements. Le vin est buvable au moins, se consola-t-il en prenant une nouvelle gorgée. Alors, dis-moi, quelles sont les nouvelles ?

— Rien d'officiel.

— Ce n'est pas ce que j'ai demandé, dit-il avec un sourire malicieux.

Il savait que ça lui donnait l'air terrifiant, mais il aimait en jouer. Ça ne faisait qu'ajouter de la complexité à son personnage.

— Tu as entendu les rumeurs. Bella Terra a une nouvelle crème antirides.

— J'ai également entendu qu'ils avaient obtenu d'excellents résultats lors de leurs derniers tests en laboratoire, ajouta Magnus en hochant la tête.

— En effet. D'après ce que je sais, ils ont trouvé le moyen d'enlever la plupart des conservateurs et des produits chimiques. Cette crème va faire un malheur sur le marché des cosmétiques naturels.

— Ils ont réussi à faire ça sans compromettre la crème ?

15

— En tout cas c'est ce qui se dit. Ils préparent une sortie avec un flacon soi-disant révolutionnaire.

— Est-ce qu'il s'agit encore d'un exploit du mystérieux benjamin de leur fratrie ? demanda Magnus en retirant ses lunettes.

— Oui, celui que tout le monde surnomme Belle. Crois-le ou non, ce n'est qu'un gamin. Il doit avoir vingt-deux ans tout au plus, mais depuis qu'il a repris la direction des laboratoires Bella Terra, leur cote a grimpé en flèche. Et il n'est pas aussi mystérieux que ça. On sait qu'il a obtenu un doctorat en chimie dans une petite école méconnue mais extrêmement prestigieuse, dans les tréfonds de l'Oregon. C'est un enfant prodige, après son bac, il ne lui a fallu que quatre ans pour compléter son doctorat. Son travail c'est toute sa vie.

— Et que sait-on de sa vie personnelle ? Ce n'est pas un robot, il doit bien avoir une vie à côté du laboratoire.

— Personne ne sait rien à ce propos, répondit Elliott en haussant les épaules. Il n'est sorti avec personne pendant ses études, et de ce que j'ai pu récolter, il n'y a toujours personne dans sa vie à ce jour. Tout ce qu'on sait de lui, c'est qu'il est blond, comme le reste de sa famille, mais je n'ai pas pu trouver la moindre photo. Il est extrêmement discret.

Un serveur s'approcha, et Magnus commanda du poisson, tandis qu'Elliott porta son dévolu sur une pièce de bœuf. Elliott entreprit par la suite de résumer les dernières rumeurs concernant leurs plus grands concurrents, en France et en Italie.

— Que sait-on exactement des derniers résultats de la nouvelle crème de Bella Terra ? demanda Magnus en s'essuyant élégamment la bouche avec sa serviette.

— Tu n'as pas écouté un traître mot de ce que je viens de te dire sur le marché européen, pas vrai ? demanda Elliott en riant.

— Je n'en ai pas manqué un seul, le contredit Magnus. Mais parle-moi de Bella Terra.

Il leva brièvement les yeux pour regarder les nouveaux clients qui venaient d'apparaître sous l'arche en pierre à l'entrée du restaurant.

— Tiens, tiens.

Rondell Belleterre s'avança dans la salle, le torse bombé, la tête haute, comme s'il venait de remporter un prix, suivi de près par ses deux abrutis de fils, comme d'habitude.

— Quand on parle du loup…

Elliott se laissa aller contre le dossier de sa chaise, et ils observèrent en silence l'entrée très remarquée de la famille Belleterre.

— Le gène de la beauté a frappé très fort chez eux, remarqua Elliott.

— Regarde de plus près, ils portent tous les trois le début des signes d'un grand nombre d'abus.

Magnus but une gorgée de vin, et fronça les sourcils.

— Qu'est-ce qu'il fait là, lui ? demanda-t-il en voyant apparaître Eric Kleinschmidt, l'investisseur allemand qui s'était spécialisé dans l'industrie des cosmétiques.

— J'ai entendu dire qu'il comptait trouver l'investissement du siècle grâce à la convention. Peut-être que Bella Terra l'a convaincu.

— Ce ne serait pas très bon pour nos affaires et... Mon Dieu, et lui ? Qui est-ce ?

Quelques pas derrière Kleinschmidt apparut l'homme le plus beau que Magnus avait jamais vu. Pâle, les cheveux mi-longs et blonds, des yeux presque noirs, des pommettes dignes d'une œuvre de Michelangelo, et une silhouette élancée qui remplissait à merveille son costume gris.

— Un mannequin ? Ou un acteur peut-être ?

— Plutôt le dernier gigolo de Kleinschmidt, si tu veux mon avis, se moqua Elliott.

— Cet immonde crapaud ne mérite même pas d'être vu au bras de ce jeune homme.

— Tu sais, beaucoup de gens trouvent que Kleinschmidt est séduisant. D'autant plus qu'il est plein aux as, ça ne gâche rien.

Magnus se retint de soupirer. Être séduisant. Tout se réduisait toujours à ça. Il finit son verre de vin en une seule gorgée. Même avant son accident de voiture, avant d'être défiguré à vie, il n'avait jamais été ce qu'on pouvait appeler *séduisant*.

— J'imagine que tu as raison, dit-il sur un ton qui se voulait léger.

L'estomac de Magnus se révoltait à l'idée de la beauté unique et délicate de ce jeune homme à la merci des goûts salaces de ce pervers de Kleinschmidt.

— Je voudrais quand même savoir qui est ce jeune homme.

— Compte sur moi, répondit Elliott en souriant.

Belle arriva à table le dernier, ce qui signifiait qu'il n'avait plus l'opportunité de choisir où s'asseoir. Il ne restait qu'une seule place libre, et c'était bien entendu à côté de Kleinschmidt. Ça ne lui plaisait pas, mais il comprenait. Après tout, il était là pour le convaincre d'investir dans leur entreprise. Bella Terra n'avait pas les fonds nécessaires pour faire une entrée digne de ce nom sur le marché des géants des cosmétiques. Un homme influent comme Kleinschmidt pourrait les propulser sur le devant de la scène. Même si Belle se désolait déjà de devoir lui céder son travail, le projet de sa vie, son bébé.

Ils commandèrent l'entrée et discutèrent des nombreux divertissements qu'offrait Las Vegas, y compris les divertissements adultes. Le père de Belle descendit un verre de vodka martini avant même d'avoir terminé son assiette.

— Eric, il faut que tu discutes avec Belle de notre nouveau projet, quelque chose me dit que tu seras très intéressé.

— Oh, mais je suis intéressé par tout ce que Belle a à offrir, répondit Eric en tournant son visage anguleux vers le jeune homme.

Rick se mit à rire, sans doute un peu trop fort.

— Une chose est sûre, vous partagez plus qu'un simple intérêt pour les cosmétiques.

— C'est une excellente nouvelle, répondit Kleinschmidt, amusé.

Belle réajusta sa position sur sa chaise pour s'écarter imperceptiblement de lui.

— Pourquoi ne pas nous dire ce qui vous inspire le plus dans le programme de la convention, Eric. Ainsi je pourrais un peu mieux cibler ce qui est susceptible de vous intéresser, lui dit Belle.

Eric posa une main sur le dossier de la chaise de Belle.

— Je pense pour commencer qu'il ne faut surtout pas sous-estimer les Français. J'ai entendu parler d'un nouveau rouge à lèvres à la pigmentation incroyable, mais sans oxydes de fer.

— Ce n'est pas vraiment une nouveauté, fit remarquer Belle. Il existe déjà un grand nombre de rouges à lèvres naturels chez plusieurs grandes marques.

— Il paraîtrait qu'ils ont une tenue très longue durée, juste comme moi, ajouta-t-il en riant.

Abasourdi par sa grossièreté, Belle se leva de son siège, et s'excusa discrètement. Son père sursauta, et leva les yeux vers lui. Il transpirait déjà à grosses gouttes, et il avait le regard vitreux.

— Attends une minute, Belle, où est-ce que tu vas ? demanda-t-il en parlant un peu trop fort.

Il aurait voulu pouvoir aller aux toilettes tranquillement sans en informer tout le restaurant, mais visiblement c'était trop demander. Belle se sentit rougir. Il quitta la table en tâchant d'ignorer les regards curieux des clients voisins.

Il se dirigea vers l'accueil, et demanda à un serveur où se trouvaient les toilettes.

— Juste derrière vous, monsieur, indiqua-t-il en pointant du doigt le mur du fond.

Belle le remercia et se tourna en cherchant des yeux le signe indiquant les WC. C'est alors que son regard tomba sur le visage qui hantait tous ses cauchemars. Magnus Strong le regardait droit dans les yeux, un petit sourire au coin de sa bouche déformée. Il n'y avait pas d'erreur possible, c'était forcément lui. Il n'existait pas deux visages comme celui-ci sur cette terre. Belle se figea malgré lui, fasciné par le spectacle. Sur les couvertures de magazines, le visage de Magnus Strong était tout simplement laid, d'une laideur inévitable, et parfaitement assumée, mais en réalité… En chair et en os, le charisme intense de cet homme emplissait la salle de restaurant tout entière et menaçait de dévorer Belle s'il ne détournait pas le regard. Il était tellement laid qu'il en devenait beau à regarder.

Belle sentit une chaleur diffuse se répandre dans son bas-ventre, puis dans tous ses membres. Oh mon Dieu, il était à deux doigts d'avoir une érection, debout au beau milieu d'un lieu public, en regardant le plus grand rival de la société de son père.

Il n'avait qu'une envie : fuir. Sortir d'ici et ne s'arrêter que lorsqu'il aurait retrouvé la paix et le refuge de son jardin. Au lieu de ça, il redressa la tête, et marcha calmement jusqu'aux toilettes.

— C'EST DONC lui.

— Qui ? demanda Elliott en suivant le regard de Magnus.

— Le jeune homme. C'est le troisième des fils Belleterre, celui qu'on appelle Belle. Un surnom bien mérité. Tu n'as pas entendu son père l'appeler ?

— Quoi ? Non. Tu es sûr d'avoir bien entendu ? J'ai du mal à imaginer qu'un homme qui ressemble à ça puisse être un petit génie de la chimie. Il est venu avec Kleinschmidt, non ?

— Je n'en suis pas si sûr, répondit Magnus en haussant un sourcil. Attends-moi ici, je n'en ai pas pour longtemps.

19

Il se glissa hors de sa banquette, se dirigea vers la porte d'entrée du restaurant, puis tourna en direction de la première rangée de tables, qu'il longea pour rejoindre les toilettes. Il y avait trop de regards curieux, il ne pouvait pas se permettre d'avoir l'air de suivre le jeune Belleterre aux toilettes, il créerait le scandale. Il fit signe à quelques-unes de ses connaissances assises à proximité, puis sortit son téléphone de sa poche en faisant mine de recevoir un appel. Sous couvert de s'éloigner dans un coin pour mieux entendre la conversation, il se glissa dans le couloir qui menait aux toilettes des hommes. Il fallait qu'il fasse vite.

Lorsqu'il entra dans l'immense pièce, toute en marbre et en verre, Belleterre sortait tout juste des toilettes. Il semblait faire des exercices de respiration, et il avait les pommettes rouges. Lorsqu'il aperçut Magnus, il rougit davantage. L'effet était dévastateur.

Magnus avança jusqu'à l'un des urinoirs en essayant d'agir le plus naturellement possible. Il ouvrit sa braguette en respirant calmement. S'il ne se reprenait pas un tant soit peu, il ne risquait pas d'être capable de faire ce qu'il avait à faire. Difficile d'uriner avec un début d'érection.

Belle avança jusqu'à la rangée de lavabos, se lava les mains, puis attrapa quelques serviettes en papier qu'il humidifia et appliqua en compresses contre ses joues.

Magnus parvint finalement à ses fins, se secoua, et referma sa braguette. Il se posta devant le lavabo juste à côté de Belle en se retenant de sourire. Il ne voulait pas l'effrayer.

— Au prix des plats affichés sur leur carte, ils pourraient au moins avoir une climatisation digne de ce nom, dit-il en ouvrant le robinet.

Pris de court, Belle se tourna vers lui les yeux écarquillés, puis il éclata de rire. Magnus ne put s'empêcher de penser qu'aucune symphonie au monde n'était aussi mélodieuse que ce rire.

— Ce serait la moindre des choses, répondit Belle en hochant la tête. Mais il n'y a pas que l'air climatisé qui laisse à désirer dans ce restaurant…

— Je n'aurais pas mieux dit, conclut Magnus en lui tendant une main propre et sèche. Je me présente, Magnus Strong.

— Je sais qui vous êtes, acquiesça Belle. Je suis Robert Belleterre, vous connaissez sans doute mon père.

— En effet. C'est donc vous Belle ?

— C'est comme ça qu'on m'appelle.

— Vous êtes chimiste.

Belle hocha la tête.

— Je suis ravi de faire votre connaissance.

— Je crois savoir que vous êtes chimiste également.

— Je l'ai été, il y a longtemps, répondit modestement Magnus.

Belle sourit brièvement, mais juste assez pour que le cœur de Magnus cesse de battre.

— C'était un honneur, murmura Belle, avant de quitter les toilettes.

Magnus s'appuya dos contre le lavabo, et poussa un long soupir. Il lui fallut quelques minutes pour reprendre ses esprits, avant de rejoindre sa table.

— Alors ? s'enquit aussitôt Elliott. Tu as rencontré l'homme mystère ?

— Oui. Il s'agit bien de Belle Belleterre.

— Incroyable. Comment ils ont fait pour garder l'identité de ce gamin secrète pendant tant d'années ? Une fois que son minois aura atterri sur les réseaux sociaux de Bella Terra, il pourra dire adieu à son anonymat.

Magnus repoussa son assiette et se pencha vers Elliott.

— Je veux toutes les informations que tu pourras obtenir sur leur nouveau produit, toutes. Je me fiche de savoir qui tu dois soudoyer, ou combien ils réclament, fais ce qu'il faut. Idem pour le jeune Belle. Je veux un rapport complet. Qu'est-ce qu'il aime dans la vie ? Qu'est-ce qu'il déteste ? Quelles sont ses motivations, ses rêves, ses ambitions ? Tout ce que tu trouveras à son sujet.

— Je m'en occupe, répondit Elliott en hochant la tête.

Le regard de Magnus traversa la salle du restaurant et se posa sur la main de Kleinschmidt, toujours confortablement logée sur le dossier de la chaise de Belle. Magnus serra les poings.

— Et je veux savoir ce qu'il fait avec Eric.

Il pouvait encore sentir le contact de la peau du jeune homme contre la sienne lorsqu'ils avaient échangé une poignée de main. Son entrejambe s'en souvenait également. Il soupira en secouant la tête. Ce n'était absolument pas le moment de s'amouracher d'un concurrent.

— Rassemble autant d'informations que possible. Et vite.

— Aucun problème.

— Oh, et tu te souviens de la partie de poker à laquelle je ne voulais pas que Ron Belleterre participe ?

— Oui, tu as dit qu'il buvait trop.

— J'ai changé d'avis.

— Et est-ce que je peux savoir pourquoi ? demanda Elliott avec un sourire cruel.

— Précisément parce qu'il boit trop, répondit Magnus en lui rendant son rictus.

Ils éclatèrent de rire à l'unisson, et Magnus lança un dernier regard dans la direction de Belle.

— Tant que tu y es, trouve-moi l'hôtel et le numéro de la chambre de Belle Belleterre. Maintenant.

Elliott quitta discrètement leur table.

III

BELLE OUVRIT la porte de sa chambre d'hôtel, et Eric le suivit de près, sans la moindre hésitation, parcourant avec assurance la pièce principale qui contenait un coin salon sur la gauche, puis un coin chambre avec un large lit deux places sur la droite, séparé par une large commode avec une télévision. Belle n'était pas naïf, il savait que la seule obligation de son père ce soir était probablement une table de poker, mais il n'avait pas eu d'autres choix que d'accepter de recevoir Eric dans sa chambre. Il lui indiqua le canapé d'un geste de la main.

— Installez-vous, je vais aller chercher les échantillons et les derniers rapports du laboratoire.

— Vous ne me proposez rien à boire ?

— Vous trouverez du vin et du whisky dans le réfrigérateur.

Comme si cet imbécile en avait besoin avec tout ce qu'il avait bu pendant le repas. Comment était-il censé examiner les échantillons s'il n'était même pas capable de regarder droit devant lui ? Mais Belle savait que son père était désespéré et qu'il avait plus que jamais besoin de l'investissement d'Eric. Bella Terra serait sans doute incapable de lancer une production massive de leur nouvelle crème sans l'argent de cet homme. Belle n'avait aucun droit de regard sur la comptabilité de l'entreprise, il était forcé de croire son père sur parole chaque fois que ce dernier se plaignait d'être sur le fil du rasoir.

Il sortit les quelques échantillons et le dossier qui étaient dans le petit coffre-fort de son armoire, et rejoignit Eric. Il s'était mis à l'aise sur le canapé. Il avait retiré sa veste, desserré sa cravate, et s'était servi un grand verre de vin rouge, et un autre attendait Belle, posé sur la table basse.

Belle marcha résolument jusqu'à lui, et s'assit à ses côtés en prenant le verre de vin. Après tout, il fallait qu'il montre ce fichu dossier à Eric, autant qu'il en profite lui aussi.

— Avant toute chose, vous allez devoir signer un accord de confidentialité.

— Bien sûr, bien sûr, acquiesça Eric.

Il claqua des doigts pour indiquer à Belle de lui tendre un stylo, but une grande gorgée de vin, et signa le papier que le jeune homme avait posé devant lui sans même le parcourir des yeux. Alors seulement, Belle ouvrit la pochette du dossier, découvrant une double page avec un graphique.

— Le projet que nous allons proposer est celui d'une crème sans agents chimiques agressifs, et qui promet malgré tout de réduire les rides et ridules de plus de cinquante pour cent. Et pas seulement en surface, d'après les rapports scientifiques que vous voyez ici, nous…

Eric attrapa la nuque de Belle avec ses deux mains, et planta un baiser forcé sur sa bouche ouverte de surprise, renversant au passage la moitié du contenu de son verre sur le dossier.

Mais Belle n'aurait pas dû être surpris. Après tout, le type lui avait fait du rentre-dedans toute la soirée, avec la subtilité d'un rhinocéros. Il le repoussa violemment.

— Mais qu'est-ce qui vous prend ? demanda-t-il en se levant pour mettre un maximum de distance entre eux. À quoi est-ce que vous jouez ?

Eric se laissa aller en arrière contre les coussins du canapé, les jambes écartées. Une érection évidente déformait le tissu de son pantalon de costume.

— Je joue au gentil investisseur qui attend que tu utilises tes charmes pour me convaincre de donner de l'argent à ton papounet, mon cœur.

— Mon Dieu, mais pour quoi est-ce que vous me prenez ? demanda Belle, en secouant la tête, ahuri.

— Écoute, ton père et tes frères ont été sans équivoque. Je ne fais que récolter ce qui m'est dû.

Belle sentit sa gorge se serrer. Il savait qu'ils étaient dans une situation financière compliquée, mais il refusait de croire que sa propre famille l'aurait acculé de cette façon.

— Vous avez sans doute mal compris.

— Mal compris ? Tu veux dire que tu n'es pas prêt à tout pour permettre le lancement de votre nouveau produit ? demanda Eric en plissant les yeux, intrigué, mais loin d'être découragé.

— Certainement pas, non. C'est un produit unique et prometteur, et…

— Peut-être, l'interrompit Eric avec un geste impatient du poignet, mais sans investisseur, vous n'êtes rien. Il vous faudrait des millions de dollars rien qu'en publicité avant de réussir à convaincre quiconque que votre crème est mieux que le tube premier prix du supermarché du coin.

Vous avez besoin de moi, et j'ai besoin de vous. C'est une équation vieille comme le monde du commerce.

— Désolé, mais je ne suis pas à vendre, cracha Belle. Je vais vous demander de partir.

Eric le fixa longuement, un sourire au coin de la bouche. Il se leva sans se presser, récupéra sa veste qu'il balança négligemment sur son épaule, et se dirigea vers la porte.

Belle sentit le doute l'envahir. Il venait peut-être de réduire à néant la dernière chance de voir le rêve de son père se réaliser.

— Je suis désolé de ce malentendu, reprit-il sur un ton plus courtois. Si vous décidez par la suite que vous souhaitez malgré tout investir dans notre produit, n'hésitez pas à me recontacter.

Il se tourna pour lui ouvrir la porte, mais soudain Eric le plaqua contre le mur, son avant-bras appuyé contre sa gorge pour l'immobiliser. Belle se mit à paniquer. Eric faisait presque une dizaine de centimètres de plus que lui, et il était évident qu'il était beaucoup plus fort.

Il retourna Belle comme s'il ne pesait rien, et écrasa son visage contre le mur à côté de la porte.

— Espèce de petit aguicheur. Tu m'as allumé toute la soirée, et maintenant tu refuses d'aller jusqu'au bout ? On verra si tu refuses toujours mon argent quand j'aurai défloré tes jolies petites fesses.

Il porta une main à l'entrejambe de Belle pour ouvrir sa braguette. Belle tenta de se débattre, ce qui ne fit que resserrer l'étreinte d'Eric autour de sa gorge. Il donna des coups de pied dans la porte, puis balança brusquement sa tête en arrière, et son crâne percuta le menton d'Eric avec violence.

— Aïe ! Sale petit enfoiré ! s'écria-t-il, mais il ne desserra pas son étreinte.

Belle donna un nouveau coup de tête à l'aveugle. Le manque d'oxygène commençait à faire danser des étoiles dans son champ de vision. Il entendit Eric défaire sa boucle de ceinture et baisser son pantalon. Ses genoux étaient en train de faiblir, et Eric en profita pour l'obliger à se mettre par terre.

Soudain, quelqu'un tambourina à la porte avec force.

— Belle ? Vous êtes là ? C'est Magnus. Magnus Strong.

Oh mon Dieu, mais que faisait-il là ?

Eric jeta un regard paniqué à Belle, le relâcha brusquement comme si une deuxième tête venait de lui pousser, et se redressa fébrilement en recoiffant vers l'arrière ses cheveux poivre et sel gominés. Il se rhabilla à la hâte, puis ouvrit la porte, et sourit, comme si de rien n'était.

— Tiens, Magnus, bonsoir. Quelle surprise de te croiser ici. Justement je m'en allais.

Et sans attendre son reste, le lâche disparut dans le couloir à grandes enjambées.

Magnus entra dans la chambre, et tendit une main à Belle pour l'aider à se relever. Instinctivement, Belle se recula en se recroquevillant sur lui-même. Strong était d'une stature imposante, et Belle venait d'avoir son lot d'inconnu au physique supérieur.

Magnus retira aussitôt sa main.

— Je suis désolé. C'était malvenu. Je passais dans le couloir et j'ai entendu des coups contre la porte. On aurait dit que quelqu'un avait besoin d'aide.

Belle était presque tenté de se jeter dans ses grands bras musclés. Presque.

— Quelqu'un ? Quelqu'un avait besoin d'aide ?

— Oui, c'est ce que je viens de dire, confirma Magnus en fronçant les sourcils.

— Mais vous m'avez appelé par mon nom.

— En effet, reconnut-il en soupirant.

Belle le dévisagea. Il avait tellement envie de rentrer chez lui et d'oublier cet affreux séjour.

— Je vous présente mes excuses, Belle. Je dois avouer vous avoir aperçu avec Eric un peu plus tôt dans la soirée. Je connais malheureusement les tendances perverses de cet individu, et je me suis renseigné pour savoir où vous logiez.

— Vous vous êtes renseigné ? répéta Belle, éberlué.

C'était un véritable défilé de pervers, ce soir.

— J'ai demandé à quelqu'un d'enquêter, expliqua Magnus en levant les mains en signe d'apaisement. Je vous promets que ma seule intention était de m'assurer que rien ne vous arriverait.

Tout à coup, le charisme et l'aura rassurante qui avaient tant charmé Belle dans le restaurant ressemblaient davantage au pouvoir absolu qui corrompt tout.

— Et ensuite quoi, monsieur Strong ? Que se serait-il passé ? Si je n'avais pas repoussé les avances d'Eric, vous vous étiez dit que vous pourriez peut-être vous joindre à nous pour une partie à trois ? Ou bien peut-être que vous pensiez que je vous serais tellement reconnaissant d'avoir joué les chevaliers servants, que c'est à vous que je montrerais ma gratitude, plutôt qu'à lui ?

— Non, ce n'est pas du tout ce qui s'est passé.

Une expression de tristesse traversa les traits de son terrible visage. Mais de quoi était-il triste au juste ? D'avoir été percé à jour ?

Belle réajusta ses vêtements avec des mains tremblantes, et tenta de retrouver un peu de contenance.

— Je vous suis reconnaissant d'être intervenu. Merci, et bonne soirée.

Il fixa intensément Magnus Strong, sans jamais flancher, jusqu'à ce que l'homme hoche imperceptiblement la tête et sorte de sa chambre. Belle claqua la porte, s'appuya contre elle en portant ses mains à sa bouche, et se laissa lentement glisser sur le sol en étouffant un sanglot.

Une heure plus tard, il était allongé dans l'obscurité, les yeux rivés sur le plafond. Il se demandait ce que son père et ses frères avaient dit à Kleinschmidt exactement. C'était forcément un malentendu. Les hommes dans son genre devaient souvent avoir tendance à entendre ce qu'ils voulaient bien entendre.

Et que devait-il penser de l'attitude de monsieur Strong ? Est-ce qu'il l'avait fait suivre ? Il frissonnait en pensant à ce qu'un homme de son pouvoir et de son influence pourrait faire.

Des coups à sa porte le firent sursauter. Il y avait peu de chances pour que Strong revienne à la charge.

— Qui est là ? demanda Belle, méfiant.

Les coups retentirent à nouveau, et Belle se leva pour enfiler sa robe de chambre en soie. Il alluma la lumière, et se pressa vers la porte. Il jeta un coup d'œil à travers le judas, et se détendit. Il ouvrit la porte à la volée, et recula pour laisser entrer son père et ses frères.

— Dépêchez-vous d'entrer avant de réveiller tout l'immeuble.

— Impossible, petit frère, répondit Rusty en entrant d'un pas titubant, il n'y a que toi dans tout Las Vegas pour être au lit à cette heure-ci.

Il n'avait sans doute pas tort.

Son père et son frère aîné se traînèrent jusqu'au canapé, et Rusty se laissa lourdement tomber sur son lit. Belle referma la porte et resta debout, les bras croisés.

— Mon Dieu, Belle, ta robe de chambre est tellement gay, se lamenta Rusty en relevant mollement la tête.

Belle leur lança à tous un regard sévère.

— Qu'est-ce que tu as dit à Eric Kleinschmidt ? demanda son père en fixant un point sur le tapis, les mains tremblantes à cause de l'alcool.

Ce fut la goutte d'eau qui fit déborder le vase.

— Qu'est-ce que je lui ai dit ? Qu'est-ce que je lui ai dit, à votre avis ? demanda-t-il en s'approchant d'eux d'un pas colérique. Qu'est-ce que vous aviez promis à cette espèce de tordu, au juste ? Vous vous imaginiez vraiment que j'allais écarter les jambes et me prostituer pour que vous puissiez récolter votre pactole ?

Son père redressa la tête et le regarda avec des yeux ronds.

— Quoi ? Qu'est-ce que tu racontes ?

— Ce… ce dégénéré a essayé de me violer !

— Non, non voyons, tu dois faire erreur.

Belle fit un autre pas en direction de son père, les poings serrés.

— Oui, j'ai sans doute mal compris quand il a pressé son bras contre ma gorge et qu'il a voulu m'arracher mes vêtements ! Comment est-ce qu'on peut mal comprendre une chose pareille ?

— Je… Je ne comprends pas, bredouilla son père en portant une main à sa poitrine.

— Ce n'est pas ce qu'on voulait, Belle, expliqua Rick en secouant la tête. Il est séduisant, et extrêmement riche, on a simplement pensé que tu t'entendrais bien avec lui. Tu avais l'air de bien l'aimer ce soir pendant le repas. On a fait ça pour toi. Tu ne sors jamais avec personne, tout ce qu'on veut c'est ton bonheur.

Belle s'écroula, assis sur le coin de son lit.

— Je ne me suis pas *bien entendu* avec lui, j'étais simplement poli parce que vous m'avez tous fait comprendre que nous avions besoin de son argent. Si ça n'avait tenu qu'à moi, j'aurais remis ce pervers à sa place à la première incartade.

Leur père poussa un long soupir.

— Une chose est sûre, il ne risque plus d'investir, maintenant. Il a sans doute cru que tu étais séduit, et que tu voulais coucher avec lui. C'est pour ça qu'il a… enfin, tu sais. Il y a des hommes qui aiment ça. Il a peut-être pensé que ça te plairait.

Belle frotta nerveusement la paume de sa main contre son front en fermant très fort les yeux. Puis, il les rouvrit.

— Il m'a dit que vous lui aviez promis que je coucherais avec lui sans broncher en échange de son investissement.

Rick et son père échangèrent un regard nerveux.

— Je suis désolé, Belle, s'excusa Rick. Ce n'est vraiment qu'un gros malentendu. Je suis vraiment désolé que tu aies dû traverser ça.

— Moi aussi, petit frère, renchérit Rusty, toujours allongé sur le lit.

Leur père acquiesça en signe d'assentiment, mais il avait plongé le visage dans ses mains, comme si sa tête était trop lourde pour qu'il la tienne droite.

Rusty se redressa sur ses coudes, puis grimaça, se ravisa très vite, et se laissa de nouveau tomber sur le matelas en poussant un grognement.

— Papa a gagné une jolie petite somme au craps, il voulait nous offrir quelque chose à tous les trois. On était passés voir ce que tu voulais.

— Le seul cadeau qui pourrait me faire vraiment plaisir, ce serait qu'à l'avenir vous ne me prostituiez pas au premier pervers venu, rétorqua Belle en fronçant les sourcils.

— Je te jure que ce n'est pas ce qui s'est passé, Belle, insista Rick en secouant la tête.

Belle se détendit légèrement, mais il les dévisagea l'un après l'autre, les yeux plissés.

— Si une chose pareille se reproduit encore, vous pouvez dire adieu à votre directeur de labo, et vous vous débrouillerez tout seuls pour la création de vos prochains produits, est-ce que c'est clair ?

C'était faux, jamais il ne les laisserait tomber, et ils le savaient pertinemment, mais peut-être que ça les ferait réfléchir un peu.

Son père redressa enfin la tête, et le cœur de Belle se serra. Mon Dieu, il était dans un état lamentable. Il n'avait jamais été ni très fort, ni très courageux, mais son mariage l'avait préservé. Depuis la mort de leur mère, il était comme un navire à la dérive.

— Laisse-moi me faire pardonner, Belle. Qu'est-ce que tu veux que je t'offre ? Rick veut une voiture, et Rusty une Rolex. Qu'est-ce qui te ferait plaisir ?

— Je n'ai besoin de rien.

— Je ne te demande pas si tu as besoin de quelque chose. Je veux te faire un cadeau.

— Une rose, dans ce cas. Achète-moi une rose pour mettre à ma boutonnière pendant la convention demain.

— Ce n'est pas grand-chose…

— Tu sais que ce sont mes fleurs préférées.

— Je sais. Comme ta mère.

L'espace d'un instant, son regard se voila, puis il se secoua, et quitta le canapé. Une sonnerie de portable retentit, et les trois hommes portèrent instinctivement une main à leurs poches. C'était celui de leur père. Il décrocha.

— Allô ?

Il écouta attentivement son interlocuteur, le regard brillant, les gestes soudainement nerveux.

— Très bien. C'est une excellente nouvelle. D'accord, merci.

Il raccrocha, et se tourna vers ses enfants.

— Désolé mes petits, pas de cadeaux pour ce soir. Je vais avoir besoin de mon argent.

— Oh mais papa, tu avais promis, geignit Rick en fronçant les sourcils. J'ai besoin d'une voiture pour Jennifer.

— Non, désolé. C'est mon argent, et j'en ai besoin, répéta-t-il obstinément.

— Pour quoi faire ? demanda Belle, suspicieux.

Cette lueur intéressée qu'il détestait tant se raviva dans les yeux de son père.

— Une petite partie de poker inoffensive avec quelques grands patrons des cosmétiques.

C'était tout juste s'il ne polissait pas ses ongles sur le revers de sa veste tant il était satisfait de sa réponse.

— C'est une excellente opportunité pour créer des contacts. Je ne peux pas l'ignorer.

— C'est une drôle d'heure pour lancer des invitations à une partie de poker, non ? On est au beau milieu de la nuit.

— Une place de dernière minute vient de se libérer. C'est une chance extraordinaire, dit-il en se dirigeant vers la porte, d'un pas chancelant. Je te ramènerai ta rose, Belle, dit-il par-dessus son épaule.

— Quand aura lieu la partie ?

— Demain soir. Souhaitez-moi bonne chance.

Belle soupira. Ils allaient tous avoir besoin de chance.

Leur père continua son chemin vers la porte, subitement plein d'énergie, puis se retourna juste avant de sortir.

— Au fait, comment tu as fait pour te débarrasser de Kleinschmidt ?

— Quelqu'un a frappé à la porte. Il a pris peur et il s'est enfui.

— Vraiment ? C'est le room service qui t'a sauvé ?

— C'est ça. Le room service, répondit faiblement Belle en frissonnant.

Belle examina la carte de visite qui lui était tendue, puis releva les yeux vers le séduisant homme brun qui s'était arrêté au stand de Bella Terra.

— Vous êtes analyste, c'est bien ça, monsieur Porter ? demanda-t-il, forcé de hausser la voix pour se faire entendre par-dessus le brouhaha du hall d'exposition.

— Appelez-moi Elliott, répondit l'homme en souriant. Oui, je dresse des rapports réguliers sur le développement du marché des cosmétiques. Je vous avoue que tout le monde chuchote que le plus gros développement en date aurait vu le jour dans les laboratoires de Bella Terra. Pourtant, je ne constate rien de nouveau, remarqua-t-il en balayant leur stand du regard.

— Notre nouveau produit n'est pas en vente à l'heure actuelle. Nous avons encore quelques tests à effectuer, et nous espérons une sortie dans… Eh bien disons dans quelques mois, si tout va bien.

— Une sortie imminente, alors. Est-ce que vous pourriez me communiquer quelques détails ? s'enquit Porter avec un sourire charmeur, découvrant ses dents blanches, parfaitement alignées.

Belle tapota distraitement la carte de visite contre sa lèvre supérieure, l'air songeur.

— Monsieur Porter, pardonnez-moi si je me trompe, mais je crois vous avoir aperçu à la même table que Magnus Strong hier soir. Vous n'étiez d'ailleurs que tous les deux, si je ne m'abuse.

Belle tenta d'ignorer le souvenir cuisant de l'érection qu'il avait manqué d'avoir au beau milieu du restaurant en apercevant Magnus Strong.

— Oui, en effet. Je suis consultant pour de nombreux acteurs dans ce marché. Monsieur Strong a toujours eu un vif intérêt pour mon travail. Mais nous ne faisions que manger, nous nous connaissons depuis très longtemps.

— Quand bien même, répondit Belle en souriant, vous comprendrez que je préfère ne rien vous divulguer.

— Vous êtes conscient que je trouverai des réponses à mes questions, d'une façon ou d'une autre ? dit-il malicieusement.

C'était les règles du jeu dans cette industrie, Belle le savait.

— Je n'en doute pas une seule seconde, mais je n'ai pas l'intention de vous faciliter la tâche. Ni à vous ni à Beauty Inc.

— Vous prenez la compétition très au sérieux à ce que je vois, remarqua Porter en penchant la tête sur le côté.

— Soyons réalistes, Bella Terra ne représente pas vraiment de compétition pour un géant comme Beauty Inc. Je me dois de protéger notre peu de savoir-faire.

— Je vous tire mon chapeau, docteur Belleterre, j'admire votre façon de penser. Oh, j'allais oublier. Était-ce bien Eric Kleinschmidt que j'ai aperçu avec vous hier soir ?

— Pourquoi ? C'est un ami à vous ? demanda Belle en haussant un sourcil.

— Je crois malheureusement que les seuls amis de monsieur Kleinschmidt sont nécessairement très jeunes, très gays, et très naïfs.

— Je ne suis que jeune et gay.

— Je vois. Je ne savais pas.

— Pourtant, la plupart des gens ne se gênent pas pour me faire remarquer que ça se voit.

— Je n'aime pas faire de présomptions.

— C'est tout à votre honneur.

— Dites-moi, docteur Belleterre, est-ce que vous avez déjà eu l'occasion de rencontrer monsieur Strong ?

— Brièvement. Je ne crois pas qu'on puisse qualifier ça de rencontre à proprement parler.

Porter s'autorisa un sourire sincère.

— Je dois dire que j'ai hâte d'assister à votre rencontre officielle, dans ce cas.

Il tendit une main à Belle.

— J'ai été ravi de discuter avec vous, docteur. Si jamais vous changez d'avis, vous savez où me trouver, dit-il en désignant sa carte de visite, avant de disparaître dans la foule.

De l'autre côté du hall d'exposition, depuis le deuxième niveau, Magnus observa la scène à travers une petite paire de jumelles. Le deuxième niveau avait été spécialement conçu pour les temps de discussions privées, et en cet instant, Magnus rêvait d'une discussion privée avec son entrejambe. Ce n'était que la deuxième fois qu'il apercevait Robert Belleterre, le magnifique et mystérieux Belle, et à chaque fois, il avait l'impression d'avoir les hormones en ébullition comme un vulgaire adolescent. C'était stupide, et terriblement embarrassant. Il avait toujours été très fier de son incroyable self-control, et il n'avait pas pour habitude d'être attiré par ce genre d'homme. Beau, délicat. Quel était l'intérêt de porter de l'attention à des gens qui grimaceraient sans doute en le croisant dans la rue ? Il n'était pas dupe, il avait bien vu la réaction de Belle lorsqu'il lui avait tendu la main, la veille au soir.

Bien entendu, l'argent et le pouvoir compensaient parfois sa laideur, et certains hommes étaient prêts à l'oublier, mais ça ne l'excitait pas de lire de la révulsion dans le regard de ses partenaires. De toute façon, il n'avait besoin de Belle Belleterre que pour son cerveau. Ou du moins, c'est ce dont il essayait de se convaincre.

Il releva brusquement la tête en sentant une main se poser sur son épaule. Mon Dieu, c'était bien la preuve qu'il n'était pas dans son état normal. Personne ne surprenait jamais Magnus Strong.

— Bonjour, Christian.

Christian était un membre de son comité, un homme trapu aux cheveux grisonnants, et au sourire facile. Il lança à Magnus un sourire de connivence.

— Alors ? Tu admires ton royaume ?

— Non. J'espionne.

Il rangea ses jumelles dans un placard derrière son bureau en croisant les doigts pour que Christian n'ait pas remarqué le stand qui avait tout particulièrement attiré son attention.

— Comment tu trouves la convention cette année ?

Magnus jeta un regard à la fourmilière qui s'agitait en contrebas.

— Très bien. Je ne suis venu que pour le discours d'ouverture de toute façon. Je compte rentrer rapidement à New York.

— Ha, je te connais. Tu es surtout venu pour ta traditionnelle partie de poker, avoue-le.

Magnus lui répondit d'un sourire pincé. Christian aimait prendre un air supérieur et jouer à l'homme d'affaires moral et droit. Ce qui était une vaste farce quand on savait qu'il essayait de coucher avec Magnus depuis le jour où il avait repris l'entreprise de son père.

— Je ne peux rien te cacher.

— Tu as toujours aimé nourrir tes vices.

— N'est-ce pas là le propre de l'être humain ? demanda Magnus en haussant un sourcil.

Christian se racla maladroitement la gorge.

— Et sinon, quoi de neuf dans le monde de la beauté ?

Magnus évoqua le dernier mascara de Chanel et les BB crèmes de Maybelline, en prenant bien soin de ne mentionner à aucun moment les rumeurs concernant le nouveau produit de Bella Terra. Il voulait garder cette information pour lui tant qu'il n'en saurait pas davantage sur leurs derniers tests et les investisseurs impliqués. Lorsque le comité commençait à mettre le nez dans un projet, tout devenait affaire de politique et Magnus perdait l'avantage du contrôle absolu.

Christian parcourut du regard les stands du rez-de-chaussée. Il n'avait pas l'air pressé de redescendre. Il était clair qu'il n'était pas seulement venu là pour discuter cosmétiques.

— Tu veux aller boire un verre ce soir ?

Il était persistant. Et obsédé. Christian avait vingt-cinq ans de plus que Magnus.

Magnus songea qu'il était hypocrite de reprocher sa perversion au vieux Christian, dans la mesure où moins de cinq minutes plus tôt, il dévorait du regard un jeune homme de huit ans son cadet.

— Comme tu l'as très justement fait remarquer, je serai pris. J'ai une partie de poker.

— Bonne chance, alors.

— Merci, mais il s'agit davantage d'une pêche aux informations que d'une orgie financière.

— Vraiment ? demanda Christian en croisant les bras, dubitatif.

— Vraiment, confirma Magnus avec un sourire carnassier.

IV

BELLE AVALA une gorgée de champagne en essayant d'ignorer l'agitation de son père. Ron descendait martini après martini, ne s'arrêtant entre chaque verre que pour nerveusement regarder sa montre. Il n'avait même pas touché à son assiette.

— Je suis désolé de ne pas vous avoir acheté de cadeaux comme promis, les garçons, mais je vais faire bon usage de cet argent, croyez-moi. On donnera à celui qui a, comme dans la Bible. N'oubliez jamais ça.

— Papa, mange quelque chose, s'il te plaît, implora Belle en désignant le steak encore entier dans son assiette. Comment veux-tu te concentrer si tu n'as rien dans le ventre ?

— Quoi ? Oh, tu as raison.

Il coupa un morceau de viande, le planta avec force du bout de sa fourchette, et l'agita sous le nez de ses fils pour souligner son propos.

— Ne sous-estimez pas l'importance de cette partie de poker. Ils n'y invitent que les plus grands acteurs du marché des cosmétiques, c'est bon signe que Strong ait demandé ma présence. C'est comme une cérémonie d'entrée dans un club très select, comme un rite de passage.

— Pardon ? demanda Belle en retenant son souffle. Est-ce que tu as bien dit Strong ? C'est lui l'organisateur ?

— Évidemment, qui d'autre ? Il en organise une chaque année, mais c'est la première fois que je suis convié. J'ai fait jouer mes relations, et bingo ! s'exclama-t-il en secouant sa fourchette.

— C'était ça, ton coup de fil hier soir ?

Juste après que Magnus Strong l'avait *sauvé*, quelle drôle de coïncidence.

— Oui. Strong a dit qu'il y avait eu une erreur et que j'aurais dû recevoir une invitation bien plus tôt, renchérit-il en bombant le torse.

— Je vois, répondit Belle en repoussant son assiette. Papa, promets-moi d'être prudent pendant cette partie de poker, d'accord ? Tous ces gens ont l'habitude de brasser des millions au jour le jour, ils n'ont pas grand-chose à perdre.

— Tu crois peut-être que je n'en suis pas conscient ? demanda son père en reposant sa fourchette, sur laquelle le morceau de viande était toujours accroché. Tu n'étais même pas né que j'avais déjà l'habitude d'avoir affaire à ce genre de requins. C'est bien pour ça que je ne vous ai rien acheté, j'ai besoin d'une mise de départ sans toucher à l'argent de Bella Terra. La chance est avec moi ce soir, je le sens. Et j'ai toujours été un excellent joueur de poker. Avec un peu de chance, je vais gagner plus d'argent que Kleinschmidt aurait pu nous en donner.

— C'est ta nouvelle technique ? Réunir des fonds en jouant au poker ? demanda Belle, l'estomac serré.

— Tu as une meilleure idée, peut-être ? répliqua son père, la bouche pleine. Je te rappelle que tu viens de faire fuir notre seul potentiel investisseur.

— Je suis désolé, papa, dit-il en posant une main sur son bras. Je ne te faisais pas de reproche. C'est une idée comme une autre, tu as raison d'essayer.

Intérieurement, Belle avait envie de hurler de frustration.

MAGNUS BUT une gorgée d'eau pétillante en parcourant le rapport d'Elliott. Porter valait son pesant d'or, Magnus devait le reconnaître. Les informations qu'il avait recueillies étaient impressionnantes, mais non moins rageantes. Belle Belleterre était une sorte de brillant général, coincé à la tête de l'armée d'un peuple décadent. Tout ce talent gâché, c'était une tragédie. Il leva les yeux vers l'horloge sur le mur. Ses invités n'allaient plus tarder. Il était curieux de découvrir comment cette soirée allait se dérouler.

Il plaça le dossier de Porter dans son coffre-fort, enfila sa veste de costume, et se dirigea vers le petit salon qu'il avait spécialement fait préparer pour la partie de poker. Il avait fait appel à un donneur du casino de l'hôtel pour assurer un jeu honnête, et il avait promis à l'hôtel de leur reverser une compensation pour l'organisation de cette soirée privée. Ce qu'il avait dit à Christian était plus vrai que jamais. Il se fichait pas mal des gains ou des pertes qu'il ferait ce soir-là, ce qu'il cherchait avant tout, c'était des informations. Après quelques verres, les langues avaient tendance à se délier, et Magnus saurait être attentif.

Aimée Delon, l'une des plus grandes chefs d'entreprise du marché des cosmétiques, entra la première dans la pièce. Elle embrassa Magnus sur la joue, et le reste de ses invités entra petit à petit. Rondell Belleterre ferma la marche, il sentait l'alcool à plein nez. Il était déjà ivre. Magnus lui fit un signe de tête.

— Bonsoir, Ron, ravi que vous ayez pu vous joindre à nous.

— Jamais je n'aurais manqué une occasion pareille, dit-il en se frottant les mains. Dites-nous un peu, qu'est-ce que vous nous réservez pour ce soir, Strong ?

— Rien de plus qu'une soirée poker entre amis. Il y a un bar très bien fourni dans la pièce adjacente, n'hésitez pas à aller vous servir.

— Si tu me prends par les sentiments, répondit Ron en riant, avant de se diriger tout droit vers la pièce indiquée.

Magnus discuta brièvement avec ses autres invités, et chacun prit place autour de la table de poker.

— Aimée, dites-nous un peu quelles nouvelles et merveilleuses découvertes vous avez faites à la convention, aujourd'hui.

— J'ai l'œil sur quelques nouvelles BB crèmes. Je constate également que les autobronzants et les crèmes de nuit ont la cote cette année. Le lancement de mon brillant à lèvres a très bien fonctionné, je t'invite à y jeter un coup d'œil, Magnus.

Ron sortit de la pièce-bar, un verre de martini à la main. À en juger par sa démarche, il avait dû prendre le temps d'en boire un ou deux avant de les rejoindre. Il se laissa lourdement tomber sur la chaise à côté de Magnus.

— Alors, qu'est-ce qu'on mise ?

Magnus fit un rapide tour de table avant le lancement du jeu. Deux participants votèrent pour un stud à sept cartes, tandis que les autres préféraient un Texas hold'em sans restriction.

— Très bien, nous allons commencer avec un Texas hold'em, puis nous passerons à une partie en stud à sept cartes d'ici une heure, qu'en dites-vous ?

Tout le monde acquiesça, et Magnus tendit un paquet de cartes neuf au donneur.

La mise de départ fut fixée à dix mille dollars seulement, car il s'agissait d'une partie amicale. Le Texas hold'em était plus une question de chance que de talent, ce n'était pas le jeu préféré de Magnus. Ron, en revanche, semblait particulièrement dans son élément. À mesure que le jeu avançait, il jouait avec de plus en plus d'audace et de précipitation. Magnus l'observa silencieusement, le regardant doubler, voire tripler ses mises. Et à chaque manche qu'il remportait, il célébrait avec un nouveau verre de martini.

Lorsque sonna la fin de la première heure, Magnus avait perdu une somme d'argent insignifiante, mais Aimée et deux autres de ses invités avaient déjà perdu plusieurs milliers de dollars, en grande partie contre Ron Belleterre. Il ramassa les gains de la dernière manche d'un geste du bras, un immense sourire sur le visage.

— Sacrée bonne soirée, merci les gars.

Il ajouta ses nouveaux gains à la pile de jetons qui continuait de grandir à côté de lui. Bill et JZ, les deux joueurs qui avaient voté pour une partie de stud à sept cartes, avaient joué prudemment et perdu très peu d'argent. Ils sourirent avec indulgence en regardant Ron. Leur tour n'allait pas tarder à arriver.

Le donneur distribua les cartes pour une partie de stud à sept cartes, et un serveur entra pour prendre des commandes de boissons. Ron commanda un nouveau verre alors qu'il avait encore une vodka à moitié pleine devant lui. Il leva son verre comme pour porter un toast ridicule, manquant d'arroser ses voisins au passage.

Magnus se recula discrètement pour éviter les éclaboussures de vodka.

— Dites-moi, Ron, commença-t-il sur un ton léger, j'ai entendu dire que Bella Terra faisait sensation cette année. La rumeur veut que vous vous apprêtiez à révéler le produit qui nous rendra tous jaloux.

— Ça pour sûr, z'allez pas comprendre ce qui vous arrive, gloussa-t-il.

— Il paraît que votre arme secrète est votre plus jeune fils.

— Ouaip. Mon petit Belle. Il a fait ce que personne n'a jamais réussi avant. Il est doué, mon gamin.

— Et doté d'une grande beauté, si j'en crois la rumeur. Je dois admettre être surpris que vous ne l'ayez jamais fait apparaître lors de vos précédentes campagnes marketing.

— Il est timide, comme sa mère, répondit Ron en fronçant les sourcils et en secouant la tête. Et intelligent. C'est juste dommage qu'il soit… enfin vous savez, termina-t-il en haussant les épaules et en acceptant les cartes que lui tendait le donneur.

— Non, je crains de ne pas savoir, répondit Magnus en examinant attentivement son jeu.

— Gay. Tellement efféminé que c'est presque comique.

Magnus sentit les cartes se tordre entre ses mains.

Le donneur annonça qu'Aimée avait la carte exposée la plus faible, mais la jeune femme se contenta de miser les mille dollars requis pour compenser, et à en juger par la petite moue déconfite sur son visage, elle ne devait pas avoir un très bon jeu. Ron Belleterre surenchérit de deux mille dollars, deux autres joueurs se couchèrent, et il remporta miraculeusement la manche.

— Ça doit être mon jour de chance, chantonna-t-il.

— On dirait, en effet, acquiesça Magnus.

Ron enchaîna la partie avec la même attitude imprudente, et gagna les deux manches suivantes. Deux joueurs s'avouèrent vaincus, ne laissant plus à la table que Ron, Aimée, Magnus, et JZ Graper, un autre chef d'entreprise très connu dans leurs cercles. Ron jouait nerveusement avec les jetons de sa pile, qui s'élevait déjà à plus de cent mille dollars. Son visage était couvert de sueur, et il avait l'œil hagard. Aimée posa gentiment une main sur son avant-bras.

— Ron, mon cher, vous vous débrouillez très bien, mais vous ne croyez pas qu'il serait bon de vous en tenir là ? Vous avez bu un peu plus que de raison…

Ron retira brusquement son bras et fronça les sourcils.

— Certainement pas, non. Pas avec la chance que j'ai. Ce serait bête de s'arrêter en si bon chemin, pas vrai Magnus ?

— C'est vous qui voyez, Ron.

Aimée jeta un regard incertain à Magnus, mais il haussa les épaules. Ce n'était pas son rôle de veiller sur la consommation d'alcool de ses invités. Encore moins de cet invité en particulier.

Le donneur distribua les cartes, et Aimée se retrouva à nouveau avec la carte exposée la plus faible. Elle soupira.

— Pourquoi ça tombe toujours sur moi ? demanda-t-elle avec un petit rire découragé, en posant une nouvelle mise de mille dollars.

— Allez Jez, mon pote, à ton tour, bredouilla Ron avant de descendre son verre cul sec, s'attirant le regard désapprobateur d'Aimée.

JZ se coucha, et Magnus renchérit de cinq mille dollars. Ron le suivit. Le donneur distribua à Magnus un valet de trèfle, et à Ron un roi de cœur. Ils décidèrent tous les deux de faire parole. Ron essuya la sueur sur sa lèvre supérieure d'un revers de manche.

Au tour suivant, le donneur distribua à Magnus un dix de cœur, et à Ron le roi de trèfle. Ce qui lui faisait à présent deux rois. Un immense sourire fendit son visage. Il fit glisser une grosse pile de jetons au milieu de la table. Le donneur les compta rapidement, et annonça :

— Cinquante mille dollars. À vous, monsieur Strong.

Magnus leva brièvement les yeux en direction de Ron, hocha la tête, et haussa la mise de vingt mille dollars.

Une expression sournoise envahit le visage de Ron. Il égalisa sa mise, et le donneur distribua les cartes. Ron les regarda, et ses yeux s'agrandirent brièvement. Il ne faisait aucun doute qu'il devait avoir une belle main. Il fit glisser tout le reste de ses jetons au milieu de la table.

— Cent mille dollars, annonça le donneur. À vous, monsieur Strong.

Magnus se mit à rire.

— Vous aimez le goût du risque, Belleterre. J'en déduis que vous avez en main de quoi nous épater.

Il fit mine d'étudier son jeu en fronçant les sourcils.

— Après tout, pourquoi jouer la prudence dans un moment pareil ? Je surenchéris de deux cent mille dollars.

Aimée serra le bras de Ron, moins gentiment cette fois.

— Vous devriez vraiment vous arrêter.

Ron se dégagea brutalement.

— Ne me dites pas ce que je dois faire. Je n'ai plus de jetons, dit-il en tournant son regard vers Magnus.

— Moi non plus, mais j'ai les fonds nécessaires. Et vous ?

— Je... Je n'ai pas beaucoup de liquide. Ce n'est pas dans les habitudes de ma petite société, plaisanta-t-il.

— Je comprends. Comment voulez-vous procéder ?

— Je ne sais pas, qu'est-ce que je pourrais miser ? Des actions ? Va pour des actions.

— Pourquoi pas, acquiesça Magnus en hochant la tête. Avec tous les bruits qui courent concernant votre nouveau produit, j'imagine qu'elles vont prendre de la valeur. Assez pour couvrir cette mise, selon vous ?

— Un peu, mon neveu.

— Dans ce cas, très bien. Notez que j'accepte l'équivalent de ma mise en parts d'action chez Bella Terra, dit-il en se tournant vers le donneur.

— Elles valent bien plus que ça, grommela Ron.

— Oh ? Combien alors ?

— Au moins le double.

— Très bien alors, quatre cent mille dollars pour la moitié de vos actions.

— Petit joueur !

— Je vous demande pardon ?

— Un million pour l'intégralité de mes actions si je perds. Ce qui n'arrivera pas. Crache la maille, Strong.

— Très bien. Notez un million pour la totalité des actions de Bella Terra.

— Ha ! Fantastique ! Quand j'aurai gagné, c'est l'argent de Magnus Strong qui va financer Bella Terra, je vois ça d'ici. Allez, Strong, abats tes cartes.

Magnus prit grand soin de poser très lentement, et très soigneusement sa main qui contenait un as.

Ron pâlit aussitôt, puis son visage se colora de rouge.

— Quoi ? Non, c'est impossible…

— Incroyable, n'est-ce pas ? demanda Magnus en souriant. Un as sur le dernier tour. Qui aurait cru que la chance me sourirait ainsi ? Et vous, Ron ?

Ron secoua la tête en fixant le milieu de table comme si un tas de serpents y était posé. Le donneur lui prit calmement ses cartes des mains.

— Une paire de rois, et une paire de neuf, annonça-t-il.

— Eh bien, eh bien, dit Magnus en se laissant aller contre le dossier de sa chaise, il semblerait que je sois à présent un membre à part entière de Bella Terra, quand est programmée votre prochaine assemblée générale d'actionnaires ?

Ron semblait sur le point d'être malade.

— Vous ne pouvez pas faire ça, je vous en supplie. Qu'est-ce que je vais dire à mes garçons…

— J'ai gagné à la loyale, Ron. Si vous ne vouliez pas risquer de perdre vos actions, pourquoi diable les avoir mises en jeu ? demanda-t-il.

— Je suis désolé, je suis désolé, répéta-t-il en boucle, le regard perdu.

— Allons, allons, pourquoi n'irions-nous pas discuter un moment, juste tous les deux ? Je suis sûr qu'on peut trouver un arrangement.

Magnus sourit. Et il savait pertinemment que son visage devait ressembler à un poster des Dents de la Mer.

Quelqu'un tambourinait à la porte de Belle. C'était devenu une habitude en l'espace de seulement deux jours. Il se leva pour allumer la lumière, enfila sa robe de chambre et jeta un coup d'œil à son réveil. Pour l'amour du ciel, il était quatre heures du matin.

— J'arrive, j'arrive, lança-t-il en rejoignant la porte d'entrée.

Il regarda à travers le judas. Ce n'était que son père. Il lui ouvrit la porte. Ron entra en trébuchant, tenta de se raccrocher au mur, mais le manqua de plusieurs centimètres.

— Belle, mon petit Belle, je suis tellement désolé…

Mon petit Belle ? Mais qu'est-ce qu'il lui prenait ? Il glissa un bras autour des épaules de son père, et le guida difficilement jusqu'au canapé.

— Tout va bien, papa, l'apaisa-t-il en l'aidant à s'asseoir. Je sais que c'est difficile pour toi de résister à toutes les tentations d'un endroit comme celui-ci. Quand on sera rentrés à la maison, on pourrait peut-être parler de ton problème d'alcool avec un docteur, qu'est-ce que tu en dis ? Il y a longtemps que je ne t'ai pas vu dans un état pareil…

Son père secoua vivement la tête de droite à gauche, comme une vache qui chasserait les mouches. Il avait l'air ridicule.

— Désolé, je suis désolé, gémissait-il inlassablement.

— Et si tu t'allongeais un petit peu ? C'était une grosse journée aujourd'hui, tu dois être fatigué. Est-ce que tu as vu un peu tous les gens qui sont passés à notre stand pour poser des questions sur la nouvelle crème ? On va enfin faire du bénéfice, papa, je te le promets, on va enfin se faire une petite place au soleil.

Il caressa tendrement les cheveux de son père pour tenter de le calmer, mais il continuait de secouer la tête en s'excusant en boucle. Pourtant, d'ordinaire, en entendant parler de bénéfice, il se calmait.

Belle le força à s'allonger sur le canapé, puis lui retira ses chaussures, et posa une couverture sur sa silhouette agitée.

— Mon petit Belle, je suis désolé, je n'ai pas voulu en arriver là. Je veux que tu restes avec moi, mais je ne voulais pas perdre…

Il bredouilla encore quelques mots incompréhensibles, puis se tut peu à peu, et les fragments de discours incohérents cédèrent leur place aux ronflements.

Belle se demandait de quoi il pouvait bien être en train de parler.

Il attrapa son ordinateur portable dans sa sacoche, et retourna se mettre au lit. Il vérifia rapidement ses e-mails. Il y en avait deux de Colin, il y répondit sans attendre, puis parcourut les réseaux sociaux de leurs concurrents pour avoir une idée de ce qui s'était joué aujourd'hui pendant la convention. Sans grande surprise, il constata qu'il était déjà au courant de presque tout. Il s'apprêtait à fermer son PC, lorsqu'un tweet attira son attention.

« Beauty Inc. promet une annonce fracassante. Un stand à surveiller demain. »

Le tweet provenait du compte d'Elliott Porter, l'analyste qui était venu discuter avec lui en début de journée, et qu'il avait vu dîner avec monsieur Strong. Une source sûre donc. Il avait intérêt à garder un œil sur l'activité de Beauty Inc. le lendemain.

Belle éteignit son ordinateur, le posa par terre, éteignit la lumière et se roula en boule sous ses couvertures en essayant d'ignorer les ronflements assourdissants de son père.

V

BAM ! BAM !

Mon Dieu, mais c'était devenu une manie ! Est-ce que la terre entière avait décidé que le seul moyen de le réveiller était de frapper contre sa porte ? Belle quitta son lit en grommelant, se drapa une énième fois dans sa robe de chambre, et jeta un coup d'œil à la silhouette endormie de son père en se dirigeant vers la porte. Il ronflait toujours sur le canapé. Il regarda à travers le judas et découvrit sans surprise Rick et Rusty. Il leur ouvrit.

— Mais enfin, qu'est-ce qu'il se passe ?

— C'est ce qu'on aimerait bien savoir, répondit Rick en croisant les bras sur sa poitrine, l'air mécontent.

— Je n'arrive pas à croire que tu nous aies fait une chose pareille ! s'exclama Rusty en bousculant Rick pour passer devant lui. Je sais bien que papa n'est pas toujours très compréhensif, mais là tu vas trop loin.

— Cette nouvelle va l'achever, ajouta Rick en se dirigeant vers le coin salon.

Belle claqua la porte derrière eux et les suivit.

— Comme vous pouvez le constater, rien ne l'a achevé pour l'instant, si ce n'est la quantité d'alcool qu'il a dû ingurgiter hier soir. Il a débarqué ici sur les coups de quatre heures du matin. Pour ma part, je m'étais couché à vingt et une heures, je n'ai pas quitté ma chambre depuis, et je n'ai aucune idée de ce dont vous êtes en train de parler.

— Tu veux nous faire croire que tu n'es pas au courant pour Beauty Inc. ? demanda Rick d'un ton grinçant.

Belle respira profondément et posa les mains sur ses hanches.

— Je vous suggère fortement de m'expliquer ce qui est en train de se passer, sinon je vous plante là, je vais prendre ma douche, et je vous laisse le soin de réveiller notre alcoolique de père.

— Attends, tu n'es vraiment pas au courant de la grande annonce de Beauty Inc. ? demanda Rusty, cette fois sincèrement confus. Ils ont délivré un communiqué ce matin, à six heures.

— Non, répondit calmement Belle en essayant de rassembler toute la patience dont il était capable. Quand papa m'a réveillé, j'ai lu sur Twitter

44

qu'ils comptaient annoncer quelque chose au matin, mais je n'ai pas vraiment eu le temps d'aller voir. Pourquoi ? De quoi s'agit-il ? Ne me dis pas qu'ils ont annoncé la sortie d'un produit similaire au nôtre ! Ce serait un mensonge déloyal, je sais pertinemment qu'ils n'ont rien en laboratoire depuis des mois !

Rusty avait l'air exaspéré, et Rick positivement hors de lui. Rusty se passa une main nerveuse dans les cheveux, et regarda son petit frère d'un air sérieux.

— Belle, ils viennent d'annoncer que tu quittais Bella Terra pour travailler chez eux.

— Je... Quoi ?

Belle ne comprenait pas ce qu'il venait d'entendre.

— Ils ont dit que tu allais travailler pour Beauty Inc. ! répéta Rick en criant.

— Mais enfin... ça n'a aucun sens.

— Comment ça ? demanda Rusty en l'attrapant par le bras. Tu veux dire que c'est faux ?

— Évidemment que c'est faux !

— J'ai bien peur que ce soit vrai, intervint la voix désespérée de leur père.

Ils se tournèrent tous les trois pour faire face à Ron Belleterre.

— Tu devrais dire à ton père d'aller se faire voir.

— Je ne peux pas faire ça, soupira Belle en secouant la tête. Si je n'honore pas sa promesse, la seule autre alternative est de céder Bella Terra à Magnus Strong, et ça l'anéantirait. Jamais je ne pourrais lui faire une chose pareille.

Belle était en train de préparer sa valise. Il plia soigneusement une chemise blanche et la posa dans le fond de son bagage, et son regard s'arrêta sur le cintre de sa chemise en flanelle préférée, une chemise pour le grand air de l'Oregon. Il n'en aurait pas besoin. Personne ne portait de flanelle à New York.

Judy fronça les sourcils. Elle ressemblait à un petit caniche très énervé.

— Ce qu'il a fait est monstrueux. Mon Dieu, Belle, il est en train de te forcer à quitter ta maison, l'endroit où tu es le plus heureux au monde, pour t'abandonner tout seul dans l'enfer de New York !

— Un vrai discours de campagnarde, plaisanta-t-il tristement.

— Parfaitement ! Et fière de l'être avec ça !

Elle releva les jambes pour s'installer en tailleur sur le fauteuil qui se trouvait juste devant la fenêtre de sa chambre, une fenêtre qui donnait sur les arbres. Belle ne survivrait jamais sans les grands espaces verdoyants de son Oregon.

— Et puis c'est qui ce type pour lequel tu es censé travailler de toute façon ?

— Personne de précis, répondit Belle en haussant les épaules. À ce stade, je ne sais même pas dans quel département ils vont me placer ni qui sera mon supérieur direct. Je ne serai qu'un petit scientifique inintéressant parmi tant d'autres dans une société de la taille de Beauty Inc.

— Ne dis pas n'importe quoi. Tu crois vraiment qu'ils font une annonce publique officielle pour chacun de leurs recrutements ?

Belle s'assit sur le bord de son lit, l'air incertain.

— Non, j'imagine que non. Mais mon père a perdu son entreprise au poker, et il est évident que Magnus Strong veut l'humilier. Il veut que tous les gens de l'industrie apprennent ce qui s'est passé.

— Je n'arrive toujours pas à croire que ton père ait pu être un tel idiot. D'où sort-il, ce Magnus Strong ?

— Judy, Magnus Strong est le PDG et le plus grand actionnaire de Beauty Inc.

— Attends une minute, il n'a pas fait la une des magazines, récemment ?

— C'est le moins qu'on puisse dire, répondit Belle en se levant pour attraper un exemplaire de *Forbes* qui traînait sur sa table de nuit. Tiens, c'est sans doute la sortie la plus récente, dit-il en le lui tendant.

— Mon Dieu, c'est un visage qu'on n'oublie pas, dit-elle en examinant la couverture.

— Ce n'est qu'une photo, rétorqua Belle en continuant à faire sa valise. Je l'ai rencontré en personne et, étrangement, je dois dire qu'on ne pense pas à sa laideur. Il y a même quelque chose chez lui de... De très beau, en fait.

— Et qu'est-ce que tu avais bu ce soir-là ? demanda Judy en éclatant de rire. C'est un peu ironique pour un grand patron de la beauté d'avoir une tête pareille. Il est couvert de cicatrices et son nez a l'air d'avoir été cassé à plusieurs reprises. Pourquoi il n'a pas eu recours à la chirurgie esthétique ? Il doit terrifier les enfants dans la rue...

— C'est vrai que c'est étrange. D'autant plus qu'il a largement les moyens.

— Oui, je vois ça, dit-elle en feuilletant le magazine. Il est riche comme Crésus.

— Suffisamment riche pour faire chanter mon père, en tout cas, murmura Belle en sentant les larmes lui monter aux yeux.

— C'est révoltant, ce type doit être diabolique.

Belle glissa quelques mèches de cheveux derrière son oreille en se mordant la lèvre. Judy posa une main rassurante sur son épaule.

— Hey, il y a autre chose qui ne va pas ? Tu as l'air bizarre.

— Je… commença-t-il avant de pousser un énorme soupir. C'est un peu compliqué, mais les circonstances font que je me pose des questions sur les intentions de Strong. Je ne peux pas m'empêcher de me demander si…

— S'il veut coucher avec toi ?

— Je peux toujours compter sur toi pour aller droit au but, dit Belle en éclatant de rire malgré lui.

— Et pourquoi tu penses à ça ?

— C'est ce que j'entendais par *compliqué*. Pour faire court, pendant que nous étions à Vegas, j'ai rencontré un investisseur qui a essayé de… de me violer. Et c'est Magnus Strong qui l'en a empêché.

— Écoute, mon cœur, je sais que tu es contrarié par tout ce qui est en train de se passer, mais ça m'a plutôt l'air d'être une bonne action.

— Je sais, répondit Belle en soupirant, mais le fait qu'il connaisse mon hôtel et mon numéro de chambre, le fait qu'il passe devant ma porte pile à ce moment-là… Je trouve tout ça un peu suspect.

— Je te l'accorde, c'est un peu louche.

— C'est même très louche. Il a dit qu'il m'avait aperçu avec ce tordu d'investisseur et qu'il s'était aussitôt inquiété parce qu'il le connaissait bien. Mais… Je ne sais pas quoi penser de tout ça.

— Comment tu as réagi sur le coup ?

— J'étais tellement bouleversé, je l'ai quasiment mis à la porte.

— Et lui ? Comment il a réagi ?

— Il avait l'air… Je ne sais pas, presque triste, à vrai dire.

— Et tout ça s'est passé *avant* qu'il accepte de laisser l'entreprise de ton père tranquille en échange de ton joli petit cul ?

Belle hocha la tête.

— Mon Dieu, Belle, dit-elle en se levant pour se laisser tomber, allongée sur son lit. Tu vas te retrouver à plus de trois mille kilomètres de

47

ta famille et de tes amis, vendu en esclavage à une espèce de millionnaire monstrueux.

— Merci pour le résumé, Judy.

Elle se tourna sur le côté pour le regarder.

— Qu'est-ce que tu comptes faire, une fois là-bas ? Tu vas être forcé de travailler pour l'ennemi !

— J'ai bien l'intention d'en faire le moins possible. Je travaillerai pour eux, parce que je n'ai pas d'autre choix, mais je ne prendrai pas la moindre initiative. Si cet enfoiré manipulateur s'imagine que je vais débarquer et lui inventer le parfait nouveau produit, il se fourre le doigt dans l'œil.

— Et si jamais il veut… plus que ça ?

— Tu veux dire s'il croit qu'il vient de se payer les services d'un esclave sexuel ? Eh bien il peut aller se faire foutre. Il est hors de question qu'il me touche.

— Fais-moi plaisir, n'hésite pas à l'envoyer promener avec la même ferveur une fois sur place.

Il leva les yeux vers elle, et constata les larges cernes qui creusaient son visage. Instinctivement, il pensa à sa mère.

— Comment ça s'est passé, ton rendez-vous chez le docteur ?

— Très bien. Ce n'était rien de grave. Merci encore pour l'argent.

— C'est le moins que je puisse faire, Judy.

— J'ai passé quelques examens, appelons-les féminins.

— C'est bien, non ? Tu n'es pas censée faire ça au moins une fois par an ?

— Tout juste. Et rien de tel que se faire tripatouiller l'entrejambe par ton gynéco pour vivre pleinement ta vie.

— Je ne voudrais pas te faire de concurrence, mais je dois dire que l'examen de la prostate est également une expérience inoubliable.

— Alors disons que ce sont des plaisirs équivalents.

Belle se mit à rire, mais il avait l'impression désagréable d'avoir manqué quelque chose.

LE REGARD perdu dans le vague, Belle se força à ne penser à rien en laissant son père le serrer dans ses bras pour lui dire au revoir. Il sentait l'alcool. Juste derrière lui, Rusty et Rick se dandinaient d'un pied sur l'autre sans être capables de le regarder dans les yeux.

— Dis-toi que c'est l'occasion rêvée pour un peu d'espionnage industriel, fiston, plaisanta faiblement Ron.

— Combien de temps ça va durer ?

Il avait déjà posé cette question une bonne dizaine de fois, mais son père persistait à l'ignorer. C'était sans doute mauvais signe.

— Nous… Nous n'avons pas vraiment défini la durée de ton séjour, marmonna-t-il en réajustant ses manches.

— Quoi ? s'écria Rusty en relevant brusquement la tête. Tu ne sais pas combien de temps il va devoir rester avec ces enfoirés ?

Belle avala péniblement sa salive.

— Est-ce que je dois comprendre que lorsque tu as conclu ce marché avec ma vie, tu n'as même pas jugé bon de définir une date limite ?

— Je n'étais pas vraiment en position de négocier, mon garçon. Mais je suis sûr qu'il a déjà une idée bien précise en tête. Je doute que ça dure plus de quelques mois.

— Tu en doutes, répéta faiblement Belle en soupirant.

— Pour l'amour du ciel, Belle, je n'en sais rien ! Tu auras bien l'occasion de lui demander.

— Sauf que je ne serai pas vraiment en position de négocier, n'est-ce pas ? demanda-t-il d'une voix acide.

Les épaules de son père s'affaissèrent brusquement, et une expression perdue remplaça l'habituel air de confiance qu'il affichait en permanence.

— Pour être tout à fait honnête, Belle, Strong se fichait complètement de l'argent, tout ce qu'il voulait, c'était toi.

— Mais pourquoi ? C'est ridicule ! Il a déjà pléthore de scientifiques. Oui, je viens de mettre au point un nouveau produit révolutionnaire, mais il en aura sans doute une dizaine de similaires dans les mois qui suivront !

— Je ne sais pas quoi te dire, Belle. Tu vas devoir attendre de découvrir en personne ce qu'il te veut exactement.

C'était précisément ce que Belle redoutait.

— Et où est-ce que je vais vivre ?

— J'imagine qu'il faudra que tu loues une chambre d'hôtel en attendant de te trouver un appartement.

— Et il a l'intention de me rémunérer comme un être humain digne de ce nom ? Ou bien est-ce que c'est une inféodation moyenâgeuse ?

— Je n'en sais rien, Belle ! Je n'en sais rien du tout, d'accord ?

Même Rick eut l'air choqué de l'éclat de voix soudain de leur père.

Belle se baissa pour attraper son sac, tenta vainement de réprimer le sentiment d'horreur et de désespoir qui menaçait de le submerger, puis s'éloigna de sa famille, pour rejoindre la porte d'embarquement. Peut-être que plus tard il regretterait de ne pas s'être retourné pour les regarder une dernière fois, mais en cet instant, il en était incapable.

LORSQUE LES roues de l'avion touchèrent le tarmac, le cœur de Belle se mit à battre à toute vitesse. Voilà, il y était. New York. La célèbre Grosse Pomme. Il y était déjà venu avant, pour des salons et quelques rendez-vous professionnels, mais jamais au grand jamais il n'aurait envisagé d'y vivre. La simple idée de devoir affronter une ville de cette taille au quotidien lui donnait des sueurs froides. Il ne savait même pas par où commencer. Trouver un hôtel décent et réserver une chambre, c'était sans doute un bon début. Il avait noté l'adresse du siège de Beauty Inc., au cœur de Manhattan, il devait bien y avoir un hôtel à proximité. Il ne s'était jamais senti aussi petit ni aussi seul de toute sa vie.

Il laissa tous les autres passagers descendre de l'avion avant de se lever. Il n'était pas particulièrement pressé d'affronter la suite des événements. Il ne savait même pas qui il devait contacter à son arrivée. Il savait que la vie était faite de hauts et de bas, mais il était si bas qu'il craignait de ne plus jamais remonter.

En entrant dans le hall, les lumières artificielles le firent péniblement cligner des yeux. Il chercha le panneau indiquant le point de retrait des bagages, et alla récupérer son sac, le cœur lourd. Lorsqu'il traversa le hall en sens inverse, après avoir retrouvé son bagage, le brouhaha ambiant le déboussola un instant.

— Excusez-moi, monsieur.

Belle contourna l'homme qui venait de parler, et poursuivit son chemin.

— Monsieur Belleterre ?

Il se retourna, l'air étonné, et découvrit un homme en uniforme qui portait un petit écriteau sur lequel on pouvait lire *Robert Belleterre*.

— Oh, c'est moi que vous cherchez ?

L'homme avait le visage marqué, un nez cassé, et des tatouages visibles à la sortie de ses manches et sous le col de sa veste, mais son sourire creusait des fossettes chaleureuses dans ses joues creuses, découvrant une dent en or.

50

— Je me doutais que c'était vous. Ils m'avaient bien dit qu'il suffirait de chercher un ange.

— Un ange ? Mais enfin, de quoi parlez-vous ?

L'homme lui prit son sac des mains.

— Laissez-moi porter ça. Vous vous êtes regardé dans un miroir récemment ? ajouta-t-il en riant gentiment. Allez, suivez-moi, la voiture n'est pas garée très loin.

— La voiture ?

— Oui, excusez-moi, je ne vous ai même pas expliqué. Je ne suis pas officiellement chauffeur de maître, mais je conduis mieux que personne.

Il lui tendit une main.

— Je m'appelle Leroy, c'est moi qui serai chargé de vous conduire où vous voulez, monsieur Belleterre.

Belle le dévisagea avec une expression complètement perdue.

— Je vais avoir besoin d'un chauffeur ?

— J'en ai peur, monsieur. Vous avez déjà essayé de rouler dans New York ? demanda-t-il en riant de nouveau. Je vous emmènerai au travail, et je vous ramènerai chez vous. Où que vous vouliez aller, il ne faudra pas hésiter à me solliciter.

— Chez moi ?

— Oui, chez vous. Suivez-moi.

Hébété, Belle suivit Leroy à travers l'aéroport. L'homme traversa le hall à grandes enjambées, en portant sa valise comme si elle ne pesait rien. Il le mena jusqu'à un parking qui semblait réservé aux limousines, et s'arrêta devant une Lincoln Town Car qui avait presque l'air humble au beau milieu des immenses limousines garées tout autour. Leroy lui ouvrit la porte arrière.

— Vous devez être épuisé. Il y a de quoi boire et de quoi manger, servez-vous. Si vous voulez un peu d'intimité, pour passer des coups de fil, ou simplement pour être seul, il vous suffit d'appuyer sur ce bouton, et la paroi vous séparant de la banquette conducteur remontera. Autrement, n'hésitez surtout pas à me poser des questions.

Belle leva un regard incertain vers Leroy.

— Où est-ce qu'on va ?

— Chez vous.

— Qu'est-ce que ça veut dire ?

— Vous verrez, répondit Leroy en souriant mystérieusement.

Quel autre choix avait-il de toute façon ? Leroy pouvait tout aussi bien le conduire jusqu'au repère de débauche et de perdition de Magnus Strong. Auquel cas il faudrait qu'il trouve un moyen de s'échapper une fois là-bas. Il était déjà exténué. Il jeta un coup d'œil à son téléphone portable, mais pas un seul message de son père ni de ses frères. Sa gorge se serra.

Belle prit place sur la banquette en cuir très confortable de la petite limousine. Il avait une voiture dans l'Oregon, mais un vieux modèle capricieux dont il ne se servait presque jamais, préférant de loin circuler à vélo.

Leroy démarra le véhicule qui n'émettait presque aucun bruit, et quitta le parking. Il slaloma avec adresse entre tous les véhicules garés à la va-vite des gens qui entraient et sortaient de l'aéroport. En moins de quelques minutes, il rejoignit un axe principal, et s'engagea dans la circulation avec une aisance ahurissante. Il donnait l'impression de conduire un petit deux-roues qui pouvait se faufiler partout, au lieu d'une voiture de ville imposante.

Il n'en fallut pas davantage à Belle pour décider qu'il garderait Leroy. Se faire conduire dans les rues de New York au lieu d'avoir à les affronter était sans doute la meilleure chose qui puisse lui arriver. Il laissa tomber sa tête contre le dossier de son fauteuil, et ferma les yeux.

Une petite voix méfiante en lui murmurait que l'ennemi était en train de l'amadouer.

C'était sans doute vrai, mais il était bien trop fatigué pour en avoir quelque chose à faire.

VI

— Monsieur Belleterre ?

Belle tourna mollement la tête en direction de la voix, et marmonna :

— Appelez-moi Belle.

— Belle, nous sommes arrivés.

— Arrivés ? Arrivés où ?

— Nous sommes à votre appartement. Mais si vous voulez dormir encore un peu dans la voiture, je serais ravi de continuer à conduire.

— Mon appartement ? répéta Belle en se redressant brusquement et en se frottant les yeux. Je suis désolé de m'être endormi comme ça.

— Ne vous en faites pas pour ça, patron.

— Je ne suis pas votre…

— Allons, sortez du véhicule. Je vais vous aider à monter vos affaires et vous pourrez enfin vous reposer comme il faut.

Belle s'extirpa du véhicule avec l'impression étrange d'être Alice dans le terrier du lapin.

— Où sommes-nous ?

— Brooklyn.

— Pardon ? demanda-t-il en observant les bâtisses de grès rouge historiques tout autour de lui.

— C'est dans la banlieue de New York.

— Oui, merci, je sais bien, mais je croyais que le siège de Beauty Inc. était dans New York centre ?

— Tout à fait, et c'est là que je vous conduirai demain pour votre premier jour.

Belle secoua la tête en examinant les alentours. Au moins, l'air était humide. Il préférait ça au froid sec. Mais la pollution était presque palpable, il avait l'impression de voir flotter des particules à chaque coup de vent. Ses pauvres poumons…

Les bruits de klaxons et de crissements de pneus faisaient rage tout autour de lui. Il frissonna. Au moins, les quelques boutiques qu'il avait aperçues semblaient intéressantes. Tout comme les habitants qui se promenaient dans la rue.

— Suivez-moi, Belle, lui dit Leroy en attrapant ses bagages, avant de refermer le coffre.

L'immeuble vers lequel il se dirigea comportait cinq ou six étages tout au plus, et il avait l'air vieux de plusieurs centaines d'années, froid et austère. Au moins il y avait de grandes fenêtres pour trancher avec le rouge sombre des briques. Belle soupira. À quoi s'était-il attendu ? Le Ritz ? Sans doute devait-il déjà s'estimer heureux de ne pas avoir à dormir sous un pont avec un morceau de carton en guise de couverture pour sa première nuit à New York. Ce n'était pas comme si son père ou ses frères semblaient se soucier de son sort. Il avait l'habitude d'être le mouton noir de la famille, surtout depuis la mort de sa mère, mais jamais il n'aurait imaginé que les choses puissent en arriver là.

Leroy grimpa les quelques marches en pierre qui menaient à la porte d'entrée, et Belle le suivit en traînant des pieds. Lorsque son chauffeur poussa la gigantesque porte, les bras chargés, Belle dut se dépêcher d'entrer dans son sillage pour ne pas qu'elle se referme sur lui. Le cœur lourd, il garda les yeux rivés sur le sol.

— Bonjour, mon cher, et bienvenue chez vous.

— Je… quoi ? demanda Belle bêtement en redressant la tête et en la tournant de droite à gauche pour chercher d'où provenait la voix.

C'est ainsi qu'il découvrit l'intérieur de l'immeuble. Ses yeux s'écarquillèrent d'émerveillement. Comment était-ce possible ? Il fit quelques pas hésitants dans le gigantesque hall d'entrée, et poussa la porte coulissante en verre qui donnait sur… le royaume des fées. Il n'y avait pas d'autre explication. Un immense atrium s'élevait comme un puits de lumière au cœur des six étages, recouvert d'une végétation luxuriante. Belle inspira profondément et un parfum riche, enivrant et sucré de fleurs tropicales emplit ses poumons et lui monta à la tête de la même délicieuse façon qu'un verre de champagne. Des fleurs, partout des fleurs, et de toutes les couleurs. Du rouge, de l'orange, du jaune, du violet, tant de couleurs éclatantes et absolument incongrues au beau milieu de l'hiver.

— Mais… Comment est-ce possible ? demanda-t-il à voix haute.

— C'est de la magie.

Belle se retourna et fit une autre découverte, presque aussi incroyable que l'atrium. Un petit homme aux allures d'elfe, vêtu d'un pantalon à motif écossais, et d'un pull en cashmere d'un vert éclatant, se tenait dans le hall d'entrée, le visage souriant. Belle ne put s'empêcher de lui sourire en retour.

54

— Je suis désolé, je ne m'étais même pas rendu compte que j'avais parlé à voix haute.

— Il n'y a aucun souci, mon garçon. Nous sommes toujours très fiers de la réaction des nouveaux arrivants.

Il avança jusqu'à Belle, et lui tendit une main. Il devait mesurer à peine plus d'un mètre cinquante.

— Vous êtes notre nouveau résident, j'imagine. Enchanté de vous rencontrer, mon nom est Carstairs Pennymaker.

— Belle Belleterre. Votre nouveau résident vous dites ? Je suis désolé, mais je n'ai pas vraiment été consulté avant mon arrivée, et je n'ai aucune idée de ce qui est en train de se passer.

— Vous êtes ici contre votre gré ?

— J'en ai bien peur.

— Mon cher enfant, nous devons tous faire face à des choix difficiles dans la vie. Je suis persuadé que vous avez fait le bon, quelles que soient les circonstances. Laissez-moi vous montrer votre appartement.

Belle pinça les lèvres, indécis. Qui était cet étrange petit homme ?

— Excusez-moi, monsieur, est-ce que je dois comprendre que vous êtes le propriétaire ?

— En quelque sorte.

Il avait l'air d'avoir pas loin de soixante-dix ans, et pourtant il gravit les marches avec l'aisance d'un jeune cabri, et sans jamais s'arrêter de parler.

— Nous avons un appartement libre au rez-de-chaussée, que nous appelons l'étage J, pour jardin. Au premier étage vous ferez la connaissance de Wanda Thermolopoulus, je suis sûr que vous allez l'adorer. C'est une cuisinière hors pair. Puis au deuxième étage, il y a Henri Kim, c'est le jardinier officiel du royaume des fées. Un véritable maître dans son art, comme vous avez pu le constater. Au troisième étage habitent Ahmed et Fatima Khosropana. Un couple surprenant, vous verrez. Et ici, dit-il en s'arrêtant devant la porte de l'appartement du quatrième étage avec un geste théâtral de la main, se trouve votre nouvelle maison.

Tout allait beaucoup trop vite pour Belle.

— Monsieur, je ne suis pas sûr de comprendre. Vous êtes certain qu'il n'y a pas erreur sur la personne ?

Monsieur Pennymaker se tourna vers lui en haussant l'un de ses sourcils gris-roux.

— Je ne sais pas, qu'en pensez-vous ? Est-ce que c'est le genre d'endroit où vous aimeriez vivre ?

— Oui, évidemment, qui ne voudrait pas vivre dans un endroit pareil ?

— Vous seriez surpris, mon garçon. Mais si l'endroit vous plaît, alors je vous confirme qu'il n'y a pas d'erreur, dit-il en ouvrant enfin la porte.

Belle songea vaguement que le petit homme devait être cinglé, mais il le suivit à l'intérieur de l'appartement.

Il ne savait plus où donner de la tête. L'appartement n'était pas particulièrement grand, ce qui convenait très bien à Belle. Il entra dans le salon au beau milieu duquel trônait un gigantesque canapé qui avait l'air fait pour se blottir dedans. Juste en face se dressait une cheminée en brique. Enfin, de part et d'autre de la cheminée, il y avait deux fenêtres qui donnaient sur l'atrium. Belle avança jusqu'à l'une d'entre elles pour contempler de nouveau l'abondance de plantes extraordinaires. Il n'y avait pas d'appartement en face, simplement une cascade de verdure sans fin. Belle poussa un long soupir tremblotant.

— Très bien, conclut monsieur Pennymaker en tapant dans ses mains. Je suis ravi qu'il vous plaise. Mais ça ne s'arrête pas là.

Belle s'arracha à la contemplation de l'atrium, et suivit du regard l'étrange petit homme. Il l'invita à le suivre pour découvrir une petite cuisine ouverte, moderne et fonctionnelle, puis ouvrit une nouvelle porte coulissante en verre.

— Tadam !

C'était une véranda. Elle donnait sur la rue et, contrairement à la lumière filtrée, presque tamisée de l'atrium, elle était inondée par le soleil, et remplie de roses. Des roses partout, plantées dans des pots, des roses de toutes les couleurs. Belle sentit les larmes lui monter aux yeux. Il était extrêmement difficile de faire pousser des roses dans l'Oregon, le temps était trop humide. Belle avait toujours beaucoup aimé les roses.

— Ah, je vois que cette pièce vous fait particulièrement plaisir.

— Je ne comprends pas, répéta-t-il pour la énième fois.

— Qu'est-ce que vous ne comprenez pas, mon garçon ?

— Tout ceci, dit-il en tournant sur lui-même pour désigner l'endroit qui avait l'air tout droit sorti de ses rêves. Par quel miracle est-ce que je me retrouve à vivre dans un endroit pareil ?

— Je crois savoir que tous les cadres de Beauty Inc. sont logés par leur employeur.

— Qui a choisi cet endroit ? demanda Belle en fronçant les sourcils.

— Hélas je ne suis pas en mesure de vous répondre, j'ai reçu un simple coup de fil, et la caution m'a aussitôt été virée.

— Est-ce que tous les locataires de cet immeuble sont des employés de Beauty Inc. ?

— Non, vous êtes le seul.

Belle entendit du bruit, et se tourna pour apercevoir Leroy qui entrait avec ses bagages.

— C'est un sacré bel endroit que vous avez là, patron.

— Leroy, est-ce que vous savez qui a choisi cet appartement ? demanda Belle en fronçant encore davantage le visage.

— Aucune idée, répondit Leroy en haussant les épaules et en posant ses bagages sur le sol. On m'a donné l'adresse, c'est tout.

— Qui ça, on ?

— Les RH.

— Les quoi ?

— Les Ressources Humaines, de Beauty Inc. Ce sont eux qui communiquent les informations des nouveaux employés à tous les chauffeurs.

Monsieur Pennymaker croisa les bras, il ressemblait plus que jamais à un leprechaun au pied d'un arc-en-ciel.

— Et si nous cessions un peu de remettre en question cette magnifique opportunité qui s'offre à vous, et que nous allions rejoindre les autres pour un petit dîner de bienvenue ?

— Très bien. Je suis désolé, je vous remercie pour tout.

Quel autre choix avait-il que d'opiner du chef et de suivre la danse, de toute façon ?

— Parfait, ajouta Leroy en lui souriant gentiment. Vous voulez de l'aide pour défaire vos valises, patron ?

— Non, merci.

— Dans ce cas je vous donne rendez-vous demain matin à huit heures tapantes. Tenez, dit-il en posant sa carte de visite sur la console dans l'entrée, voici mon numéro, n'hésitez pas à appeler si vous avez besoin de quoi que ce soit. Je n'habite pas très loin, et je connais ce quartier comme ma poche. Passez une bonne nuit dans votre nouvelle maison.

Leroy quitta l'appartement, et monsieur Pennymaker s'attarda un instant dans le couloir de l'entrée.

— Quand vous serez prêt, descendez au premier étage et entrez dans l'appartement, la porte sera grande ouverte. À tout à l'heure, dit-il avec un petit geste de la main, avant de sortir, en refermant la porte derrière lui.

Belle fixa longuement la porte close, puis son tas de valises, et enfin les innombrables plantes et autres fleurs qui étaient disséminées un peu partout dans l'appartement. Il n'était plus sûr de savoir s'il était Alice dans le terrier du lapin, ou bien Dorothy au pays d'Oz.

Lorsqu'il descendit timidement la cage d'escalier en métal qui donnait sur l'atrium pour rejoindre le premier étage, il se sentait toujours aussi perdu. Il n'avait pas pris la peine de fermer sa porte à clef derrière lui. Il n'avait même pas de clefs pour l'instant, et à part son ordinateur portable, il n'y avait pas grand-chose à voler. Il l'avait caché dans le placard sous le lavabo, dans la salle de bains, juste au cas où.

Lorsqu'il arriva devant la porte de l'appartement du premier, un jeune couple déboula bruyamment, le jeune homme marchait en arrière, acculé par sa compagne, une splendide jeune femme aux cheveux noirs, qui portait un voile, et un débardeur révélant deux manches de magnifiques tatouages représentant des fleurs. Elle gesticulait avec animation.

— Je me fiche de savoir que c'est ta cousine ! Il est hors de question que je cache mes tatouages simplement pour son petit confort personnel !

— Elle ne reste qu'un jour, mon amour, répondit son compagnon qui portait une belle barbe abondante, une paire de jeans noire, un tee-shirt blanc moulant et des Doc Martens.

— Je ne me couvrirais même pas si elle ne restait qu'une minute.

Belle s'arrêta, mais le jeune homme, qui ne regardait pas où il allait, le percuta malgré tout. Il tourna aussitôt sur lui-même, et attrapa le bras de Belle pour l'aider à retrouver son équilibre.

— Je suis désolé, je n'ai pas fait attention. Je n'ai tellement pas l'habitude de voir des gens descendre.

— Il n'y a aucun problème, répondit Belle en souriant. Je n'ai pas été très réactif non plus.

La jeune femme posa une main sur sa hanche, et pencha la tête sur le côté.

— Tu dois être le petit nouveau ? Tu vas voir, tu vas te plaire ici.

— Pas de doute, ajouta le jeune homme en riant, surtout avec des voisins cool comme nous.

Ne sachant pas trop quoi dire, Belle leur tendit une main, et se présenta.

— Je suis Belle.

La jeune femme fut la première à réagir. Elle accepta sa poignée de main, et répondit :

— Fatima, la seule et l'unique, dit-elle en faisant un petit mouvement de danse. Et voici mon petit mari, Ahmed.

— Je suis ravi de vous rencontrer.

— On va peut-être te laisser cinq minutes pour entrer et faire connaissance avec tout le monde avant de t'inclure dans l'une de nos célèbres disputes.

— D'accord, répondit Belle en riant malgré lui.

— Quand tu auras goûté la cuisine de Wanda, tu vas halluciner, lui dit Ahmed en le prenant par le bras pour l'encourager à entrer. Ses recettes sont ma raison de vivre ici.

— Tu veux dire ta raison de vivre, tout court, corrigea moqueusement Fatima.

— Je dois dire que j'étais déjà conquis en découvrant l'atrium, admit Belle.

— C'est vrai qu'il est magnifique, c'est comme une oasis pour nous, habitants du désert.

— Oh ? Vous venez tous les deux du Moyen-Orient ? Mais vous n'avez aucun accent et…

— On est du Moyen-Manhattan, expliqua Fatima en riant, mais Ahmed aime mentionner ses ancêtres du désert.

— Cet atrium est comme les Jardins suspendus de Babylone, renchérit Ahmed.

— Attention qu'Henry ne t'entende pas dire une chose pareille. Tu sais que son projet est de recréer la nature jamaïcaine.

Pris en sandwich entre ses deux nouveaux compagnons, Belle les regarda tour à tour en essayant de marcher en même temps.

— Je croyais que son nom de famille était Kim ?

— Il le tient d'un parent éloigné et oublié. Henry est cent pour cent jamaïcain, crois-moi.

Belle avait la sensation désagréable de trébucher sur ses préjugés à chaque pas.

À l'intérieur, l'appartement sentait divinement bon. Plusieurs odeurs alléchantes se mêlaient délicieusement dans l'air. Monsieur Pennymaker était là, il portait un petit tablier, et sortait de ce qui devait sans doute être la cuisine.

— Ah, vous voilà tous les trois. Wanda est en train d'apposer la touche finale à son festin, vous tombez à pic. Rassemblons-nous pour accueillir notre nouveau résident comme il se doit.

Ahmed se laissa tomber sur le canapé en cuir marron comme s'il était chez lui.

— Comment ça se fait que tu t'appelles Belle ? demanda-t-il. Tu as une maman fan des princesses Disney ?

— Mon nom de famille est Belleterre, et je suis le petit dernier de la famille, alors j'ai écopé du surnom.

— Et puis il faut dire que ça te va plutôt bien, ajouta Ahmed en riant.

Belle haussa les épaules en rougissant.

— Arrête de l'embarrasser, protesta Fatima en donnant une tape sur l'épaule de son mari. Maintenant il va être tout gêné et je ne pourrai plus le regarder avec insistance.

Elle éclata de rire, et attrapa Belle par la manche pour le forcer à s'asseoir sur le canapé, entre elle et son mari.

— Très bien, reprit-elle. Petite question. Et ça s'adresse à vous aussi, Mister P., dit-elle en levant les yeux vers le petit homme. La cousine d'Ahmed est musulmane ultra pratiquante, et elle vient nous rendre visite la semaine prochaine. Nous, nous sommes chiites, et il n'y a rien contre les tatouages dans le chiisme. Sa sœur est une fanatique, et je refuse de couvrir mes tatouages simplement parce qu'elle sera là.

Mister P. se gratta pensivement le menton.

— Dis-moi, Ahmed, pourquoi tu tiens tant à ce que Fatima couvre ses tatouages ?

— Je ne sais pas. Je n'aime pas mettre ma cousine mal à l'aise, c'est tout je crois.

— En revanche ça ne te dérange pas de mettre ta femme mal à l'aise ?

— Si, bien sûr que si, seulement je considère ça comme un geste d'hospitalité, parce qu'Azia sera notre invitée.

— Je comprends. Qu'est-ce que tu en penses, Fatima ?

— Je suppose qu'il n'a pas complètement tort, admit-elle en soupirant. L'hospitalité est au cœur de l'Islam, et je comprends pourquoi ça lui tient autant à cœur.

— Excellent, conclut-il en souriant. Et si vous décidiez que tu n'exposeras pas volontairement tes tatouages, mais que si elle les aperçoit, tu te comporteras naturellement, et tu n'iras pas les cacher comme si tu venais de faire quelque chose de mal ?

— C'est un bon compromis, acquiesça Ahmed, avant de se tourner vers Belle. Qu'est-ce que tu en penses ?

— Je trouve que les tatouages de Fatima sont magnifiques, et si je ne dis pas de bêtise, les fleurs ne sont pas des images interdites dans la religion musulmane ?

— Exactement ! s'exclama Fatima en lui attrapant le bras. Je veux bien faire un effort. Après tout, on est en plein hiver, ça ne me dérange pas de porter des manches longues. Mais si elle les voit, je ne veux pas te surprendre à faire des grands gestes paniqués dans son dos comme s'il fallait vite que j'aille me couvrir, ça marche ?

— Ça marche, acquiesça Ahmed en se penchant sur Belle pour serrer la main à sa femme comme s'il venait de conclure un marché important.

Une femme immense sortit de la cuisine et entra dans le salon. Elle avait des cheveux bruns et épais, et des yeux mystérieux, soulignés de khôl. Il était difficile de déterminer son âge.

— Le dîner est presque prêt. Carstairs, viens m'aider à emmener les plats sur la table.

Elle tendit une main à Belle, réalisa qu'elle avait encore une cuiller en bois entre les doigts, éclata de rire, prit la cuiller dans son autre main, et lui tendit de nouveau sa main droite pour se présenter.

— Je suis Wanda, et tu dois être Belle ?

— En effet, madame, dit-il en acceptant sa poignée de main. Merci de m'avoir invité.

— Tu seras toujours le bienvenu ici.

— Est-ce que je peux vous aider en cuisine ?

— Suis-moi, on va bien te trouver quelque chose à faire.

Une heure plus tard, assis à table avec ses nouveaux voisins, Belle luttait pour garder les yeux ouverts, mais il n'avait jamais eu l'estomac aussi plein de toute sa vie. Wanda l'avait gavé de shish-kebab, de feuilles de vigne, de salade grecque à la feta, de tomates juteuses qui avaient un goût de soleil, de concombres frais, et enfin, de baklavas dégoulinants de miel pour le dessert. Belle posa ses mains sur son ventre.

— J'ai l'impression qu'on a fait entrer un cheval de Troie dans mon estomac pour me surprendre avec plus de nourriture que je ne l'avais prévu. Mais pour être honnête, si c'était à refaire, je ne changerais rien. C'était délicieux, merci infiniment, Wanda.

— Tout le plaisir est pour moi, jeune homme.

La conversation avait navigué entre divers sujets, des plantes, aux tatouages, en passant par la recette du taboulé, mais Belle était parvenu à éviter de parler de lui. Malheureusement, ça n'allait pas durer. Il était en train de siroter une tasse de thé à la menthe, lorsque Ahmed demanda :

— Alors, c'est quoi exactement ce nouveau travail que tu commences demain ?

— Je ne sais pas vraiment. Un poste chez Beauty Inc.

— C'est cool, c'est une bonne société.

— Qu'est-ce qui te fait dire ça ? demanda Belle en fronçant les sourcils.

— Ils font un max de bénévolat, tout le monde à New York le sait, surtout pour la communauté LGBTQ. Comment tu peux travailler pour eux et ne pas savoir ça ?

— Je n'ai pas vraiment eu le choix de venir travailler pour eux…

— Quoi ? Comment ça ?

Belle sortit le nez de sa tasse, et releva la tête. Mister P. souriait mystérieusement.

— Comme l'a judicieusement fait remarquer Mister P. un peu plus tôt dans la soirée, j'ai été amené à faire un choix important, et j'espère avoir fait le bon. Magnus Strong m'a gagné à une partie de poker.

— Pardon ?! s'exclama Fatima en se laissant brusquement retomber contre le dossier de sa chaise.

— Comment une chose pareille a-t-elle pu arriver ? demanda Wanda.

— Mon père avait trop bu, il a parié son entreprise, et il a perdu contre Magnus Strong. Ça l'aurait anéanti d'abandonner le labeur de sa vie à monsieur Strong, ils ont donc conclu un marché. Monsieur Strong laissait notre société tranquille, en échange de quoi, je venais travailler pour lui. Alors me voilà.

— C'est l'histoire la plus dingue que j'aie jamais entendue, dit Ahmed en secouant la tête.

— Et c'est l'histoire de ma vie.

— Je trouve ça extraordinaire, souffla Fatima avec des yeux ronds de stupeur.

— Quelle partie de l'histoire ?

— Il a accepté d'abandonner le contrôle d'une entreprise concurrente pour toi ? Magnus Strong doit avoir sacrément envie de voir ton travail.

Monsieur Pennymaker éclata de rire.

Belle ne voyait pas ce qu'il y avait de drôle.

VII

— BONJOUR, PATRON, prêt pour votre premier jour ?

Belle quitta l'appartement, vêtu d'un costume et d'une cravate, ses pâles cheveux blonds tirés vers l'arrière, seules quelques petites mèches rebelles lui tombaient devant les yeux.

— Bonjour, Leroy. Je vous ai déjà demandé de ne pas m'appeler patron.

— Je ne vois personne d'autre pour qui je serais prêt à prendre une balle, rétorqua Leroy en regardant comiquement partout autour de lui.

— Vous êtes sûr que vous n'en faites pas un peu trop ? demanda Belle en croisant les bras et en se retenant de rire.

— Je préfère rester sur mes gardes, je sais pertinemment qu'il ne faut jamais sous-estimer un chimiste.

— Je vous trouve bien effronté, je croyais que j'étais censé être votre patron ?

— C'est plus fort que moi, patron, dit-il avec un grand sourire, révélant la dent en or, au beau milieu de la rangée du haut.

Ne pouvant plus se retenir, Belle éclata de rire, ce qui aida quelque peu à dénouer l'énorme nœud qu'il avait dans l'estomac. Lorsqu'ils descendirent les escaliers, Wanda glissa la tête dans l'entrebâillement de sa porte. Elle était encore en robe de chambre.

— Je voulais juste te souhaiter bonne chance pour ton premier jour, Belle.

— Merci Wanda, c'est très gentil.

Les gens de cet immeuble étaient tous d'une gentillesse incroyable.

Une fois dehors, Leroy lui ouvrit la porte de la voiture. Belle trouva ça ridicule, mais il se retint de faire la moindre remarque. Après tout, il ne le faisait pas exprès, c'était tout simplement son travail. Sur le chemin, Belle observa distraitement la transformation du paysage à travers la fenêtre ; les vieilles maisons traditionnelles en brique de Brooklyn cédèrent leur place aux gratte-ciel de Manhattan, et le nœud dans le ventre de Belle se resserra instinctivement, sous le coup de la panique. Il avait la chance d'être installé dans la banlieue de New York, mais il savait qu'il ne pouvait pas rester cloîtré chez lui en permanence, il faudrait qu'il s'habitue à la ville d'une manière ou d'une autre.

Son téléphone vibra dans sa poche, et il décrocha.

— Allô ?

— Tu comptais m'appeler un jour ? demanda Judy à l'autre bout du fil.

Belle soupira.

— Salut toi. Je suis désolé.

— Ne t'en fais pas, tu sais que je t'aime quoi qu'il arrive. Pour quelle autre raison je serais debout, au téléphone, à une heure pareille de la journée ? Dis-moi comment tu vas, est-ce que c'est aussi terrible que tu l'avais imaginé ? Est-ce que tu as passé la nuit sur un banc public ?

En l'entendant poser toutes ces questions, Belle réalisa qu'il n'avait en fait pas vraiment de raison de se plaindre.

— Je suis dans une limousine, et on vient de venir me chercher à mon magnifique appartement rempli de verdure pour m'emmener au travail.

— Dis-moi que tu plaisantes.

— Même pas. J'ai une location au cœur de Brooklyn, avec un atrium tropical dans le hall. Je voulais t'appeler pour tout te raconter hier soir, mais je me suis endormi comme une masse.

— Comment tu as fait pour trouver un appartement en si peu de t…

— Je ne l'ai pas trouvé. Il m'attendait. Avec la limousine. Et le chauffeur.

— Est-ce que tu as rencontré Strong ?

— Pas encore.

— Méfie-toi, Belle. Ils essayent de t'amadouer, tu sais très bien ce qui vient ensuite.

Leroy s'engagea sur Park Avenue, et dans le champ de vision de Belle se dressait la gigantesque tour argentée de Beauty Inc.

— Oui. L'abattoir, répondit-il d'une voix tremblante.

MAGNUS REMIT en place le presse-papier sur son bureau pour la troisième fois consécutive. Il appuya sur l'interphone.

— Sherry, est-ce que monsieur Belleterre est arrivé ?

— Oui, monsieur. Je viens d'avoir un appel du Dr. Hauser, il est descendu à l'accueil pour aller à sa rencontre.

— Excellent. Merci.

— Voulez-vous que j'organise un temps de rendez-vous afin que vous puissiez le rencontrer également ?

— Non. Ça ne sera pas nécessaire pour l'instant. Je veux simplement m'assurer qu'il est bien accueilli. Demandez à Eugène de me rappeler lorsqu'il sera remonté.

— Très bien, monsieur.

— Merci, Sherry.

Il retira son doigt de l'interphone et soupira. C'était ridicule de se sentir aussi nerveux. Belle n'était qu'un nouveau chimiste, ce n'était pas le premier qu'il recrutait. Un chimiste, rien de plus. Juste un chimiste.

— Voici votre bureau, Dr. Belleterre. Nous avons pensé que vous apprécieriez d'être à côté des laboratoires, mais si ça ne vous convient pas, n'hésitez pas à nous le faire savoir. Nous pouvons tout à fait vous déménager au même étage que le reste de l'administration.

— Non, c'est très bien comme ça, merci, répondit Belle en observant le bureau immaculé dans lequel ils venaient d'entrer.

Il avait un gigantesque plan de travail, un ordinateur dernier cri et, son détail préféré, un grand tableau blanc avec une boîte neuve de marqueurs. Idéal pour noter les idées et les formules qui lui venaient. Non pas qu'il ait l'intention de communiquer la moindre idée, ou la moindre formule à ces gens. Il se tourna vers le Dr. Hauser.

— Est-ce que vous êtes mon supérieur direct, monsieur ?

Il aurait aimé lui poser la question avec rancœur. Tout aurait été beaucoup plus simple s'il avait dû le détester, mais l'homme était incroyablement gentil et accueillant, en plus d'être un brillant scientifique.

— Nous aimerions que vous puissiez travailler indépendamment, mais techniquement je suis à la tête du département recherche, j'imagine donc que ça fait de moi votre supérieur. Mais je préférerais que vous me considériez comme un collaborateur et un collègue. Vous êtes libre de vous lancer dans toutes les recherches qui seront selon vous pertinentes pour faire progresser l'industrie, et pour rendre les produits de la peau plus sains, et plus accessibles au grand nombre.

Belle se sentait tiraillé entre son désir ardent de travailler avec Eugène Hauser, l'inventeur des produits de beauté à base de plantes les plus efficaces à travers le monde, et la loyauté qu'il devait avant tout à Bella Terra.

— Je préférerais que vous me donniez des tâches précises à accomplir.

— Est-ce que je peux vous demander pourquoi ? s'enquit le Dr. Hauser en réajustant ses lunettes sur son nez.

Belle ne voulait pas se montrer impoli dès son premier jour, d'autant plus que ce n'était pas la faute du Dr. Hauser.

— J'ai travaillé très dur au cours de ces deux dernières années pour permettre à la petite entreprise de mon père de tirer son épingle du jeu au beau milieu des grands acteurs du monde cosmétique. Je me refuse à compromettre tous ces efforts.

— Je vois, répondit Hauser en hochant la tête. Les rumeurs concernant votre recrutement sont donc vraies.

— Je ne sais pas ce que vous avez entendu, mais j'imagine que oui, en partie.

— Très bien, dans ce cas, passons à autre chose. Je vais vous montrer nos programmes expérimentaux.

— Est-ce que vous êtes certain de vouloir faire ça, monsieur ? demanda Belle en fronçant les sourcils.

— Sûr et certain, on m'a expressément demandé de vous montrer en détail tous les projets sur lesquels nous travaillons actuellement.

Pendant l'heure qui suivit, Belle peina à trouver un moment pour reprendre son souffle. Il suivit le Dr. Hauser avec émerveillement, laboratoire après laboratoire, découvrant sous ses yeux ébahis tous les composants exotiques qui étaient utilisés dans des formules à la pointe de la science. Il observa attentivement des techniques novatrices dont il n'avait que vaguement entendu parler. Hauser désigna un groupe de chimistes rassemblés autour d'un microscope.

— Nous sommes en train d'essayer une nouvelle plante d'Amérique du Sud pour augmenter l'effet antirides de notre dernière crème, expliqua-t-il.

Belle brûlait d'envie de se joindre à eux et de prendre part à la discussion. Il se retint.

— Vous avez de quoi être très fier du travail accompli dans vos laboratoires, Dr. Hauser, dit-il sur un ton admiratif. Il va sans dire que j'attends de signer un accord de confidentialité.

— Ne vous inquiétez pas autant, Dr. Belleterre, répondit Hauser en lui tapotant gentiment le bras. Votre intégrité vous précède.

Pour une raison étrange, Belle sentit les larmes lui monter aux yeux. L'envie ne fit que s'accroître lorsqu'il sortit son portable et constata qu'il n'avait toujours aucune nouvelle de sa famille.

MAGNUS FIXA obstinément l'écran de son ordinateur en essayant d'avoir l'air concentré.

— Il s'est installé dans son bureau ?

— Oui, répondit Eugène en se laissant aller contre le dossier du fauteuil sur lequel il avait pris place. Il avait l'air particulièrement content de découvrir le tableau. Je n'étais pas encore sorti de la pièce, qu'il avait déjà foncé dessus pour prendre des notes sur tout ce qu'il venait de voir. Il est attachant. Et d'une beauté renversante. Mais il a l'air tellement triste.

— Triste ? répéta Magnus en relevant brusquement la tête.

— Oui, je n'ai pas pu m'empêcher de remarquer qu'il regardait régulièrement son téléphone, comme s'il le suppliait de se mettre à sonner. Il fallait s'y attendre. Il vient de quitter sa famille et ses amis, il doit se sentir seul.

— Oh, répondit simplement Magnus en essayant de ne laisser transparaître aucune émotion.

— Je crois bon de te prévenir également qu'il est très méfiant, ajouta Eugène, l'air soucieux. Dans son esprit, Beauty Inc. représente encore la concurrence, et pas un employeur. Il m'a demandé de lui attribuer des tâches précises à exécuter. Je pense qu'il a l'intention de faire ce qu'on lui demande de faire, et de s'en tenir là.

— Je vois.

— Le plus tragique, c'est que je pouvais lire l'enthousiasme animer son visage à chaque nouveau projet que je lui présentais. Il regardait les autres chimistes comme s'il mourait d'envie de se joindre à eux, mais il s'est retenu jusqu'au bout. Si tu as effectivement abandonné les actions de Bella Terra sur la table de poker pour les troquer contre un brillant chimiste, j'ai bien peur que tu ne sois déçu, dit-il en lançant à Magnus un regard paternaliste.

Magnus poussa un long soupir.

— Belle, je veux dire le Dr. Belleterre, peut bien faire ce qu'il veut. Malheureusement, parfois les gens ne savent pas ce qui est bon pour eux.

— Est-il vraiment question de faire ce qui est bon pour *lui*, Magnus ? demanda Eugène en l'épinglant d'un regard que Magnus ne connaissait que trop bien.

— C'est mon intention en tout cas. Dans le pire des scénarios, il se contentera d'observer le fonctionnement de l'un des centres de recherche les plus à la pointe sur le marché et il en tirera une expérience précieuse.

Eugène hocha la tête en signe d'accord.

— Ron Belleterre a peut-être été un bon chef d'entreprise à une époque, mais son heure de gloire est passée. Il n'est pas exactement ce qu'on pourrait appeler un modèle idéal pour un jeune homme brillant comme son fils.

— Mais toi oui, c'est ça ? demanda Eugène en haussant un sourcil.

— Moi ? Non, je pensais plutôt à toi.

Il n'était pas prêt à expliquer toutes ses motivations à Eugène, elles étaient encore trop nébuleuses, même dans son propre esprit.

— Demain, je voudrais que tu l'emmènes avec toi à la Fondation pour rencontrer l'équipe. Peut-être que le Dr. Belleterre se sentira plus motivé s'il sait qu'il œuvre pour la charité.

— Je dois reconnaître que c'est sans doute une bonne idée.

Magnus inspira profondément, et déglutit avec difficulté.

Eugène n'en perdit pas une miette.

— Comment s'est passé votre premier jour, patron ?

Belle s'enfonça mollement entre les coussins de cuir de la limousine. Le premier mot qui lui venait à l'esprit était *bizarrement*.

— Très bien, merci.

— J'admire vraiment le travail que vous faites.

— Comment ça ?

— Ma cousine était mariée à un homme qui la battait. Lorsqu'elle s'est sauvée avec son fils et qu'elle s'est installée en foyer, le temps de se remettre sur pied, Beauty Inc. distribuait des crèmes et du maquillage à tous les gens du foyer. C'est un détail, mais ça l'a aidée à se reconstruire, à se sentir belle pour la première fois depuis des années. Elle a repris confiance en elle, elle a trouvé du travail, et aujourd'hui elle vit avec son fils et ils ont une situation financière stable. C'est un geste de gentillesse parmi tant d'autres qui l'a aidée à se remettre en selle.

— C'est génial, répondit Belle, touché par son histoire.

Il avait essayé de convaincre son père de mettre en place un programme de charité depuis le jour où il avait quitté l'école pour travailler chez Bella Terra. Ron avait toujours dit qu'ils n'avaient pas les moyens.

Belle ferma les yeux et s'autorisa à somnoler quelques minutes. Il entendit vaguement à la radio une vieille chanson de la comédie musicale *Le Roi et Moi* qui parlait de confusion et de conclusions tirées il y avait trop longtemps. Est-ce que c'était le cas ?

Ou bien est-ce qu'il tombait dans leur piège ?

Il ne savait plus quoi penser.

Son téléphone sonna, et il décrocha sans même prendre la peine d'ouvrir les yeux pour voir de qui il s'agissait.

— Allô ?

— Allô fiston, comment tu vas ?

Il avait tant espéré entendre la voix de son père aujourd'hui, mais à présent, l'angoisse le gagna et il ne savait plus quoi lui dire.

— Bonjour, papa. Tout va bien.

— Tu es bien installé ? Tu as pu trouver un hôtel ?

Subitement, Belle fut pris d'une irrépressible envie de crier. Il serra la main autour de son téléphone et se força à respirer calmement. Une respiration. Puis deux.

— Beauty Inc. m'a loué un appartement. Tout était déjà réglé quand je suis arrivé.

— Ah, ils sont aux petits oignons avec toi, alors ? plaisanta-t-il, mais ça sonnait faux, sa voix était tendue.

— Ils devaient se douter que je serais complètement perdu en arrivant dans une grande ville que je ne connaissais pas, sans avoir vraiment eu le temps de comprendre ce qui m'arrivait.

— Allons, tu es un grand garçon.

Belle grimaça.

— Tu sais quoi, papa ? C'était il y a déjà plus de vingt-quatre heures. Ça aurait été sympa que l'un d'entre vous se décide à m'appeler, au moins pour s'assurer que je ne dormais pas sur le trottoir. Tu sais, comme une famille normale.

La colère était en train de monter. Il se força de nouveau à se concentrer sur sa respiration.

— Je suis désolé, on a eu une journée de fou.

— Pourquoi ? Que se passe-t-il ? demanda Belle en laissant lentement sortir l'air de ses poumons.

— Les gars du labo disent que le packaging de la nouvelle crème ne marche pas.

— Comment ça, il ne marche pas ? demanda Belle en se redressant dans son siège.

— Je ne sais pas, il faudra que tu voies ça avec Colin.

Belle s'apprêtait à lui répondre qu'il le ferait, lorsqu'il réalisa que ce n'était plus possible.

— Je ne travaille plus pour toi, papa. Tu ne t'attendais quand même pas à ce que je continue à t'aider alors que tu m'as littéralement vendu à l'ennemi ? Je n'ai pas l'intention de faire preuve d'initiative chez Beauty Inc., mais ça ne veut pas dire que je suis prêt à travailler pour leur concurrent dans leur dos. Ils me font confiance, aussi étrange cela soit-il. Je vais te souhaiter bonne nuit maintenant, papa.

Il raccrocha, et appuya son pouce et son index contre ses paupières closes. Sa vie était devenue un véritable champ de mines.

Leroy lui lança un regard inquiet dans le rétroviseur.

— Vous voulez que je fasse comme si je n'avais rien entendu, patron ?

Belle s'autorisa un reniflement amusé.

— Je suis désolé, ça n'était pas très poli. J'aurais dû attendre d'être seul pour avoir cette conversation.

— Ne vous en faites pas pour ça. Je suis votre homme. J'entends ce que vous voulez bien que j'entende, et je ne dirai jamais rien à personne à moins que vous ne me l'ayez demandé.

— Leroy, je ne comprends pas, commença Belle en penchant la tête sur le côté. Ce n'est pas moi qui paye votre salaire, votre loyauté devrait appartenir à votre employeur direct.

— J'ai reçu des instructions très claires, patron, et personne ne peut interférer. Pas même monsieur Strong. Dites-vous que je suis un peu comme Las Vegas. Ce qui se passe avec moi reste avec moi.

Belle secoua la tête, étrangement charmé.

— Mon père s'imagine que je peux continuer à travailler pour lui alors que je viens d'être employé par son plus grand concurrent.

— C'est ce que j'avais cru comprendre. Il doit être désespéré.

— Je sais bien, répondit Belle, le cœur lourd. Le plus difficile, c'est que le produit avec lequel il rencontre des difficultés est mon bébé. J'ai travaillé très dur pour développer la formule et le récipient de cette crème, et me voilà pieds et poings liés au moment où il aurait le plus besoin de moi.

70

— Je suis désolé, ça ne doit pas être facile à vivre. Peut-être que Beauty Inc. pourrait le racheter ?

— C'est bien là le plus étrange. Magnus Strong a battu mon père au poker et tout bonnement gagné toutes ses actions. Ça ne représente pas exactement l'intégralité de l'entreprise, mes deux frères possèdent des actions eux aussi, j'en ai quelques-unes également, et nous avons des actionnaires extérieurs, mais Strong aurait été en position d'influencer toutes les décisions de l'entreprise. Et malgré ça, il a préféré rendre toutes les actions à mon père, contre mon entrée chez Beauty Inc.

— Il a sans doute décidé que vous feriez du meilleur travail chez eux, suggéra Leroy en s'engageant dans la rue de son immeuble.

— Mais je ne vois pas comment, Leroy, s'exclama Belle, à bout de force. Je ne peux pas consacrer ma vie tout entière à l'entreprise de mon père, et du jour au lendemain lui tourner le dos pour travailler avec son plus grand concurrent.

— S'il vous appelle au premier problème venu, c'est que ce n'est déjà plus vraiment son entreprise, dit gentiment Leroy en se garant en bas de l'immeuble. Est-ce que vous avez besoin de quoi que ce soit ? Vous avez à manger ? À boire ?

— J'ai tout ce qu'il faut. Le frigo était déjà plein à mon arrivée. Je ne sais même pas comment je vais finir tout ça. Tout ce que je veux, c'est aller me coucher.

Et dormir pendant au moins deux ans, se garda-t-il d'ajouter.

— Est-ce que ça vous dit si je passe vous chercher un peu plus tôt demain matin, pour vous emmener acheter le meilleur café du coin avant de commencer votre journée ?

— C'est une excellente idée, répondit Belle avec un petit sourire.

Leroy descendit du véhicule, et alla lui ouvrir.

— À demain matin, alors.

— À demain, Leroy. Et merci pour tout.

Lorsqu'il ouvrit la porte du hall, l'atmosphère douce et humide de l'atrium l'enveloppa comme une couverture douillette, et Belle se surprit à sourire de nouveau. Lorsqu'il passa sur le palier du premier étage, Wanda ouvrit brusquement la porte, et l'attrapa par le bras.

— Belle, tu tombes à pic. Va mettre quelque chose de plus confortable, et rejoins-nous pour le dîner.

— Oh non, c'est gentil, mais j'ai tout ce qu'il me faut dans mon frigo.

— Et tu te sens le courage de cuisiner ce soir ? demanda-t-elle avec un sourire malicieux.

— J'avoue que non, céda-t-il avec un petit sourire contrit.

— Faisons un compromis, ramène un peu de ta nourriture avec toi. Je te préparerai quelque chose pour les jours à venir. Tu ne seras pas obligé de rester tard, c'est promis. Je me doute que tu dois être exténué.

Belle la regarda un instant. Dans l'Oregon, à part les visites-surprises de Judy, il passait le plus clair de son temps dans la solitude. Et il aimait ça. Du moins l'avait-il cru jusqu'à aujourd'hui.

— Merci Wanda, c'est vraiment très gentil. Je me dépêche, je n'en ai pas pour longtemps.

En gravissant les marches jusqu'à son étage, il songea que la personne qui avait choisi cet endroit le connaissait mieux que lui-même. Il soupira.

C'était une pensée terrifiante.

VIII

Une tasse fumante de chai latte entre les mains, Belle entra dans le bâtiment où se trouvaient les laboratoires et son bureau. Il avait l'impression d'être un traître, mais il était forcé de reconnaître qu'il adorait déjà ce bâtiment. Les grands laboratoires propres et étincelants, équipés de matériel à la pointe de la technologie, mais également de bancs de travail et de mobilier traditionnels, qui leur donnaient une atmosphère confortable. Quelques-uns des scientifiques déjà présents le saluèrent. Belle leur fit un petit signe de tête en souriant timidement, puis il sortit son badge, et entra dans son bureau.

Il sirota distraitement sa boisson, qu'il avait achetée au café que Leroy lui avait recommandé, et alluma son ordinateur. Il s'était peut-être promis de ne faire que le strict minimum, mais il ne pouvait pas s'empêcher d'espérer secrètement que le Dr. Hauser lui confierait une tâche intéressante.

En parcourant ses e-mails, il découvrit un message de son père.

Belle, je suis désolé de t'avoir demandé d'agir de façon déshonorante. J'étais angoissé et je n'ai pas réfléchi avant d'agir. Je réalise à présent que ton inébranlable intégrité est l'unique raison pour laquelle je n'ai pas commis l'irréparable. Je t'aime. Papa.

Pris de court, Belle essuya d'une main tremblante les larmes au coin de ses yeux.

Quelqu'un frappa contre le montant de sa porte qu'il avait laissée ouverte, et Belle releva la tête. *Oh.* Tous ses muscles se tendirent, puis se liquéfièrent aussitôt. Magnus Strong se tenait sur le pas de sa porte, irradiant de pouvoir et d'un magnétisme sexuel qui défiait la raison.

Magnus sourit, ce qui ne fit qu'accentuer le relief des cicatrices autour de sa bouche. Il tendit une main et entra dans la pièce d'un pas confiant.

— Bienvenue, Dr. Belleterre. Je tenais à vous rencontrer en personne afin de vous faire part de mon admiration pour votre talent. Nous sommes ravis de vous compter parmi nous, chez Beauty Inc.

Un panel d'émotions conflictuelles traversa Belle. L'étonnement qui venait de le secouer à la lecture du mail de son père, son admiration pour Strong, et l'embarras de se retrouver avec une semi-molle causée par la simple présence de cet homme charismatique. Il avait envie de lui sourire, et à la fois, il se détestait pour cette envie. Il avait presque peur de se lever de son bureau. Est-ce que Strong remarquerait son début d'érection ?

Le sourire de Strong s'estompa, et Belle se sentit paniquer. C'était ridicule, il refusait d'agir comme un enfant. Il se leva de moitié, en prenant soin de rester derrière le bureau, et lui tendit la main.

— Merci. Et merci pour l'appartement et le chauffeur. J'apprécie vraiment.

La gigantesque main de Strong enserra la sienne dans une étreinte à la fois rugueuse et chaleureuse. Belle se sentit rougir. Il ne comprenait pas pourquoi cet homme avait un tel effet sur lui. Il détourna nerveusement le regard.

— Je ne vais pas vous embêter plus longtemps, je voulais simplement vous saluer. Faites-moi savoir si vous avez besoin de quoi que ce soit.

Belle hocha la tête, sans pour autant être capable de le regarder dans les yeux.

— Entendu, merci.

Et aussi vite qu'il était apparu, Magnus Strong s'en alla.

Belle se laissa lourdement retomber dans son fauteuil. Il regrettait de ne pas avoir pensé à lui demander qui avait choisi l'appartement.

Mais avait-il vraiment oublié ? Ou avait-il simplement peur de connaître la réponse ?

MAGNUS REGAGNA son bureau d'un pas brusque et pressé. Lorsqu'il referma la porte derrière lui, la réalité de ce qui venait de se passer le heurta de plein fouet. Il était si horrible à regarder que le Dr. Belleterre n'avait même pas été capable de poser les yeux sur lui.

Que s'était-il imaginé ? Il venait de le déraciner à plus de quatre mille kilomètres de chez lui, pour lui demander de travailler avec l'entreprise qu'il détestait probablement le plus au monde. Il y avait peu de chances pour que le jeune homme lui saute dans les bras pour exprimer sa gratitude.

Il avait du mal à mettre des mots sur ce qu'il ressentait. De la déception ? De la colère ? De l'incertitude ? Il se passa une main fatiguée sur le visage, et les mots d'Eugène lui revinrent en mémoire. *Il doit se sentir seul.* Mais qui ne se sentait jamais seul dans ce bas monde ? Malgré tout, il était presque incongru de songer qu'un jeune homme intelligent et séduisant comme lui puisse se sentir seul.

Magnus décrocha son téléphone, et composa le numéro d'Eugène.

— Eugène, est-ce que tu as emmené le Dr. Belleterre à la Fondation ?

— Pas encore.

— Quand vous y serez, prends bien soin de lui présenter Owen Cleese. Je pense qu'ils pourraient bien s'entendre.

Il y eut un long silence à l'autre bout du fil, puis Eugène répondit :

— Tu es sûr que c'est une bonne idée ?

Magnus flancha.

— Oui, enfin je crois. Pourquoi ? Tu crois que le courant ne passera pas ?

— Non, non, ce n'est pas ça, Owen est absolument charmant, mais… Tu sais qu'il est gay lui aussi, n'est-ce pas ?

— Où est le rapport ?

— Nulle part, Magnus. Oublie ce que je viens de dire. Mais promets-moi de penser à toi de temps en temps.

Magnus lui raccrocha au nez.

BELLE SUIVIT le Dr. Hauser dans un long couloir de bureaux qui étaient protégés par une porte avec un code. Il lui montra le laboratoire, et la salle de réunion.

— C'est ici que sont faites toutes les recherches de la Fondation Strong. Nous avons beaucoup de programmes et de projets en cours, parmi lesquels un projet de distribution de produits gratuits pour les gens dans le besoin partout à travers le monde, mais également des contributions financières aux organismes œuvrant pour aider les femmes et les jeunes filles en difficulté. Nous avons aussi un projet en cours de crème pour les brûlures et les cicatrices, développé pour les pays en guerre.

— Vraiment ? demanda Belle dans un souffle, le cœur battant. C'est un très beau projet.

— Monsieur Strong a pensé que vous aimeriez travailler dessus.

— Il… C'était son idée ?

— Oui. Venez, je vais vous présenter Owen Cleese, il est à la direction du projet, expliqua le Dr. Hauser en le menant dans un autre couloir. Comment se passe votre installation ?

Belle hocha silencieusement la tête, mais ne put s'empêcher de sourire.

— Ah, plutôt bien alors, le taquina gentiment le Dr. Hauser.

— On m'a trouvé un appartement dans un immeuble rempli de verdure, et les gens qui y habitent sont tous extraordinaires. C'est comme si quelqu'un était entré dans ma tête pour piocher tous les éléments et construire mon endroit rêvé. J'adore l'Oregon, mais en entrant dans cet appartement, je me suis tout de suite senti chez moi.

— C'est une excellente nouvelle. Il est vrai que Magnus a toujours eu un don pour aller au-devant des désirs des gens.

— Magnus ? demanda Belle aussitôt.

— Oui, c'est lui qui a pris contact avec les RH pour vous trouver un endroit qui conviendrait. Personne d'autre ne vous connaissait, après tout.

— Personne ne me connaissait, tout court, corrigea Belle en fronçant les sourcils.

— Si vous le dites, répondit mystérieusement le Dr. Hauser en lui jetant un coup d'œil, avant de regarder de nouveau devant lui.

Ils se frayèrent un chemin à travers un laboratoire bondé de chimistes en plein travail, jusqu'à une table autour de laquelle un petit groupe d'hommes et de femmes semblaient être en train d'échanger des idées. Ce n'était visiblement pas une réunion officielle, l'ambiance était très détendue. L'homme qui menait la discussion avait un accent british, des cheveux bruns et de grands yeux bleus ; il était extrêmement séduisant. En voyant le Dr. Hauser approcher, il se redressa, et tout le monde se tourna curieusement vers Belle.

— Docteur Hauser, salua l'homme anglais, vous êtes venu vous joindre à la mêlée ?

Il sourit, et deux immenses fossettes creusèrent ses joues, ne lui donnant l'air que d'autant plus séduisant.

— J'ai bien peur que non, répondit Hauser en riant, mais je vous amène un nouveau candidat pour votre brainstorming quotidien. Owen, voici le Dr. Belleterre. Dr. Belleterre, le Dr. Owen Cleese, dit-il en se tournant ensuite vers Belle.

Cleese lui tendit une main, le regard brillant d'intelligence, presque malicieux.

— J'avais entendu les rumeurs selon lesquelles un nouveau chimiste venait de rejoindre nos rangs. Je suis ravi de vous rencontrer, Dr. Belleterre.

— Appelez-moi Belle, répondit-il en acceptant sa poignée de main, qui dura quelques secondes de plus que nécessaire.

— Voudriez-vous vous joindre à notre discussion, Belle ?

— Ou plus exactement au féroce débat de la horde, précisa une jeune femme en lui souriant.

— Ne faites pas attention aux petits plaisantins, rétorqua Cleese en haussant un sourcil en direction de sa collègue. Nous étions en train de chercher des nouvelles idées de produits et de services que la Fondation pourrait mettre en place.

— Je ne suis pas certain de vous être d'une grande aide.

— Ne vous inquiétez pas, asseyez-vous, observez, ça vous donnera un aperçu de la façon dont on fonctionne.

Belle se retint de lui faire remarquer que c'était précisément ce qu'il craignait. Plus il entendait parler du travail de Beauty Inc., et plus il était conquis, plus il avait l'impression de trahir sa famille. Pourtant, il fut incapable de résister.

— Dans ce cas, j'accepte avec plaisir, dit-il en prenant place sur la chaise qui lui était indiquée.

— Parfait, dit le Dr. Hauser en hochant la tête. Je vais vous laisser, je crois que vous n'avez plus besoin de moi.

Il quitta le laboratoire, et Cleese entreprit aussitôt de présenter Belle aux six autres personnes autour de la table.

Une heure plus tard, Belle en était arrivé à un point où il devait se faire violence pour ne pas être impressionné par le génie et la sincérité de l'équipe de scientifiques qui travaillaient pour la Fondation. Il avait tenté de garder le silence, il s'était juré de ne pas intervenir, mais lorsqu'ils avaient commencé à parler de l'aloe vera et d'un moyen de le conserver plus longtemps, il n'avait pas pu se retenir. La discussion qui avait suivi son intervention s'était révélée passionnante, et Belle se surprit à accepter de travailler sur une formulation de crème que la Fondation pourrait distribuer à des œuvres de charité partout à travers le monde. S'il était un traître, au moins c'était pour la bonne cause.

Tout le monde lui serra la main avant de regagner son bureau, et Cleese s'approcha de Belle.

— Merci d'avoir participé. Je ne vous cacherai pas que j'aimerais beaucoup que vous veniez travailler à la Fondation.

— Le Dr. Hauser m'a laissé entendre que c'était plus ou moins ce qui était prévu. J'aimerais beaucoup aussi.

— Suivez-moi, lui dit Cleese avec un petit sourire mystérieux.

Belle le suivit jusque dans son bureau, et Cleese referma la porte derrière eux.

— Je vous en prie, asseyez-vous.

Belle s'assit, et Cleese prit place derrière son bureau.

— Nous pouvons vous trouver un bureau ici dès aujourd'hui, si vous le souhaitez. Ainsi vous pourrez interagir avec le reste de l'équipe qui travaille sur l'aloe vera.

Belle déglutit. Il s'était promis de ne faire que le strict nécessaire, mais un poste comme celui-ci allait lui demander de faire preuve de créativité et d'initiative. Cependant, c'était dans un but caritatif, et donc pour un produit qui n'entrerait pas en concurrence avec Bella Terra.

— Je veux bien, merci beaucoup.

— Dans ce cas, vous pourrez commencer dès demain matin, conclut Cleese. En attendant, accepteriez-vous d'aller dîner avec moi ce soir ?

— Oh.

— Pas dans le cadre du travail, précisa-t-il en souriant avec ses charmantes fossettes. Vous pouvez tout à fait refuser, mais je pense qu'on nous a présentés en connaissance de cause. Et je ne vous cache pas que je vous trouve très séduisant.

— En connaissance de cause ? demanda Belle en fronçant les sourcils.

— Oui, probablement une décision consciente du Dr. Hauser. Ou même de Magnus Strong, qui sait ? Beauty Inc. n'émet aucune objection contre la fraternisation, ils savent pertinemment que les travailleurs acharnés sont plus susceptibles de rencontrer du monde sur leur lieu de travail.

Belle se sentait étrangement en colère, et étrangement triste. Il ne savait pas pourquoi, mais il décida qu'il était grand temps de cesser de s'apitoyer. Cleese était vraiment très beau. Belle lui sourit.

— Alors comme ça, vous me trouvez très séduisant ?

— Vous plaisantez j'espère. Vous vous êtes regardé dans un miroir récemment ?

Belle fut pris de l'envie irrépressible de rétorquer que la beauté ne faisait pas tout, mais compte tenu de ses dernières pensées, ça aurait été hypocrite.

— Je serais ravi d'aller dîner avec vous ce soir.

— Fantastique. Je passe vous chercher ?

— Je vis à Brooklyn, mais j'ai un chauffeur extraordinaire. Je suis certain qu'il acceptera de m'emmener où je veux.

— Dans ce cas, je veux bien que vous veniez me chercher, répondit Cleese en riant.

BELLE SE tapota l'estomac en se penchant en arrière contre le dossier de sa chaise. Il observa la troisième tranche de saumon dans son assiette, et soupira.

— Je n'arrive pas à croire que j'ai mangé autant. Le saumon était délicieux, mais j'ai l'impression de trahir l'Oregon en disant cela.

Ça commençait à faire beaucoup de trahison dans la même journée.

— Je me doutais que cet endroit vous plairait. Ils font importer le poisson depuis votre région, mais leur préparation est aussi unique que délicieuse.

— J'ai l'impression d'avoir assez mangé pour l'année entière, plaisanta Belle.

— Est-ce que vous ne vous laisserez pas tenter par un petit dessert ? demanda Cleese en buvant une gorgée du merlot qu'il leur avait commandé. Ils font un sundae au caramel absolument divin.

— Une autre fois peut-être. Je n'ai vraiment plus faim.

— Un peu d'exercice est donc de rigueur. Que diriez-vous d'aller danser ?

— J'adorerais, répondit Belle en souriant. Encore quelques gorgées de vin, et je pense que j'aurai le courage de me lancer sur la piste.

— Alors buvez, jeune homme. Il y a une boîte de nuit gay très réputée à quelques rues d'ici. Ils ont un bar auquel on peut s'installer pour boire tranquillement, et une salle pour danser.

— Ça m'a tout l'air d'être un très bon endroit pour commencer ma découverte de New York.

— J'espère avoir l'occasion de vous en faire découvrir bien d'autres, dit Cleese en penchant la tête sur le côté pour l'observer attentivement.

Puis il éclata de rire, et Belle ne put s'empêcher de se joindre à lui. C'était une charmante pensée, et Owen était très agréable, mais il devait se rendre à l'évidence, il ne faisait pas battre son cœur.

Owen insista pour régler l'addition, puis ils sortirent dans la nuit froide, et marchèrent jusqu'à un bâtiment discret, sur lequel une simple plaque dorée indiquait « Bae ».

— Qu'est-ce que ça veut dire ? demanda Belle en haussant un sourcil.

Owen appuya sur la petite sonnette à côté de la plaque.

— Quoi, vous ne connaissez pas ? Je croyais que tous les jeunes employaient ce mot. Bae, les initiales de Before Anyone Else. C'est le mot qu'ils utilisent pour parler de leur moitié, je crois.

Un homme immense, avec des cheveux noirs tirés en arrière, et un costume très élégant, leur ouvrit la porte.

— Bonsoir Dr. Cleese, c'est un plaisir de vous revoir ici.

— Bonsoir, Weldon, je te présente le Dr. Belleterre.

L'homme lui fit un signe poli de la tête, puis leur laissa le passage. En entrant, Belle découvrit un petit hall d'accueil à la décoration raffinée. Un sol en marbre, un tapis persan, des peintures impressionnistes, des bouquets de fleurs, et un parfum de vanille et d'agrumes. L'endroit dégageait une impression de sensualité, mais subtile.

Owen tendit leurs manteaux à Weldon, et prit le bras de Belle pour le guider à travers une porte qui menait directement au bar, puis une autre porte, fermée celle-ci, et argentée. Owen l'ouvrit, et Belle retint son souffle. La musique, les odeurs, les lumières et la nudité des danseurs qui ondulaient dans de gigantesques cages dorées, tout heurta Belle de plein fouet.

— Où est-ce que je viens d'atterrir ?

— Bienvenue au Bae, répondit Owen en riant.

Un serveur les accompagna jusqu'à une banquette contre le mur du fond, et prit leur commande. Un verre de champagne pour Belle, et une bière pour Owen. La pièce n'était pas particulièrement grande, et la foule ne devait pas dépasser une centaine de personne, mais les miroirs qui couraient le long des murs les multipliaient à l'infini. Les danseurs étaient vêtus de toutes sortes de tenues différentes. Il y avait des gens en costume, tout comme d'autres en combinaison de cuir. Le choix de musique était étonnant, rien à voir avec la techno assourdissante à laquelle Belle s'était attendu. Un petit groupe reprenait des classiques des années 40 et 50. Une chanteuse à la voix de velours entonnait une ballade sensuelle.

— L'ambiance musicale est intéressante.

— Ils organisent des soirées à thème, expliqua Owen. Prêt à vous lancer sur la piste de danse ?

—Allons-y.

Une fois sur la piste, Owen le serra contre lui, mais pas suffisamment pour que leurs entrejambes entrent en contact. Ce qui était sans doute pour le mieux, dans la mesure où celui de Belle n'était pas très enthousiaste. Peut-être qu'il était encore trop tôt, ou peut-être que Belle était célibataire depuis si longtemps que ses hormones avaient perdu tout espoir. Il décida de ne pas se poser trop de questions, de se détendre, et d'en profiter. Derrière lui, la foule s'agita et les gens se mirent à chuchoter.

— Tiens, le grand homme, en personne, murmura Owen.

— Qui ?

Owen les fit lentement pivoter en dansant, pour que Belle soit face à l'entrée. Belle se figea, puis faillit trébucher. Magnus Strong venait d'arriver et de s'installer sur l'une des banquettes, accompagné d'un homme grand, au visage quelconque. Une étrange chaleur intense envahit la poitrine de Belle et lui monta à la tête.

Owen continua à danser, et Belle trébucha de nouveau. Il ne savait plus quoi faire de ses pieds.

— Je suis désolé, souffla-t-il en essayant de bouger et de respirer normalement.

— Les rumeurs sont donc vraies, observa Owen avec un petit rire.

— Pardon ? demanda distraitement Belle, incapable de détacher son regard de Magnus Strong.

— Est-ce que Magnus Strong vous a vraiment gagné lors d'une partie de poker ?

Belle tourna enfin la tête vers lui, et serra la mâchoire.

— Magnus Strong a battu mon imbécile de père au poker, a remporté la majorité des actions de son entreprise, et pour une raison inexplicable, a décidé d'échanger ses actions contre mon recrutement. Mais si vous préférez résumer en racontant qu'il m'a gagné au poker, alors j'imagine que oui, on peut dire ça comme ça.

Il cessa complètement de danser, et recula.

— J'aimerais rentrer chez moi.

— Non, je suis désolé, s'excusa Owen en l'attrapant par le bras. Je ne voulais pas vous offenser. Venez, allons au bar. C'est plus tranquille.

Belle hocha la tête en essayant de ne pas regarder dans la direction de Magnus Strong, et ils quittèrent la salle de danse pour rejoindre le bar.

Cette situation était ridicule. Magnus faisait des pieds et des mains pour le caser avec Owen, il devait savoir qu'ils seraient là ce soir. Avait-il décidé de les suivre ?

Belle se secoua. Il devenait parano. Magnus Strong avait sans doute bien mieux à penser que l'emploi du temps de Belle Belleterre.

IX

Owen le guida jusqu'au bar, puis jusqu'à une table dans un coin tranquille. Le bar était grand, éclairé par des lumières tamisées, et l'ambiance était agréable, quoiqu'excessivement masculine. Un serveur s'approcha d'eux, et ils recommandèrent la même chose.

Lorsqu'il revint avec leurs verres, Owen but une gorgée de sa bière, avant de poser une main sur l'avant-bras de Belle.

— Je suis vraiment désolé pour tout à l'heure. J'ai entendu des rumeurs mais je n'avais pas réalisé l'étendue de la situation. Mon Dieu, mais à quoi pensait votre père ?

— Il ne pensait pas. Il était saoul, ce qui semble être son activité préférée depuis la mort de ma mère, et s'est laissé emporter par son addiction la plus terrible, le jeu. Inutile de vous dire que l'alcool et les cartes ne font pas bon ménage. C'est comme ça qu'il a perdu les actions de son entreprise.

— J'ai entendu dire que vous vous apprêtiez à sortir un nouveau produit qui aurait révolutionné le monde des cosmétiques.

— Oui, soupira Belle.

— Que s'est-il passé au juste ? Magnus a eu pitié de lui et a décidé de lui laisser son entreprise ?

— Je ne pense pas qu'on puisse parler de pitié, mais en tout cas il a promis de lui rendre ses actions si je venais travailler pour Beauty Inc., expliqua Belle en poussant distraitement son verre.

Owen se mit à rire.

— Quoi ?

— Ça me semble évident. Magnus est un homme intelligent, il a dû se dire, pourquoi acheter le produit fini quand on peut aller à la source ?

— Avec les parts de mon père dans la compagnie, il aurait eu la main sur le produit fini, la source, et toute la machinerie entre les deux, protesta Belle en fronçant les sourcils. Pourquoi les avoir rendues à mon père ?

— Difficile à dire. Il est très rare que Magnus rachète d'autres entreprises. Il a sa façon bien particulière de gérer les choses. Peut-être qu'il a pensé que ce serait plus simple de vous intégrer vous seul, plutôt que tout le personnel de votre entreprise.

— Qu'est-ce que vous entendez par « façon bien particulière » ?

— Vous êtes là depuis quelques jours maintenant, à votre avis ?

— Je ne sais pas, je dirais qu'il a l'air… de beaucoup respecter ses employés, admit-il à contrecœur.

— C'est le moins qu'on puisse dire. Il considère que le succès d'une entreprise repose sur le bien-être de ses employés.

— Et il donne à beaucoup d'œuvres de charité.

— Et je peux vous dire que ce n'est ni pour sa réputation ni pour dégraisser ses impôts. Il a toujours été très investi dans la Fondation. Si vous trouvez une idée susceptible d'aider les gens, surtout les femmes et les enfants, il vous soutiendra à deux cents pour cent.

— J'ai du mal à réconcilier cette image avec celle de l'homme qui a humilié mon père aux cartes en le laissant parier et perdre son entreprise, puis qui a fait le marché de l'échanger contre son fils. Autant promouvoir le trafic d'êtres humains.

— Holà, du calme, répondit Owen en levant une main. Je ne peux pas vous répondre, je ne le connais pas assez. Magnus Strong est un homme complexe avec une volonté de fer.

— Et pourquoi il n'a jamais eu recours à la chirurgie esthétique pour son visage ?

— Ha, c'est la grande question, répondit Owen en buvant une nouvelle gorgée de bière. Tout le monde se la pose, mais personne ne connaît la réponse.

IL ÉTAIT complètement fou. Il n'y avait pas d'autre explication.

Assis dans sa voiture, garée juste en face de l'appartement d'Owen Cleese, Magnus se remettait sérieusement en question. Après le départ de Belle du bar, Magnus avait raccompagné Carl chez lui, puis il était venu ici. Il était ridicule. Après tout, c'était lui qui avait pratiquement jeté Belle et Owen dans les bras l'un de l'autre. Mais que savait-il d'Owen exactement ? Une chose était sûre, c'était un brillant scientifique et homme d'affaires. Magnus avait l'intention de le nommer directeur général de la Fondation. Mais que savait-il de sa vie personnelle ? Peut-être qu'il était un tueur en série ?

Ou peut-être que Magnus exagérait inutilement.

Il se baissa le plus possible dans son siège, et entreprit d'attendre. Il avait décidé de se rendre à l'évidence : lorsqu'il s'agissait de Belle Belleterre, il perdait la raison. Depuis le premier instant où il avait posé les yeux sur son visage d'ange. Belle était intelligent, mais il était aussi incroyablement innocent, et Magnus se sentait le devoir de protéger cela. Le jeune homme avait déjà la malchance d'être entouré d'une famille d'idiots, il fallait bien que quelqu'un prenne soin de lui.

La limousine de Belle apparut enfin au pied de l'immeuble.

Magnus se tendit.

Leroy sortit du véhicule, et le contourna pour aller ouvrir la porte arrière. Owen apparut, dans toute sa splendeur british. Il était vraiment séduisant. Il se pencha dans l'encadrement de la porte ouverte, sourit, et dit quelque chose. Puis, après un petit signe de main, il referma la porte et gravit les marches de l'immeuble. Seul.

Une vague de soulagement envahit Magnus, si intense que la tête lui tourna un instant. La limousine redémarra, et Magnus poussa un long soupir.

Son comportement était irrationnel, il le savait. Après tout, peut-être qu'ils avaient baisé comme des lapins dans la voiture. Pourtant, en redémarrant, il ne put s'empêcher de sourire.

BELLE ENTRA dans le hall de son immeuble, et laissa le sentiment de paix et de soulagement couler dans ses veines.

— Bonsoir Belle, comment allez-vous ? demanda Mister P.

Il était en train de jardiner. Il portait des bottes en caoutchouc, un tablier et des gants.

— Très bien, répondit Belle en souriant. Et vous, Mister P. ? Vous faites du jardinage nocturne ?

— Certaines de ces petites friponnes ont besoin d'être arrosées de nuit, acquiesça-t-il. Voulez-vous vous joindre à moi ? J'ai ramené du vin.

Après tout, pourquoi pas ?

— D'accord. Donnez-moi un instant, je vais me changer.

Il monta jusque chez lui, et troqua son costume contre un jogging et une vieille paire de baskets, avant de descendre rejoindre Mister P. Il était en train de creuser la terre avec une petite pelle, et deux verres de vin étaient servis sur un banc juste à côté de lui.

— Est-ce que je peux vous aider ? demanda Belle en observant la jungle de verdure autour de lui, avec le même émerveillement qu'au premier jour.

— Enfilez les gants qui sont juste là, il faut remuer la terre à la base de ces petits buissons. Ils ont besoin d'un sol aéré. Mais prenez un verre avant, dit-il en lui offrant l'un des deux verres de vin.

Belle accepta en lui souriant. C'était le premier verre de la soirée qu'il appréciait vraiment. Il poussa un long soupir de soulagement, et se mit au travail. Rien de tel que de mettre les mains dans la terre.

— Comment s'est passée votre soirée ? s'enquit Mister P.

— Très bien, merci.

Un long silence s'ensuivit.

— En fait, reprit Belle, c'était plutôt moyen.

Mister P. ne dit rien, se contentant de gratter la terre avec sa pelle.

— C'était même assez étrange.

— Oh ? réagit Mister P. en relevant la tête avec un sourire, comme s'il avait attendu que Belle lui réponde honnêtement avant de répondre. Pourquoi étrange ?

Belle haussa les épaules.

— Je suis sorti avec l'homme qui dirige le laboratoire de la Fondation de Beauty Inc. Il est très gentil. Et intéressant. Mais je ne sais pas, j'avais l'étrange impression d'être à un rendez-vous arrangé.

— Est-ce que ce serait une si mauvaise chose ? demanda Mister P. en attrapant un petit vaporisateur pour arroser les feuilles du buisson. Ça arrive souvent, non ? Des amis qui vous organisent un rendez-vous arrangé.

— Oui, j'imagine.

Un autre long silence s'étira entre eux. Ça n'avait pas l'air de déranger Mister P., mais Belle était agité, et il avait besoin de parler.

— Vous ne trouvez pas ça étrange que Magnus Strong m'ait fait venir jusqu'à New York, tout ça pour me pousser dans les bras de l'un de ses employés ?

— Auriez-vous préféré que ce soit dans les siens ? demanda Mister P., dissimulé derrière un gigantesque hibiscus.

— Non !

Mister P. se contenta de continuer ce qu'il était en train de faire, sans rien ajouter.

— Mais vous ne trouvez pas ses méthodes un peu indiscrètes ?

— Vous êtes tout nouveau ici, peut-être qu'il cherchait simplement à s'assurer que vous ne vous sentiez pas seul, et qu'il a été un peu maladroit dans la démarche.

— Je n'ai pas besoin d'un entremetteur, protesta Belle en fronçant les sourcils.

— Allons mon garçon, c'est toujours agréable lorsque quelqu'un nous démontre qu'il tient à nous.

— Pourquoi Magnus Strong tiendrait-il à moi ? demanda Belle, le souffle court.

— C'est une très bonne question, répondit Mister P. en lui tendant de nouveau son verre.

Belle but une gorgée.

— Pourquoi ne pas en parler à votre amie ?

— Mon amie ?

— Votre meilleure amie.

— Judy ?

Mister P. se contenta de sourire, et de continuer à creuser.

C'était une bonne idée. Il devrait appeler Judy. Il ne lui avait pas parlé depuis le matin de son premier jour de travail.

— C'est une très bonne suggestion, merci Mister P., dit-il en prenant son téléphone dans sa poche.

De l'autre main il attrapa son verre de vin, puis retira ses chaussures pour ne pas mettre de terre partout, et s'éloigna jusqu'au vestibule d'entrée. Il n'était pas encore très tard en Oregon. Il composa le numéro de Judy.

— A… Allô ?

— Judy ? Mon Dieu, mais tu es en train de pleurer, qu'est-ce qui ne va pas ? Il s'est passé quelque chose.

— Je suis dé… désolée, Belle, ce n'est rien, je m'inquiète pour rien.

— Inquiète ? Inquiète de quoi ?

— Des bêtises.

— Quel genre de bêtises ?

— Ce n'est vraiment pas important, je te le jure.

— Est-ce que tout va bien avec tes parents ?

— Oui, tout va bien.

Sa famille s'en sortait tout juste financièrement. Son père était caissier, et sa mère baby-sitter. Belle avait aidé Judy à faire son école de droit autant que possible, mais elle s'était débrouillée en grande partie toute seule, grâce à des bourses, et en faisant des emprunts à la banque.

— Tu t'inquiètes pour le remboursement de tes emprunts.

— Un peu, comme d'habitude.

— Comment s'est passé ton rendez-vous chez le docteur ?

Elle hésita un court instant avant de répondre.

— Je n'ai pas encore les résultats des tests.

— Mais c'est ça qui t'inquiète, n'est-ce pas ? Je t'en prie, ma belle, parle-moi.

Elle prit une grande inspiration.

— J'ai une grosseur dans le sein. Ils ont dû faire une biopsie.

— Mon Dieu, Judy…

— Belle, qu'est-ce que je vais faire si c'est un cancer ? Je n'ai pas de mutuelle, et pas d'argent, dit-elle d'une voix tremblante et aiguë. Ça ne peut pas être un cancer, pas vrai ? J'ai toujours souffert de mastose [1], c'est sans doute un kyste. Je t'en prie, dis-moi que c'est un kyste.

— J'en suis sûr, répondit-il en se forçant à rester calme. Mais si jamais c'est autre chose, tu n'es pas toute seule, d'accord ? On traversera ça ensemble. Je t'aiderai à trouver de l'argent. On trouvera une solution.

— Mais comment on va faire ? Tu es à des milliers de kilomètres, dit-elle en sanglotant.

— Ne t'en fais pas pour ça, si je dois faire le mur, je ferai le mur. Tu es ma priorité, Judy, tu le sais ça, j'espère.

— Je t'aime.

— Moi aussi je t'aime. Quand est-ce que tu auras les résultats de la biopsie ?

— Demain, ou après-demain.

— Appelle-moi dès que tu les as.

— D'accord.

— Promets-le-moi.

— C'est promis, dit-elle, et il put entendre un léger sourire dans sa voix. Comment ça va toi ? Ton nouveau travail, et tout le reste ?

Belle s'appuya contre le mur. Tous ses soucis lui semblaient bien insignifiants au regard de ce qu'elle traversait. Mais peut-être que ça lui changerait les idées d'entendre parler de son quotidien à New York.

— À ma grande surprise, Beauty Inc. est une entreprise fantastique. Si Strong n'était pas aussi désagréable, je crois même que je pourrais me plaire ici.

— Qu'est-ce qu'il a encore fait ? demanda Judy en riant doucement.

1 La *mastose* ou *mastopathie kystique diffuse* se caractérise par l'apparition de formations kystiques régulières non cancéreuses et non inflammatoires. C'est l'affection la plus fréquente du sein chez la femme.

— Je crois qu'il a essayé de me caser avec l'un de ses scientifiques. Je suis sorti avec le type en question, et le soir de notre premier rendez-vous, qui croise-t-on au bar où nous sommes ? Je te le donne en mille : Magnus Strong.

— C'était peut-être une coïncidence ?

— Ça pourrait.

— Sauf que tu sais déjà qu'il a tendance à te faire suivre.

— Exactement.

— Mais le rendez-vous sinon ? Ça s'est bien passé ?

— Pas trop mal.

— Cache ton enthousiasme.

— Je ne sais pas trop quoi penser, répondit-il en souriant malgré lui. Il a tout pour plaire, il est beau, intelligent, il danse bien et c'est un brillant chimiste. Il est même british !

— Alors qu'est-ce qui cloche ?

Belle refusait d'admettre à voix haute qu'à côté de Magnus Strong, tout le monde lui semblait un peu ennuyeux.

— Peut-être que je suis encore trop contrarié par tout ce qui s'est passé.

— Et moi qui te rajoute du souci…

— Arrête un peu, tout ça n'a aucune importance en comparaison de ce que tu traverses. Je n'ai qu'une seule meilleure amie, c'est elle le plus important.

— Merci, murmura-t-elle en reniflant.

— Tiens-moi au courant, d'accord ?

— D'accord, répondit-elle en poussant un long soupir tremblant. Le cancer a intérêt à attendre que je devienne la plus grande avocate du pays et que je gagne des millions.

— Voilà, je préfère ça. Je t'aime fort, ma belle.

— Et moi je t'aime encore plus.

Belle raccrocha, et fixa son téléphone pendant un long moment. Malheureusement, il savait mieux que personne que le cancer n'attendait pas, et qu'il ne demandait son avis à personne. Il récupéra son verre de vin vide, et alla retrouver Mister P.

— Est-ce que votre discussion a aidé ? demanda le petit homme en retirant ses gants et en dénouant son tablier.

— Mon amie… Judy, ma meilleure amie… elle a peut-être un cancer.

— Ah.

— Est-ce que vous saviez ? demanda Belle perdu, en redressant la tête.

— Comment aurais-je pu savoir ?

— Oui, je suis désolé, c'est ridicule comme question. Je suis complètement chamboulé. Je ne sais pas ce que je vais faire si elle a un cancer.

— La même chose que font tous les gens qui traversent une épreuve difficile : tenter de tenir le coup du mieux possible.

— Oui. Oui, vous avez raison.

— Est-ce qu'elle a su répondre à votre question ?

— Pardon ?

— Votre amie, a-t-elle su vous dire selon elle, pourquoi Magnus Strong tiendrait à vous ?

C'était une drôle de conversation.

— J'ai complètement oublié de lui demander, répondit Belle.

Mister P. récupéra son verre, et se dirigea vers son appartement, au rez-de-chaussée.

— Oublié ? Vraiment ?

X

LES YEUX rivés sur la formulation d'aloe vera sur laquelle il travaillait, Belle jeta un coup d'œil à son téléphone portable, puis reporta son attention sur son travail. Il avait passé la journée à lancer des regards furtifs à son portable, mais il n'avait toujours pas de nouvelles de Judy. Il ne voulait pas la stresser davantage en l'appelant toutes les cinq minutes, mais l'attente devenait insupportable.

Une main se posa dans son dos, et Belle sursauta.

— Pardon de vous avoir surpris, mais vous aviez l'air préoccupé, expliqua Owen en retirant sa main.

Belle passa une main dans ses cheveux.

— Ma meilleure amie attend les résultats d'une biopsie. J'attends son coup de fil, mais l'attente me rend fou. Et je crois qu'on devrait peut-être se tutoyer, à ce stade, Owen.

— Je suis désolé pour ta meilleure amie. Tu veux venir dîner avec moi pour te changer un peu les idées ?

— Je crois que je ne serais pas de très bonne compagnie.

— Je ne te demande pas d'être de bonne compagnie, je te propose d'aller manger. Toutes les occasions de partager la compagnie de ton charmant chauffeur sont bonnes.

— Je savais que tu ne t'intéressais à moi que pour mon chauffeur, plaisanta faiblement Belle.

Owen lui glissa un étrange regard en coin.

Une heure plus tard, ils étaient assis côte à côte, sur la banquette d'un petit bistro, et Belle poussait distraitement les feuilles de sa salade du bout de sa fourchette, en surveillant de près son portable.

— Peut-être que je devrais l'appeler.

— Attends au moins jusqu'à demain matin. Elle t'a dit qu'elle aurait les résultats sous quarante-huit heures au plus tard.

— Je sais, mais je n'ai eu aucune nouvelle d'elle. Pas même un texto.

— Elle est peut-être occupée.

— Ou alors elle essaye de me cacher à quel point elle est bouleversée.

— Tu penses que les résultats seront mauvais ?

— Je préfère me préparer au pire. Même si je fais tout pour ne pas y penser. Si la biopsie révèle un cancer, il faudra que je rentre pour l'aider.

— Ne t'inquiète pas, tu verras ça avec les RH. Beauty Inc. a toujours été une entreprise compréhensive et généreuse lorsqu'il s'agit des urgences familiales.

— Elle est comme une sœur pour moi, acquiesça Belle, en se forçant à respirer calmement, et elle n'a personne d'autre sur qui compter.

— Est-ce qu'elle a un travail ?

— Elle est stagiaire pour un cabinet d'avocats esclavagistes. Elle ne touche aucun salaire, aucune compensation.

— Peut-être que les résultats seront rassurants.

— Je sais. Ça ne sert à rien de paniquer tant que je n'ai pas la réponse définitive. Je ferais mieux de rentrer à la maison.

C'était étrange, la vitesse à laquelle son petit appartement de Brooklyn était devenu « la maison ».

— Très bonne idée.

Belle laissa quelques billets sur la table, et ils quittèrent le restaurant. Leroy avait promis de rester garé dans les parages. Fidèle à sa promesse, ils le retrouvèrent à quelques mètres de là, le moteur déjà en route.

Sur le chemin jusqu'à l'appartement d'Owen, Belle tenta de ne pas se montrer trop morose, et se força à rire lorsque Owen lui raconta l'anecdote d'une explosion dans son laboratoire. Arrivés devant chez lui, Owen appuya sur le bouton pour remonter la vitre teintée entre Leroy et eux, et se pencha sur Belle en souriant.

— Je me disais que je pourrais peut-être te changer un peu les idées avant qu'on se quitte.

Belle se tendit instinctivement. Depuis quand l'idée d'un geste romantique l'ennuyait-elle ? Il se força à se détendre, et sourit en comblant les centimètres qui le séparaient d'Owen. Lorsque leurs lèvres se rencontrèrent, un petit frisson parcourut l'échine de Belle. Il y avait tellement longtemps. Il ne savait pas s'il était plus excité d'embrasser quelqu'un pour la première fois depuis des années, ou d'embrasser Owen.

Owen accentua la pression de sa bouche contre la sienne, puis glissa sa langue entre ses lèvres. Pas de chair de poule. Pas de feu d'artifice. C'était agréable, mais pas sensationnel.

Puis, Owen se recula, affichant une expression d'abord soucieuse, puis résolue.

91

— Dois-je en déduire que je ne te fais pas vraiment d'effet ? demanda-t-il gentiment, avec son charmant accent.

— Je suis désolé, je suis un peu distrait, s'excusa Belle en baissant le regard.

— Mais même avant toutes ces distractions, tu n'étais déjà pas particulièrement charmé, pas vrai ? demanda-t-il en glissant un doigt sous le menton de Belle pour le forcer à le regarder dans les yeux.

— Peut-être que je manque simplement d'entraînement. Ou peut-être que j'ai perdu ma libido, soupira Belle.

Owen se mit à rire, un rire sincère, quoiqu'un peu déçu.

— Quel âge as-tu ? Vingt-trois, vingt-quatre ans ?

— Vingt-deux ans.

— Et tu as déjà été avec des hommes qui… te faisaient de l'effet, dirons-nous ?

— Oui, à l'université. Mais ensuite j'ai commencé à travailler pour mon père, et j'ai consacré chaque minute de ma vie à mon travail.

— Raison de plus pour que ta libido soit sur le qui-vive.

— Je suis sincèrement désolé. Peut-être qu'on devrait réessayer quand ma vie aura retrouvé un semblant de calme ?

— Tant qu'il y a de la vie, il y a de l'espoir, c'est ça ? J'attendrai dans ce cas. À demain, Belle, dit-il en se penchant pour déposer un baiser sur sa joue.

Il quitta le véhicule, et Belle rouvrit la vitre teintée.

— Désolé, Leroy.

— Ne soyez pas désolé, patron. La vitre sert à ça, répondit-il en lui lançant un regard dans le rétroviseur. Mais j'ai comme l'impression qu'il n'y avait pas grand-chose à voir.

— Je suis très inquiet pour une amie à moi.

— Je comprends, mais le Dr. Cleese est un type bien. J'ai l'intuition que vous cherchez quelque chose de moins… facile, je me trompe ?

— Pour être honnête, j'ai si peu d'expérience que je ne sais même pas ce que je cherche.

La seule chose dont il était sûr, c'était que le souvenir de JP Engstrom, un camarade de classe pendant sa licence, qui refusait de sortir du placard officiellement, mais qui adorait traîner Belle dans la forêt derrière le campus pour le baiser contre le premier tronc venu, lui faisait encore de l'effet. Son téléphone portable le sortit de sa rêverie, et il décrocha à la hâte.

— Judy ! Comment tu vas ? Tu as eu tes résultats ?

— Ce n'est pas bon du tout, Belle, dit-elle en sanglotant. J'ai un cancer stade 1, mon Dieu qu'est-ce que je vais devenir ?

— Ne t'inquiète pas, je t'ai promis que j'allais t'aider. Que t'ont dit les médecins ?

— Ils m'ont recommandé un chirurgien, mais un chirurgien ça coûte cher, articula-t-elle péniblement entre deux sanglots hystériques.

— Respire, Judy.

Il passa près de vingt minutes à essayer de la calmer.

— Prends quelque chose pour t'aider à dormir, et essaye de te reposer un peu, d'accord ? Je te rappelle demain à la première heure, et on décidera ensemble de ce qu'on va faire.

— Belle, tu viens juste de t'installer là-bas et de commencer un nouveau travail, tu ne peux pas tout envoyer en l'air juste pour moi.

— C'est ce qu'on va voir.

— Merci Belle, merci d'être toujours là quand j'ai besoin de toi.

— C'est normal. Prends ton médicament, et va dormir. Tu as besoin de sommeil pour guérir.

— Je t'aime.

— Moi aussi, je t'aime.

Il raccrocha, et se pencha pour mettre sa tête entre ses genoux et calmer sa respiration.

— Tout va bien se passer, patron, le rassura Leroy d'une voix douce.

— Je sais, je sais, répondit Belle en composant un nouveau numéro sur son téléphone.

Une sonnerie, puis deux. Il était encore tôt dans l'Oregon, pourquoi il ne décrochait pas.

— Belle ? C'est toi ? demanda son père en décrochant enfin. Dieu merci, on a besoin de toi ici, tu n'imagines même pas.

— Bonjour papa, je suis désolé, je n'appelle pas pour vous aider. En fait, c'est moi qui ai besoin de ton aide.

— Quoi ? Non, Belle, la dernière formulation de la crème ne se conserve pas dans le flacon, nous avons besoin que tu viennes voir où est le problème et que tu conçoives un nouveau flacon.

— Je t'ai déjà expliqué que c'était impossible, il y a conflit d'intérêts, répondit Belle.

— On emmerde le conflit d'intérêts, je te dis qu'on a besoin de toi !

— Papa, papa, écoute-moi une minute. Tu te souviens de Judy, ma meilleure amie ? On vient de lui diagnostiquer un cancer du sein, mais elle n'a pas d'argent. Est-ce que tu peux prendre contact avec elle et t'assurer qu'on lui donne de quoi payer son opération et les soins qui suivront ? Je vais faire tout ce que je peux pour me libérer et prendre le relais le plus rapidement possible, mais en attendant…

— Lui payer son opération ? Tu n'as pas écouté un seul mot de ce que je viens de te dire ? Nous n'avons plus un sou. Si tu ne reviens pas pour réparer ce maudit flacon, nous allons perdre l'entreprise !

—N'exagère pas, il y a tout l'argent des produits qui sont actuellement en vente. Je sais bien que notre bilan de fin d'année ne sera pas le meilleur de tous les temps, mais nous sommes encore loin de mettre la clé sous la porte.

Un long silence à l'autre bout du fil.

— Papa ? Pourquoi tu ne dis rien ? Qu'est-ce que tu as fait ?

— Je… Je croyais que la nouvelle crème nous ferait décoller, Belle, j'ai fait des emprunts sur les projections financières. Si je ne les rembourse pas, je vais tout perdre.

— Des emprunts ? Mais enfin papa, pour quoi faire ?

— Je… Pour les faire fructifier.

— Oh mon Dieu, tu t'en es servi aux jeux, n'est-ce pas ?

Un autre long silence.

— Je dois trouver un moyen d'aider Judy.

— Et moi, alors ?

— Je suis désolé, papa, mais je ne peux rien faire pour toi.

Il raccrocha, rangea le téléphone dans sa poche, et laissa retomber son crâne contre l'appui-tête en fermant les yeux. Son téléphone se remit à vibrer, mais il l'ignora.

— Leroy, il faut que je retourne à Beauty Inc.

— Pas de souci, patron, répondit Leroy, et sans une seconde d'hésitation, il fit demi-tour au beau milieu de la rue, et prit la direction de la ville.

Belle jeta un coup d'œil à sa montre, il était déjà vingt heures passées. Il espérait qu'il y aurait encore quelqu'un des RH au bureau. Les employés de Beauty Inc. semblaient tous organiser leurs heures comme ils le souhaitaient, sans suivre un emploi du temps strict et définitif. Peut-être qu'il serait chanceux. Il serra et desserra nerveusement les poings à plusieurs reprises.

— Leroy, est-ce que vous croyez qu'il y aura encore du monde aux RH à une heure pareille ?

— Ce ne serait pas la première fois, répondit Leroy.

Lorsqu'ils arrivèrent enfin au pied de la tour de Beauty Inc., Leroy se tourna vers Belle.

— Je vous attends juste là, prenez tout votre temps.

Puis il sortit du véhicule pour aller ouvrir à Belle. Le jeune homme leva les yeux vers le gratte-ciel illuminé qui se détachait sur le ciel étoilé de New York, et Leroy lui serra brièvement l'épaule, comme pour lui donner du courage. Tout en croisant les doigts, Belle s'approcha du building et sonna à l'interphone. Le gardien de nuit décrocha.

— C'est le docteur Belleterre, se présenta-t-il.

La porte s'ouvrit, Belle entra et salua le gardien, puis courut au petit trot jusqu'aux ascenseurs. Les RH se trouvaient au soixante-deuxième étage. Il appuya sur le bouton, et se laissa aller contre le mur. Il aurait pu se rendre directement à l'aéroport, prendre un vol de nuit pour l'Oregon, et les appeler le lendemain matin. Mais, et s'ils ne le croyaient pas ? Est-ce que Strong romprait leur marché et prendrait possession de la société de son père ? Une compagnie qui ne devait plus valoir grand-chose maintenant. Et si Beauty Inc. le licenciait ? Ce serait catastrophique, il avait un bon salaire ici, un salaire qui lui permettrait d'aider Judy. Tout se bousculait dans sa tête.

L'ascenseur ralentit, et les portes s'ouvrirent. Les lumières tamisées du couloir donnaient à l'étage une étrange atmosphère. Seuls deux bureaux étaient encore allumés. Belle courut jusqu'à la porte du premier bureau, mais c'était le gardien qui passait l'aspirateur. Il reprit sa course pour rejoindre l'autre bureau. À l'intérieur, deux femmes étaient plongées dans une intense discussion. Il s'avança dans l'embrasure de la porte, et elles levèrent les yeux vers lui.

— Est-ce qu'on peut vous aider ? demanda l'une d'entre elles.

— Je cherche quelqu'un des RH, c'est pour une urgence.

— Je suis désolée, répondit-elle sincèrement en secouant la tête, nous sommes toutes les deux du département marketing. Je n'ai vu personne des RH au bureau cet après-midi, mais ils sont toujours là les premiers le matin.

— Merci, dit-il en hochant la tête. J'aurai tenté ma chance.

— Vous avez bien fait, on croise des gens à toute heure ici, dit-elle sur un ton rassurant.

— Merci encore.

Découragé, il regagna les ascenseurs en regardant ses pieds. Il avait un nœud dans la gorge, et son cœur battait la chamade. Il ne voulait pas appeler Judy, tant qu'il n'aurait pas quelque chose de concret à lui offrir. Avec le décalage horaire, il aurait peut-être encore le temps de retourner aux RH au petit matin avant de l'appeler. Ou peut-être devrait-il suivre son premier instinct et filer à l'aéroport ? Dans le fond, qu'importait que Beauty Inc. le licencie ?

Il savait que c'était faux. Tout le monde ici s'était montré d'une grande gentillesse avec lui. Il ne pouvait pas partir comme ça.

— Belle ? Pardon, je veux dire docteur Belleterre ?

Belle se retourna lentement, et se retrouva face à face avec la dernière personne qu'il avait envie de voir ce soir.

— Bonsoir, monsieur Strong.

— Monsieur ? répéta-t-il dans un sourire qui étira la cicatrice au-dessus de sa lèvre. Vous m'aviez habitué à bien moins de respect.

— Il faut dire que vous n'étiez pas mon employeur, répondit simplement Belle.

Il n'avait pas envie de se battre ce soir. Il releva la tête, puis baissa de nouveau le regard. Il avait toujours vu monsieur Strong comme un homme de stature imposante. Debout là, en face de lui, il réalisa qu'il ne devait faire qu'un mètre quatre-vingts, mais il était musclé, et son visage unique lui donnait une présence écrasante.

— Est-ce que vous allez bien ? Vous avez l'air perturbé, dit Strong en penchant la tête sur le côté.

— Je vais très bien.

— Vous cherchiez quelqu'un ?

— J'espérais tomber sur une personne des RH.

Strong le scruta de son regard pénétrant, et Belle se tripota nerveusement les mains. Puis subitement, Strong l'attrapa par le bras, et le tira avec lui à travers le couloir. Avant même que Belle n'ait le temps de protester, il se retrouva dans le bureau de Magnus Strong, qui refermait la porte derrière eux. Il pointa du doigt un fauteuil libre, et s'installa derrière son bureau.

— Asseyez-vous.

Le décor de la pièce surprit Belle. Modeste, aussi simple que le sien, ou celui du Dr. Hauser. Il prit place sur le fauteuil.

— Dites-moi ce qui ne va pas, ordonna Strong en se penchant vers l'avant.

Quel autre choix avait-il ? Au moins, il n'y avait pas de circuit plus court que de demander des congés directement au patron.

— Je viens d'apprendre que ma meilleure amie avait un cancer.

— Je suis désolé de l'entendre, répondit Strong avec une grimace terrifiante.

— Elle n'a personne pour l'aider, je voulais savoir si je pouvais avoir un congé exceptionnel pour rentrer l'aider.

— Je vois. Comment s'appelle-t-elle ?

— Judy. Judy Brancoli. On vient de lui déceler un cancer du sein en stade 1.

— Que fait-elle dans la vie ?

— Elle étudie pour devenir avocate, et elle travaille en tant que stagiaire dans un cabinet. Il ne la rémunère pas, et ses parents sont déjà en situation précaire. Elle n'a pas de mutuelle, pas d'argent, je dois aller la retrouver.

— Elle va avoir besoin d'une grosse somme pour couvrir ses soins.

— Je sais, soupira Belle.

— Est-ce qu'il y a un centre de cancérologie près de chez elle ?

— Non, elle vit à côté de mon ancienne maison, dans la campagne. Il faudra sans doute qu'elle se déplace jusqu'à Portland. Mais elle est tellement obnubilée par l'argent, j'ai peur qu'elle fasse n'importe quoi et qu'elle accepte de se faire soigner par le premier charlatan bon marché qu'elle trouvera, avoua Belle d'une voix tremblante.

— Je vois. Très bien, je me charge de faire le relais avec les RH, ils vous rappelleront dès demain matin. En attendant, tâchez de dormir un peu.

— Je pensais plutôt prendre l'avion dès ce soir, rétorqua Belle en fronçant les sourcils.

— Non, attendez demain matin. Et ne vous inquiétez pas, je suis sûr que ça va s'arranger.

Qu'est-ce qu'il en savait ? Il vivait dans sa tour d'ivoire de riche patron prétentieux. Il n'avait sans doute jamais manqué d'argent de sa vie.

— J'attends simplement que les RH m'appellent, alors ?

— C'est le mieux à faire, dit-il en se reculant contre le dossier de son siège de bureau.

— Merci, répondit sèchement Belle en se levant pour sortir d'ici.

BELLE POSA les yeux sur l'horloge de son bureau, et passa une main sur son visage fatigué. Il avait très mal dormi. Il était déjà onze heures passées, il avait tenté d'appeler les RH à trois reprises déjà, en leur précisant à chaque fois que monsieur Strong lui-même était au courant de l'affaire, mais personne n'avait d'information à lui donner. Qu'est-ce que cet enfoiré leur avait dit ? Retenez-le ? Ne lui dites rien mais ne le laissez pas s'enfuir ?

Il alla trouver Owen dans son bureau, et en voyant l'expression sur son visage, le jeune Anglais fronça les sourcils.

— Toujours pas de nouvelles ? C'est étonnant, d'habitude les RH sont si réactives.

— Pas avec moi, visiblement ! s'exclama Belle en se laissant tomber dans le fauteuil en face de son bureau. Je dois à tout prix aider Judy.

— Belle ? appela quelqu'un depuis la porte du bureau.

En reconnaissant la voix familière, Belle se tourna brusquement. Il bondit de son siège, et se jeta sur sa meilleure amie.

— Judy ! cria-t-il en la prenant dans ses bras. Qu'est-ce que tu fais là ? Je suis tellement content de te voir !

— Je ne sais pas ce qui s'est passé, dit-elle en souriant faiblement. J'ai reçu un appel hier soir me disant qu'un vol pour New York était réservé à mon nom, et qu'un dénommé Leroy m'attendrait à mon arrivée pour me conduire ici. Et me voilà, conclut-elle en ouvrant les bras.

— On dirait bien que les RH sont toujours aussi efficaces, commenta Owen en riant.

Il se leva et s'avança vers Judy.

— Bonjour Judy, je me présente, Owen Cleese. Je suis ravi que vous ayez fait bon voyage. Belle, et si tu conduisais Judy jusqu'à ton bureau pour discuter des détails de son arrivée avec elle ?

— Bonne idée, répondit-il en passant un bras protecteur autour des épaules de sa meilleure amie. Allez viens, ma belle. Merci Owen.

Il la conduisit jusqu'à son bureau, referma la porte derrière elle, et l'attrapa par les épaules en la regardant avec un soulagement mêlé de confusion.

— Mais qu'est-ce qui s'est passé ?

— Je n'en ai aucune idée. Un homme a appelé hier soir, en me disant de faire mes valises et de foncer à l'aéroport.

— Un homme ?

— Oui, il avait une voix rassurante. Il m'a dit qu'il travaillait aux RH pour Beauty Inc. Quand je lui ai dit que je ne pouvais pas partir parce qu'il fallait que j'aille au travail le lendemain, il m'a répondu que ce n'était pas un travail si on ne me payait pas, expliqua-t-elle en riant nerveusement. Je ne sais pas comment il a su. Ensuite il a ajouté que le cancer était mieux soigné à New York, je ne sais pas non plus comment il a su pour mon cancer, mais je me suis dit que je n'avais rien à perdre. J'ai laissé un message au cabinet d'avocats, j'ai mis des vêtements au hasard dans un sac, et je suis montée dans l'avion. Leroy m'attendait à l'atterrissage.

Belle la fixa, incrédule. Il peinait à croire ce qu'il entendait. Quelqu'un frappa à la porte.

— Entrez.

Une personne des RH, dont il se souvenait vaguement parce qu'elle lui avait fait signer des papiers à son arrivée, entra dans le bureau.

— Bonjour, docteur Belleterre, je suis Amy Landers. J'imagine que cette jeune personne est mademoiselle Brancoli ?

Judy se leva et hocha la tête.

— Bien sûr, répondit Belle aussitôt en libérant de la place sur son bureau.

Madame Landers et Judy prirent place dans les deux fauteuils en face de lui, et madame Landers sortit différents documents.

— Avant tout, voici votre contrat de travail. Vous ne travaillerez qu'un nombre d'heures minime le temps de passer l'examen du Barreau de l'État de New York. Après votre examen, vous rejoindrez notre service juridique à temps plein. En attendant, vous trouverez ici les documents pour vous rattacher à la mutuelle de l'entreprise. Il n'y a pas de temps d'attente, et pas de condition particulière, elle est effective immédiatement, ajouta-t-elle en souriant. Un rendez-vous avec une chirurgienne a déjà été pris. Bien entendu, la décision finale vous appartient entièrement, mais je peux d'ores et déjà vous assurer que c'est l'un des meilleurs oncologistes de New York.

Belle observa silencieusement sa meilleure amie. Elle fixait madame Landers, la bouche entrouverte, et des rivières de larmes coulaient le long de ses joues.

— Je… Je ne comprends pas.

— Notre société existe pour aider les gens, particulièrement les femmes, en difficulté, expliqua-t-elle en posant une main sur celles de Judy, nouées sur ses genoux. Lorsque nous avons entendu parler de votre situation, il nous est apparu évident que vous étiez un exemple parmi tant d'autres de ces femmes exploitées par leurs employeurs, et auxquelles on demande deux fois plus de travail que les hommes, pour deux fois moins de rémunérations. Nous apprécions tous le Dr. Belleterre, et ce serait un honneur pour nous de vous porter secours en ces temps difficiles. Je vais vous laisser regarder tous ces documents tranquillement, dit-elle en se relevant.

S'ils vous conviennent, il suffira de les signer et de me les retourner. D'ici là, Leroy va vous conduire jusqu'à votre appartement afin que vous puissiez vous installer et vous reposer un peu. Je vous dis à demain, les salua-t-elle avant de quitter le bureau.

Ils fixèrent la porte en silence pendant une longue minute, puis Judy se tourna vers lui.

— Comment est-ce que tu as fait ?

— Je n'ai rien fait du tout, crois-moi, je suis aussi surpris que toi.

C'était un mensonge. Il se doutait de qui était derrière tout ça. Son cœur se mit à battre plus fort.

— Comment ont-ils su tout ce qui m'arrivait ?

— Je leur ai simplement dit que je voulais un congé pour retourner dans l'Oregon, et ils ont visiblement décidé de prendre les choses en main.

— C'est le moins qu'on puisse dire ! Hier encore, quand je t'ai eu au téléphone, aucun de nous deux ne savait ce qu'on allait faire.

— Tout de suite après ton appel, j'ai filé aux RH.

— Tu es l'ami le plus extraordinaire de la planète, Belle Belleterre. J'ai l'impression de faire un drôle de rêve, et j'ai peur de me réveiller…

— Et si tu allais retrouver Leroy ? C'est mon chauffeur, il va te conduire chez moi, et tu pourras te reposer un peu.

— Je ne veux pas m'imposer comme ça, tu as besoin de ton espace.

— Dit la fille qui n'a jamais su frapper avant de rentrer chez moi, la taquina-t-il gentiment. Arrête donc de dire des bêtises, je ne pourrais pas rêver d'une meilleure colocataire que toi, dit-il en se levant pour la prendre dans ses bras. Allez file, va t'installer, on verra tout le reste plus tard. Une bonne nuit de sommeil, voilà ce dont tu as besoin.

— Pour la première fois depuis des jours, j'ai la sensation que je vais enfin réussir à m'endormir, dit-elle en le serrant fort contre elle. J'ai un travail et je vais vivre avec mon meilleur ami. Je n'arrive pas à y croire, ajouta-t-elle en secouant la tête.

— Prête à décoller, mademoiselle Brancoli ? demanda Leroy en entrant dans le bureau.

Judy sourit et balança son épaisse chevelure rousse en arrière.

— Vous ne savez pas à qui vous avez affaire, Leroy.

Il éclata de rire et se tourna vers Belle.

— Où est-ce que vous cachiez cette charmante jeune femme, patron ? Elle est géniale.

Belle sourit, et Leroy entraîna une Judy épuisée par le bras, avec un clin d'œil rassurant dans la direction de son patron. Belle se leva et avança jusqu'à la fenêtre de son bureau pour observer les rues de New York un instant. Puis il décida de sortir prendre l'air. Il fallait qu'il s'occupe l'esprit.

Il acheta un sandwich, et remonta dans son bureau pour faire quelques recherches sur les derniers traitements contre le cancer. Après quelques minutes seulement, il commença à faire une liste des facteurs importants : dépistage génétique, chimiothérapie, les soins anti-angiogenèse [2] pour limiter les risques de rechute. Après quelques heures, il se rendit dans le bureau d'Owen.

— Dis-moi, est-ce que Beauty Inc. soutient la recherche contre le cancer ?

— Quelques contributions, pas plus. Il est difficile de savoir où donner de l'argent, tellement il y a d'organisations. Comment va ton amie ? J'ai cru comprendre que tu ne t'attendais pas du tout à la voir.

— J'ai été complètement pris de court. Mais dans le bon sens du terme.

— Tu es un peu moins anxieux ? demanda Owen dans un sourire séducteur.

— Beaucoup moins, merci.

Ce n'était pas tout à fait vrai, mais Owen n'avait pas besoin de connaître les détails. Tout en repensant à ce qu'il venait de lui dire concernant le soutien de Beauty Inc. dans la recherche contre le cancer, il regagna son bureau, et se replongea dans ses recherches. Sur les coups de dix-sept heures, il releva brusquement le nez de l'écran, et se demanda s'il avait une chance de le croiser deux soirs de suite.

---

2 Un traitement anti-angiogénèse combat la croissance tumorale en empêchant la formation de nouveaux vaisseaux sanguins.

XI

Les effets thérapeutiques de l'aloe vera sont bien plus puissants lorsque la plante est utilisée directement, plutôt qu'intégrée dans une crème. La couche extérieure de la plante permet de protéger l'acide salicylique et les aminoacides du gel. Belle se passa une main dans les cheveux en griffonnant différentes formules possibles sur son tableau blanc.

— Bonne nuit, Belle.

— À demain.

Belle releva distraitement la tête et salua les deux scientifiques qui quittaient le laboratoire. Le silence enveloppa le bureau de Belle, qui reposa son marqueur en soupirant.

Il n'y avait plus un bruit autour de lui. Il se demanda s'il y avait encore du monde aux étages supérieurs.

Était-il bien prudent d'aller vérifier ? Que cherchait-il au juste ?

Il n'en était pas sûr, mais il avait besoin de savoir.

Il quitta son bureau, rejoignit les ascenseurs, et appuya sur le bouton de l'étage auquel il était monté la veille. Les portes s'ouvrirent sur le couloir, plongé dans une lumière tamisée. Belle fit un pas dans le couloir, et entendit les portes de l'ascenseur se refermer derrière lui. Il tendit l'oreille. Il y avait de la musique quelque part. Il lui sembla reconnaître Adele. Il traversa le couloir en essayant de se convaincre qu'il n'était pas en train de fouiner, et qu'il avait parfaitement le droit d'être là.

Magnus fixa la photo qu'il gardait dans le tiroir de son bureau. Il était bien sentimental ce soir. Mais l'histoire de Judy Brancoli avait fait remonter beaucoup de souvenirs à la surface. C'était la raison pour laquelle Beauty Inc. ne s'était jamais vraiment impliquée dans les œuvres opérant contre le cancer.

Il lui sembla entendre du bruit dans le couloir.

Il redressa la tête, et fut surpris de découvrir Belle dans l'encadrement de sa porte. Son cœur manqua un battement. Il ne parvenait pas à déchiffrer l'expression sur le visage du jeune homme. Confusion ? Colère ? Espoir ?

— Bonsoir, dit-il calmement.

— C'est vous qui avez contacté Judy hier soir ? demanda Belle, la gorge serrée.

— Je… Oui. Il était déjà très tard et je… Il n'y avait personne aux RH, alors je me suis dit…

— C'est vous qui avez réservé le billet d'avion et organisé le rendez-vous avec Leroy ?

— Oui.

— Vous qui lui avez offert un emploi et une mutuelle ?

— Je n'ai fait que donner des instructions aux RH.

Une tempête d'émotions faisait rage derrière le regard bleu nuit du jeune homme. Il semblait avoir du mal à respirer. Il porta une main à sa poitrine en prenant une inspiration paniquée, et Magnus se leva instinctivement.

—Est-ce que tout va bien ? Vous voulez vous asseoir ? Un verre d'eau ?

Sans crier gare, Belle traversa le bureau en trois grandes et rapides enjambées, et se jeta sur Magnus. Avant même de comprendre ce qui était en train de se passer, Magnus se retrouva avec les bras du jeune homme autour de son cou, son corps mince pressé contre le sien.

— Merci. Merci. Mon Dieu, je ne sais même pas comment vous remercier pour ce que vous avez fait.

Magnus perdit l'équilibre, enroula instinctivement ses bras autour de la taille de Belle, et retomba lourdement dans son fauteuil, qui roula vers l'arrière et heurta le mur. Belle laissa échapper un rire nerveux en réalisant qu'il était à présent sur les genoux de Magnus Strong. Et Magnus… Magnus tentait de se faire à l'idée qu'il y avait bien un charmant jeune homme sur ses genoux. Un charmant jeune homme qu'il mourait d'envie d'embrasser. Mais il ne pouvait pas lui faire ça.

Belle se blottit contre lui en murmurant une litanie interminable de remerciements.

Magnus le réajusta légèrement dans une position plus confortable, avec des gestes doux, de manière à ne pas brusquer le jeune homme. Il comptait bien faire durer ce moment aussi longtemps que possible.

Lorsque la respiration de Belle se calma et qu'il cessa enfin de gigoter, au grand soulagement de Magnus dont la patience avait des limites, il se figea, comme s'il venait de réaliser ce qu'il avait fait. Était-il dégoûté ? Embarrassé ? Il se recula légèrement pour regarder Magnus dans les yeux.

— Salut, dit-il d'une petite voix.

— Salut, répondit Magnus sans pouvoir s'empêcher de sourire, bien qu'il sache que le spectacle était terrifiant. Je suis content que vous soyez heureux, murmura-t-il.

— C'est la plus belle chose qu'on ait jamais faite pour moi.

Magnus se fit violence pour rester professionnel, paternaliste tout au plus, ce qui était extrêmement compliqué, compte tenu de leurs positions respectives.

— C'est la mission de notre entreprise, aider les femmes en difficulté.

— Je sais, mais ce que vous avez fait là était beaucoup plus personnel, je vous en serai éternellement reconnaissant.

— Tout ce qui compte c'est que vous soyez heureux, répondit Magnus, le cœur battant.

Belle baissa les yeux sur ses jambes, drapées sur les cuisses de Magnus, et pinça les lèvres.

— Je me suis un peu laissé emporter…

— Je ne m'en plains pas.

Belle releva lentement les yeux, et Magnus réprima l'envie de grimacer à ses propres mots. Qu'est-ce qui lui avait pris de répondre une chose pareille ? Belle pencha la tête sur le côté, et scruta avec attention le relief inhabituel du visage de Magnus. Puis, lentement, il se pencha vers l'avant, et posa un baiser d'une délicatesse extrême sur la cicatrice qui barrait le nez de Magnus. Il recula, prit une inspiration tremblante, puis embrassa ensuite le coin de sa bouche tordu.

Immobile, Magnus retenait son souffle. Il ne voulait pas effrayer le jeune homme.

Belle passa timidement sa langue entre les lèvres de Magnus, il entrouvrit la bouche, et tout naturellement, le baiser s'approfondit.

Tout le contrôle dont Magnus avait fait preuve jusqu'ici vola en éclats lorsque leurs langues entrèrent en contact. Magnus aimait le sexe, mais il avait appris à se contenter de partenaires qui ne l'attiraient pas particulièrement. Avec son visage, il ne pouvait pas se permettre d'être difficile. Il compensait le manque d'attirance avec beaucoup d'imagination, et à grand renfort de la pure énergie sexuelle dont il était capable. Il ne parvenait pas à réaliser qu'il était en train d'embrasser un homme par lequel il était tellement attiré qu'il avait failli jouir instantanément en l'apercevant à travers la foule, dans un restaurant bondé. Il se sentait consumé par un désir incontrôlable. Il manipula les jambes de Belle de façon à ce qu'il se retrouve à califourchon sur lui, et lorsque leurs sexes entrèrent en contact, il réalisa que Belle était aussi dur que lui. Il devait être en train de rêver.

Belle ondula des hanches, et le frottement du sexe de Magnus contre le sien lui fit voir des étoiles. Il intensifia la friction et approfondit encore le baiser, en émettant des petits gémissements de plaisir.

C'est alors que l'inévitable germe du doute naquit dans l'esprit de Magnus. Pourquoi Belle se comportait-il ainsi ? Il était reconnaissant. Il voulait le remercier, rien de plus. Jamais un jeune homme tel que lui le ne toucherait dans d'autres circonstances. Il était en train de se prostituer en échange de l'emploi et de la mutuelle que Magnus venait d'offrir à sa meilleure amie, et lui était en train de le laisser faire.

Il ne comprenait plus rien. Le désir du jeune homme semblait pourtant sincère. Mais il n'avait que vingt-deux ans. Magnus se souvenait ce que c'était d'avoir vingt-deux ans, et une érection à la moindre excuse.

Belle dut sentir l'hésitation de Magnus, car il cessa de l'embrasser, et se recula lentement.

— On s'est encore laissé emporter ? demanda gentiment Magnus.

Belle écarquilla les yeux, puis il rougit, et descendit des genoux de Magnus à la hâte, comme si son simple contact le brûlait.

— Je… Je suis désolé. Je croyais que… Je suis vraiment désolé.

— Ne vous inquiétez pas, Belle. Je sais ce que c'est que d'être tellement absorbé par le travail qu'on en oublie le besoin de contact humain. La solitude peut vous jouer des tours. Je suis simplement soulagé que votre amie Judy soit bien arrivée.

— Je… Oui, merci. Merci encore pour tout ce que vous avez fait, bredouilla-t-il en marchant à reculons, avant de se retourner précipitamment, et de fuir le bureau sans un regard en arrière.

Magnus l'entendit courir à travers le couloir, et soupira. Heureusement qu'il avait réagi avant que les choses n'aillent plus loin. Belle aurait amèrement regretté cette erreur. Il porta une main à ses lèvres. Comment avait-il pu supporter d'embrasser son horrible visage ? Aussi reconnaissant soit-il, comment avait-il pu faire le choix conscient d'embrasser ce rictus cauchemardesque ?

Magnus rouvrit le tiroir de son bureau, et porta de nouveau son regard sur la photo qui y était rangée.

BELLE SE précipita dans le hall de son immeuble. Il n'avait pas adressé un mot à Leroy pendant le trajet. Il avait trop peur que, s'il commence à parler, il ne puisse plus s'arrêter.

Il monta les deux premiers étages quatre à quatre, puis se souvint que Judy était probablement endormie, dans son appartement, et se força à se calmer et à reprendre son souffle en montant plus lentement jusqu'au quatrième. La lumière de la cuisine était allumée, mais il n'y avait pas un bruit. Il entra silencieusement dans la chambre, mais elle était vide.

Il fit le tour de l'appartement, mais ne trouva aucune valise. En regagnant l'entrée, il tomba sur Mister P. qui s'apprêtait à toquer contre le montant de sa porte restée ouverte.

— Vous avez l'air agité, mon garçon. Vous cherchez quelqu'un ?

— Judy, ma meilleure amie. Elle était censée être ici.

— Oh, la jeune femme qui est arrivée tout à l'heure. Elle a son propre appartement au rez-de-chaussée. Monsieur Strong a pensé que ce serait mieux si elle n'avait pas d'escaliers à monter pendant son traitement.

Belle sentit les larmes lui monter aux yeux, puis il s'écroula mollement sur le sol. Son propre père avait refusé d'aider Judy, et monsieur Strong, un parfait inconnu, l'avait installée au rez-de-chaussée pour qu'elle n'ait pas à se fatiguer.

— Allons, allons, mon garçon, qu'est-ce qu'il t'arrive ? demanda Mister P. en fermant la porte derrière lui, et en s'agenouillant à ses côtés.

— J'ai fait quelque chose de mal, hoqueta Belle en reniflant à travers ses larmes.

— Qu'est-ce que tu as bien pu faire de si terrible ?

— Je me suis jeté sur mon patron…

— J'ai bien peur de ne pas comprendre.

— Je ne sais pas ce qui m'a pris. Il était assis derrière son bureau, et quand je n'ai pas pu me contrôler… Oh mon Dieu, je me suis jeté sur Magnus Strong comme un adolescent en manque.

— Ah. Je crois que je commence à comprendre.

— Je l'ai embrassé ! ajouta Belle, mortifié. Je l'ai embrassé, je me suis mis à califourchon sur lui, et je me suis frotté contre lui comme si je n'avais aucune retenue !

— Excellent, conclut Mister P. en tapant dans ses mains.

— Quoi ? Non ! C'est horrible, dit-il en cachant son visage dans ses mains et en se laissant aller, dos contre le tapis. Qu'est-ce qui m'a pris ?

— Très bonne question. À ton avis, qu'est-ce qui t'a pris ?

— Il m'attire ?

— Il t'attire ?

— Irrémédiablement. Comme un aimant, répondit Belle en se rasseyant, les bras tendus vers l'avant, dans une imitation comique du monstre de Frankenstein.

— Pourquoi ? Parce qu'il a aidé Judy.

— Bien avant ça, répondit Belle en secouant la tête. Avant même qu'il ne m'aide, moi.

— Tu reconnais donc qu'il a fait ce qu'il a fait pour t'aider ?

— Je ne sais pas... Je ne sais plus. Je suis tellement perdu, Mister P. Avoir été gagné comme un vulgaire pari sur une table de poker, ce n'est pas vraiment romantique. Et le fait qu'il m'ait fait suivre avant ça n'aide pas vraiment son cas... J'étais persuadé qu'il avait de mauvaises intentions. Je croyais qu'il voulait...

— Ah, je vois. Et maintenant que tu lui as servi sur un plateau ce que tu croyais qu'il voulait, tu ne comprends pas pourquoi il a refusé, c'est ça ?

— Je... Oui. Je ne sais plus quoi penser.

— Je serais toi, je ne m'inquiéterais pas. Après tout, c'est ta manière non conventionnelle d'approcher les choses en tant que chimiste qui l'a séduit.

— Super, répondit Belle sarcastiquement en jetant un regard mauvais à Mister P. Je tâcherai de penser à ça demain, quand on m'annoncera que je suis viré.

— Il ne t'a pas viré jusqu'ici, et ce malgré ton dédain et ton mépris. Je doute fortement qu'il te licencie parce que tu t'es montré un peu trop reconnaissant, répondit le petit homme en se redressant avec une aisance qui défiait son âge. Et puis, s'il s'avère que tu as raison et qu'il te renvoie, tu pourras retrouver ta vie d'avant.

— Mais je... Je ne suis plus vraiment sûr d'en vouloir, répondit Belle à voix basse en glissant une mèche de cheveux derrière son oreille.

— Tu viens donc de comprendre quelque chose de très important, le consola Mister P. en tapotant gentiment le sommet de son crâne. Va dormir un peu, demain matin tu iras voir ton amie Judy, et tu pourras t'engager sur ce chemin à tête reposée.

— Quel chemin ?

— Celui de ta nouvelle vie, voyons.

IL NE parvint pas vraiment à dormir, mais à son grand soulagement, Judy, elle, avait l'air d'avoir passé une bonne nuit. Il s'assit au bord de son lit pour la regarder finir de se maquiller. Elle était installée à une superbe coiffeuse. Son appartement tout entier était superbe. Ce qui ne fit qu'accentuer le sentiment de malaise de Belle.

Judy lui jeta un coup d'œil dans le miroir en mettant son mascara.

— Tout va bien ? demanda-t-elle, la bouche entrouverte sur un petit « o » de concentration.

— Quoi ? Oui. Oui, ça va. Beaucoup mieux, maintenant que tu es là.

— Tu as l'air ailleurs, dit-elle en reposant son tube de mascara.

Elle le connaissait trop bien.

— Excuse-moi, tu as raison… Apparemment la fabrication de ma crème se passe très mal, et je n'ai plus aucun pouvoir sur la production.

— Je suis désolée, mon chou, je sais que ce produit représente beaucoup pour toi.

— Mais maintenant, Bella Terra est un concurrent. J'imagine que je devrais me réjouir d'apprendre qu'ils ont des difficultés.

— Je te trouve un peu dur. Vu l'ampleur de Beauty Inc., je ne pense pas que ta crème, aussi révolutionnaire soit-elle, aurait vraiment pu les inquiéter.

— Dis donc toi, est-ce que tu n'es pas censée défendre les intérêts légaux de ton nouvel employeur ? la taquina-t-il gentiment.

— Je n'ai pas encore passé l'examen du barreau, lui rappela-t-elle. Qu'est-ce qui ne va pas ? C'est le flacon, c'est ça ?

— Oui, apparemment. Pourtant je sais qu'il fonctionne, c'est moi qui ai effectué les derniers tests. Je ne comprends pas ce qui se passe. C'est tellement frustrant !

— Je me doute bien, dit-elle en appliquant son rouge à lèvres. Je dois reconnaître que je suis très impressionnée par Beauty Inc. Tout ce qu'ils ont fait pour toi est incroyable. Quelqu'un doit vraiment se soucier de ton bonheur…

— Il y a encore une semaine de cela, j'aurais répondu que c'est intéressé, mais je commence à me dire que non, et qu'ils sont sincèrement soucieux du bonheur de tous leurs employés.

Les larmes lui montèrent à nouveau aux yeux, et il fit semblant de regarder quelque chose sur son téléphone pour que Judy ne remarque pas. Bien entendu, elle avait remarqué.

— Et si tu me disais ce qui te tracasse vraiment ?

— Je ne sais pas… Tout ce que je sais, c'est que j'ai demandé de l'aide à ma famille et qu'ils m'ont tourné le dos, mais lorsque j'ai été trouver Magnus Strong, il a fait davantage pour moi en l'espace de quelques heures que ma famille dans toute une vie. Et il ne me demande rien en retour.

— Rien du tout ?

— Depuis que je suis arrivé ici, on ne m'a même pas fait signer d'accord de confidentialité, Judy ! Ils me font tous une confiance aveugle !

— Qui ne te ferait pas confiance ? demanda-t-elle avec un petit sourire malicieux.

— Mais j'étais un concurrent !

— C'est là que je veux en venir, mon chou. Ils ne te traitent pas comme un concurrent, parce que tu ne te comportes pas comme un concurrent. Ils viennent de m'offrir un appartement, un travail avec un vrai salaire, et une mutuelle. Je suis prête à travailler pour eux jusqu'à ce que mort s'ensuive. Je leur dirai tout ce qu'ils veulent savoir. Ils savent très bien comment fonctionnent les gens, Belle, et ils savent comment gagner leur loyauté.

Belle hocha la tête en se demandant si un jour il comprendrait comment fonctionnait Magnus Strong.

MAGNUS SOURIT à la jeune femme rousse assise en face de son bureau.

— Monsieur Strong, je veux que vous sachiez que je travaillerai pour vous jusqu'à la fin de ma vie. Je ferai tout ce qu'il faut pour vous remercier de l'incroyable générosité dont vous avez fait preuve.

— Je n'en doute pas une seconde, mademoiselle Brancoli, répondit Magnus en riant doucement. J'ai jeté un coup d'œil à votre dossier, et je dois vous admettre que je suis impressionné. Mais je veux avant tout que vous restiez concentrée sur votre guérison, ce qui signifie beaucoup de sommeil, une bonne nutrition, et la présence des personnes qui vous sont chères autour de vous.

— Grâce à vous, les trois sont possibles aujourd'hui, murmura-t-elle en essuyant une larme sur sa joue.

— Tant mieux, dit-il d'une voix ferme.

Il comprenait pourquoi cette courageuse jeune femme était la meilleure amie de Belle.

— Monsieur Strong, il y a une dernière chose…

— Dites-moi tout.

— Le nouveau produit que Belle a développé pour son père rencontre des problèmes avec le flacon.

— J'en ai vaguement entendu parler, répondit Magnus.

Elliott Porter lui avait fait un rapport complet sur l'incident.

— Je m'en doutais, dit-elle en souriant. De ce que j'ai pu comprendre, c'est un produit qui mériterait vraiment de voir le jour. Il représente une avancée majeure dans le monde des cosmétiques bien-être.

— En effet.

— Je ne connais pas exactement la situation financière de Bella Terra, et je ne peux donc pas vous conseiller d'action légale. Mais je pense sincèrement que la perte de ce produit serait un gâchis inutile. Belle, le docteur Belleterre, est entre le marteau et l'enclume, il ne peut décemment pas vous communiquer la formulation de ce produit. Mais il ne peut pas non plus aider son père à le sauver.

— Je comprends parfaitement. Croyez-vous qu'il verrait un inconvénient à ce que *vous* me communiquiez cette formulation ?

— Non. Il ne fait qu'obéir à son père, mais je n'apprécie pas particulièrement cet homme. Vous, en revanche, dit-elle en se levant et en lui offrant un sourire en coin, je vous apprécie énormément.

Elle se pencha sur le bureau pour lui offrir une poignée de main. Il la serra, et elle ajouta :

— La balle est dans votre camp.

Puis elle quitta le bureau de sa démarche chaloupée.

XII

BELLE FRAPPA à la porte d'Owen, qui l'invita à entrer dans son bureau avec un grand sourire.

— Belle, que puis-je faire pour toi ?

— Tu te souviens de notre conversation sur l'implication de Beauty Inc. dans la recherche contre le cancer ? Quand tu m'as expliqué que nous n'étions pas très actifs parce que personne ne savait vraiment par où commencer ? demanda Belle en s'asseyant dans le fauteuil en face de son bureau.

— C'est une véritable jungle, confirma Owen en hochant la tête.

— Il est évident que beaucoup de gens ont trouvé le moyen de gagner des sommes d'argent astronomiques avec les méthodes de traitement existantes, et je ne suis pas certain que le malade soit toujours gagnant. Pourquoi ne pas mettre en place des centres d'aide pour les femmes atteintes d'un cancer ? Un endroit où elles pourraient se retrouver, où on pourrait leur proposer de s'occuper d'elles, de les maquiller, de leur donner des conseils beauté, tout en ayant accès aux dernières informations médicales. Nous n'en tirerions aucun profit, si ce n'est la vente de quelques produits de beauté, ce qui devrait les mettre en confiance. J'ai fait quelques recherches, dit-il en tendant un dossier à Owen. Il y a trop d'informations disponibles, et elles ne sont pas toutes fiables. Un patient atteint du cancer devrait avoir le droit à une source d'information sérieuse. Il y a des choses qu'ils doivent savoir.

— Comme quoi ?

— Comme le fait que tous les cancers sont différents, qu'il existe différents types de chimiothérapie, et qu'ils peuvent faire des tests pour savoir laquelle est la mieux adaptée. La plupart des chirurgiens n'expliquent jamais ça, je ne suis même pas certain qu'ils le sachent tous. Ça permettrait d'éviter de devoir tester plusieurs chimios à l'aveuglette en croisant les doigts pour trouver la bonne, quitte à tuer le patient avant d'avoir pu venir à bout du cancer.

— C'est une idée extraordinaire, Belle, mais je n'ai pas l'autorité nécessaire pour approuver un tel projet.

— Vers qui est-ce que je devrais me tourner, alors ?

— À mon avis, tu devrais voir ça directement avec Strong. C'est lui qui a supervisé la majorité des grandes décisions de la Fondation.

— Je croyais que la recherche contre le cancer n'était pas sa priorité, rétorqua Belle en fronçant les sourcils.

— Ce que tu proposes ne relève pas de la recherche, c'est beaucoup plus dans nos cordes. De toute façon, tu as intérêt à passer directement par lui. Au final, c'est lui qui doit donner son accord.

— Je sais, répondit Belle en se relevant.

— Tu as l'air épuisé, remarqua Owen en penchant la tête sur le côté.

— Merci du compliment.

— Excuse-moi, je voulais dire beau et épuisé, corrigea-t-il malicieusement.

— Ça va pour cette fois, je te pardonne. J'ai juste beaucoup de choses en tête en ce moment, j'ai du mal à trouver le sommeil.

— Tu sais où me trouver si tu as besoin d'une distraction.

— Merci, répondit Belle en souriant.

Une petite part de lui était tentée par la proposition d'Owen. C'était un homme séduisant, intelligent, gentil… Mais ce n'était pas Magnus Strong.

— À plus tard, Owen, dit-il en quittant le bureau pour regagner le sien.

Chaque fois qu'il envisageait quoi que ce soit de romantique avec un autre homme, le souvenir électrique des lèvres de Magnus Strong contre les siennes lui revenait. Tout lui semblait bien terne et bien morne en comparaison de ces quelques minutes enflammées dans les bras de Magnus. Malheureusement pour lui, le feu ne brûlait que dans un sens. Monsieur Strong lui avait clairement fait comprendre qu'il n'était pas intéressé.

Belle se réinstalla derrière son ordinateur, mais ses mains restèrent à plat, de part et d'autre du clavier. Il fallait qu'il l'appelle. Son idée était brillante, et il le savait. Il fallait qu'il la soumette à son patron. Il prit une grande inspiration, décrocha le combiné, et composa le numéro de son bureau. De toute façon il allait tomber sur sa secrétaire, tout ce qu'il aurait à faire serait de caler un rendez…

— Strong à l'appareil.

Le souffle de Belle se coupa. Il serra le combiné dans sa main en se demandant s'il ferait mieux de raccrocher.

— Allô ?

— Allô, oui, je suis désolé. Je ne m'attendais pas à… C'est Belle.

— Bonjour, Belle.

Il crut percevoir un sourire dans le ton de sa voix ; qu'est-ce que ça signifiait ? Est-ce qu'il repensait à la dernière fois qu'ils s'étaient vus ?

— Je... J'ai une idée à vous soumettre, pour la Fondation. Je me demandais si... Si vous accepteriez de déjeuner avec moi pour que nous en parlions ? bredouilla-t-il difficilement.

— Aujourd'hui ?

Le cœur de Belle s'emballa. Il leva les yeux vers l'horloge de son bureau, il était déjà onze heures. Où allait-il trouver de la place pour manger avec Magnus Strong, sans avoir réservé, et à seulement une heure du déjeuner ?

— Je... Oui. Si vous êtes libre, bien sûr.

— Où voulez-vous que je vous retrouve ?

— Je peux demander à Leroy de passer nous prendre en bas de l'immeuble d'ici une demi-heure ?

— J'y serai, dit-il simplement, avant de raccrocher.

Belle se jeta sur son téléphone portable pour appeler Leroy.

Trente minutes plus tard, il était en train de faire les cent pas en bas de l'immeuble de Beauty Inc. Leroy lui avait conseillé un restaurant qui semblait parfait pour l'occasion, mais il était à plus de vingt minutes de route. Ce qui signifiait vingt minutes coincé à l'arrière d'une limousine avec Magnus Strong. De quoi allaient-ils parler ?

Voulez-vous que je m'installe de nouveau sur vos genoux, monsieur Strong ?

Pas avant manger, je ne voudrais pas froisser mon costume.

Belle s'autorisa un reniflement amusé, et Leroy apparut. Il descendit du véhicule.

— Alors comme ça je transporte aussi le grand patron, aujourd'hui ? demanda-t-il amusé.

— Oui, répondit Belle d'une voix étrangement aiguë.

— Vous avez l'air un peu nerveux.

Magnus Strong choisit cet instant pour sortir de l'immeuble, et Belle l'observa en songeant que même sa façon de bouger était tout simplement fascinante. Son long manteau en laine flottait élégamment derrière lui à chaque pas. Il avait l'air d'un personnage de film.

Leroy lui ouvrit la porte de la voiture, et Strong sourit.

— Bonjour Leroy, comment va votre maman ?

— Très bien, monsieur Strong. Ses cheveux commencent à repousser et elle porte son tee-shirt « survivor ».

— Je suis content d'entendre ça, dit-il en grimpant sur le siège arrière.

Belle resta debout sur le trottoir, les bras ballants. Leroy fit un signe de tête dans sa direction.

— Montez, patron, dit-il avec un sourire en coin.

Belle monta dans la voiture sans rien dire. Leroy avait déjà relevé l'écran pour les laisser parler en privé, ce qui n'aida pas vraiment à le mettre à l'aise. La voiture démarra, et Belle se concentra pour ne pas paniquer.

— Est-ce que tout va bien, Belle ? demanda Magnus, inquiet.

Belle prit une profonde inspiration, et avant même qu'il n'ait le temps de réfléchir, tout ce qui se bousculait dans sa tête sortit en désordre :

— Comment vous faites ? Ça fait plus d'une semaine que je partage cette voiture avec Leroy, qui a sans doute été la personne la plus aimable avec moi depuis mon arrivée, et je ne savais même pas qu'il avait une mère, et encore moins qu'elle sortait d'un cancer ! Vous le voyez probablement moins d'une fois par mois, et vous connaissez tous les détails de sa vie. Comment faites-vous ? Comment pouvez-vous être aussi… gentil ?

Magnus le fixa un long moment.

— Je crois que c'est à la fois le meilleur et le plus maladroit des compliments qu'on ne m'ait jamais faits.

— Mon Dieu, je suis désolé… soupira Belle en se passant une main sur le visage.

— Ne le soyez pas. La réponse est très simple. Avec un visage comme le mien, on ne peut pas se permettre d'être centré sur soi, alors on compense, et on se concentre sur les autres.

— C'est ridicule voyons, vous êtes…

— Nous sommes arrivés au restaurant, patron, les interrompit Leroy.

— Je croyais que tu avais dit vingt minutes, répondit Belle en appuyant sur le micro.

— La circulation était fluide. Vous voulez que je fasse un tour du quartier ?

— Non, soupira Belle en jetant un regard à Magnus. C'est gentil, mais je ne peux pas faire perdre de temps à monsieur Strong.

Leroy se gara, et sortit du véhicule pour aller leur ouvrir. L'expression sur le visage de Magnus ne trahissait rien. Belle quitta la voiture et observa autour de lui. Ils étaient dans un quartier de Brooklyn qu'il ne connaissait pas. Le restaurant était italien. Belle n'en avait jamais entendu parler, mais Leroy lui assurait que c'était une excellente adresse.

— Très bon choix, Leroy, commenta Magnus en lui donnant une petite tape amicale sur l'épaule. Il y a bien longtemps que je ne suis pas venu manger ici.

— Merci, monsieur Strong, répondit Leroy dans un immense sourire.

Magnus Strong était dangereusement perspicace.

Ils entrèrent et Belle donna son nom à l'hôtesse d'accueil pour la réservation. Au même instant, le chef cuisinier, qui était également le propriétaire, sortit de cuisine pour saluer Magnus en personne. Il les conduisit jusqu'à une table à l'arrière du restaurant, séparée des cuisines par une paroi en verre. Ce n'était pas un immense restaurant, la plupart des tables étaient occupées, par une clientèle diverse et variée. Certaines personnes levèrent la tête pour les observer curieusement, et Belle les entendit chuchoter discrètement.

Une fois assis, le chef leur assura qu'ils n'avaient pas besoin de menus, et qu'il s'occuperait d'eux personnellement. Puis il s'éloigna, les laissant enfin seuls. Belle ne savait déjà plus où se mettre. Il se rappela qu'il avait proposé ce déjeuner pour parler de son projet à Magnus, et rassembla ses forces pour lancer le sujet. Il se racla la gorge, Magnus leva les yeux vers lui, et Belle déglutit péniblement, pris dans le faisceau de son regard intense.

— Je voulais vous parler d'une idée que j'ai eue pour la Fondation, commença-t-il.

— J'ai hâte d'en savoir davantage.

— Depuis que j'ai appris que Judy avait un cancer, j'ai fait énormément de recherches. J'ai été surpris de trouver beaucoup d'informations dans tous les sens, des laboratoires qui jouaient à qui criera le plus fort pour qu'on achète leurs médicaments, mais très peu d'aide pour guider les gens dans leurs choix.

— Nous en sommes conscients, répondit Magnus en fronçant les sourcils. C'est la raison pour laquelle nous sommes aussi scrupuleux lorsque nous donnons à la recherche contre le cancer.

— J'ai l'impression que les informations primordiales qui concernent la maladie ne vont pas jusqu'au patient. Je pense qu'il serait pertinent d'ouvrir un centre à New York pour les femmes atteintes du cancer. Ce serait l'opportunité pour elles de rencontrer du monde, d'échanger sur leurs différentes expériences, mais également de prendre soin d'elles, et d'avoir accès à des informations officielles, données par des experts, afin de leur permettre de prendre des décisions éclairées concernant leur traitement.

Nous serions le seul et unique sponsor, même si bien entendu il serait possible à tous de faire des dons. Si le centre rencontre du succès, nous pourrions envisager d'en ouvrir d'autres.

Magnus fixa ses mains sans répondre.

— Mais c'est peut-être quelque chose que vous avez déjà tenté, reprit Belle en se mordant nerveusement les lèvres. Ça n'a pas marché, c'est ça ?

— Non. Non, ce n'est pas ça.

— Vous pensez que ça s'éloigne trop de notre activité ?

— Non, répéta-t-il en relevant les yeux vers Belle. Ma mère était atteinte d'un cancer lorsqu'elle est morte.

— Je suis désolé. Je ne savais pas que votre mère était morte d'un cancer. La mienne aussi. C'est peut-être trop douloureux pour vous d'en parler ?

Magnus avait l'air dévasté. Belle mourait d'envie de poser sa main sur la sienne, mais il se retint.

— Ce n'est pas le cancer qui l'a tuée, dit-il d'une voix sourde, avant de se lever de table. C'est une idée brillante, Belle. Dites à Owen que j'approuve le projet et que vous en prendrez la direction. Merci de me l'avoir présenté.

Et avant même que Belle ne réalise ce qui venait de se passer, il avait quitté le restaurant.

Le chef sortit des cuisines d'un pas rapide. Belle était complètement perdu.

— Je suis désolé, monsieur Strong a dû partir pour régler une urgence.

Le chef hocha la tête avec un petit bruit compatissant, et Leroy entra dans le restaurant. Il scanna la foule du regard, puis aperçut Belle et se dirigea rapidement vers lui.

— Monsieur Strong a dit que vous seriez encore là. Il m'a aussi dit de vous rejoindre et de déjeuner avec vous, ajouta Leroy avec une drôle d'expression. Il a déjà réglé l'addition.

— Dans ce cas, c'est toujours un repas pour deux, annonça Belle désemparé en levant les yeux vers le chef. Assieds-toi, dit-il à Leroy en désignant la chaise libre. Peut-être que tu vas pouvoir m'expliquer dans quoi je me suis fourré en venant travailler pour cette maison de fous…

Leurs plats arrivèrent rapidement, et ils commencèrent à manger.

— Il s'est subitement levé, et il est juste… parti, dit Belle en se passant une main nerveuse dans les cheveux.

Il trempa une nouvelle feuille d'artichaut dans la délicieuse sauce qu'avait apportée le chef, et jeta un œil à la pièce de viande rouge élégamment présentée dans l'assiette de Leroy.

— Il devait être sacrément contrarié pour ne pas être resté déguster cette merveille, déclara Leroy.

— Le plus étrange, c'est qu'il avait l'air d'approuver mon projet, mais il est parti comme s'il avait le diable aux trousses.

— Quelle était votre idée ?

— Ouvrir un centre pour les femmes atteintes du cancer qui…

— Oh, l'interrompit Leroy en reposant brusquement sa fourchette. Le cancer. Sa mère.

— Je sais, répondit Belle en hochant la tête. Elle avait un cancer, mais il a dit que ce n'était pas ce qui l'avait tuée.

— Non, elle est morte dans un accident de voiture.

— Ça n'a pas dû être facile pour lui.

— Oui. C'est l'accident de voiture qui lui a valu toutes ses cicatrices.

— OUI, MERCI. Une personne du service juridique vous rappellera pour mettre au point les termes du contrat de location. Ce sera pour une activité à but non lucratif.

— *Avez-vous l'intention d'exercer une activité médicale au sein des locaux ?*

— Non, ce n'est pas du tout l'idée. Il s'agira plutôt d'un centre d'information à visée éducative. Il nous faudra les mêmes bases que pour un bureau standard : éviers, poubelles, coin repas.

— *Je pense que notre bâtiment répondra parfaitement à vos besoins.*

— Je vais avoir besoin de venir visiter les lieux en personne avant de signer quoi que ce soit.

— *Bien entendu.*

— Merci encore pour toutes ces informations.

Belle raccrocha, griffonna quelques notes et releva les yeux vers l'horloge. Il n'avait pas vu le temps passer, et il était déjà très tard. La nuit était tombée. Trois jours déjà s'étaient écoulés depuis son déjeuner catastrophe avec Magnus Strong. Il ne l'avait pas revu depuis, et à cette pensée, son cœur se serra. Il se rejouait inlassablement la scène de leur discussion en essayant de déterminer à quel moment il avait fait une erreur. C'était à en perdre la tête.

117

— Hey, mon chou, le salua gentiment Judy en entrant dans son bureau. Quand est-ce que tu t'arrêtes ?

— J'ai encore des choses à faire. Rentre avec Leroy, et dis-lui que sa journée est finie. Je prendrai un taxi.

— Tu m'as l'air vraiment investi dans ce nouveau projet.

— C'est un projet stimulant.

— Je sais. J'ai vraiment hâte de découvrir ce centre.

— Tu sais que c'est toi qui l'as inspiré, dit-il en se levant pour la prendre dans ses bras.

— Comment tu vas l'appeler ? demanda-t-elle en le serrant contre elle.

— J'ai une petite idée, mais je n'ai pas encore obtenu l'autorisation, alors je préfère la garder secrète pour l'instant.

— Tu ne veux même pas le dire à ta meilleure amie ?

— Ne me tente pas, diablesse, dit-il en faisant mine de la repousser. Allez, rentre vite te reposer. Plus que deux jours avant ton opération.

Judy hocha la tête, le regard voilé d'inquiétude.

— Ne t'en fais pas, je serai là à chaque pas. Le résultat des tests a été envoyé aux laboratoires en Californie. Si tu as besoin de chimiothérapie, ils pourront nous dire exactement quel est le protocole le plus approprié pour ton cas. Et la chirurgienne sera là s'il y a besoin de reconstruction plastique, ajouta-t-il en la reprenant dans ses bras.

— Ça ne pourra jamais être pire que maintenant, marmonna-t-elle en louchant sur sa toute petite poitrine. Va savoir comment un cancer a trouvé la place de s'y loger.

Belle éclata de rire et lui mit une petite tape sur les fesses.

— File te reposer.

— D'accord, mais ne reste pas trop longtemps toi non plus. J'ai besoin de tes forces.

— Ne t'inquiète pas, je sais. Je prends mes responsabilités de meilleur ami très au sérieux.

— En parlant de sérieux… Merci pour tout, Belle. Vraiment.

— Tout le plaisir est pour moi, répondit-il en la regardant tendrement.

— À demain, murmura-t-elle avant de quitter son bureau.

Belle prit une grande inspiration. Il venait d'atteindre sa limite. Pendant trois jours, trois jours entiers, il avait tenté de se convaincre que ça lui était égal si Magnus Strong ne s'intéressait pas à lui. Il s'était persuadé que l'érection de son patron ce soir-là n'était qu'une réponse physique instinctive qui n'avait rien à voir avec lui. Il avait vraiment essayé d'entendre raison. Mais rien n'y faisait. Son cerveau du bas refusait d'écouter. Cet avant-goût l'autre soir dans le bureau de Magnus Strong ne lui suffisait pas. Il voulait le repas tout entier. Et il avait faim.

XIII

BELLE SORTIT de son bureau, plus déterminé que jamais. Il fallait qu'il parle à Magnus. « Parler » étant bien entendu un euphémisme dans le cas présent.

Lorsque les portes de l'ascenseur s'ouvrirent au soixante-deuxième étage, Belle s'engagea dans le couloir d'un pas décidé. Il était tard, et l'étage était presque parfaitement silencieux. Il eut un moment d'hésitation. Et si Magnus était déjà rentré chez lui ? Il n'y avait de toute façon qu'un seul moyen d'en avoir le cœur net.

En arrivant devant le bureau de la secrétaire de Magnus, son courage l'abandonna, et il fut submergé par l'envie ridicule de se plaquer contre le mur pour qu'elle ne le voie pas. Il serra les poings, et se ressaisit.

— Bonsoir, dit-elle en relevant la tête vers lui avec un grand sourire. Vous êtes le docteur Belleterre, c'est ça ?

— Oui, répondit-il en lui rendant son sourire. Est-ce que monsieur Strong est encore là ?

— Bien sûr, dit-elle en tournant la tête vers la porte fermée de son bureau, avec une expression désapprobatrice. Personne ne fait plus d'heures que cet homme, soupira-t-elle. Vous voulez que je le prévienne de votre arrivée ? demanda-t-elle en attrapant sa veste et son sac à main.

— Non, merci, c'est gentil.

— Très bien. Bonne soirée alors, docteur Belleterre, dit-elle avant de disparaître dans le couloir.

Une fois seul, Belle prit une grande inspiration, avança jusqu'à la porte, frappa deux coups brefs, et entra avant d'avoir le temps de réfléchir à ce qu'il faisait. Le bureau n'était éclairé que par la lampe à côté de son ordinateur, et Magnus le fixait, la bouche légèrement entrouverte, comme s'il s'apprêtait à dire « entrez ».

— Bonsoir, dit-il finalement.

— Extraordinaire.

— Pardon ?

— Extraordinaire ! répéta Belle en avançant dans la pièce. C'était ce que je m'apprêtais à dire. Vous vous souvenez ? Dans la voiture ? Juste avant que nous arrivions au restaurant, je n'ai pas pu finir ma phrase. Je trouve que vous êtes extraordinaire, dit-il à bout de souffle, la voix tremblante. Je voulais que vous le sachiez.

— Est-ce que c'est une bonne ou une mauvaise chose ? demanda curieusement Magnus en penchant la tête sur le côté.

— Bien sûr que c'est une bonne chose ! s'exclama Belle en levant les bras. Vous êtes brillant, déterminé, profondément bon, généreux et... observateur. Mon Dieu que vous êtes observateur, c'en est déstabilisant. Vous êtes également un homme d'affaires hors pair. Et la liste ne s'arrête pas là.

—Eh bien... Merci, répondit Magnus avec un petit rire embarrassé.

— Je ne veux pas de vos remerciements.

—Ah non ?

— Non, répondit Belle en s'approchant de lui. Je veux que vous m'embrassiez.

L'expression sur le visage de Magnus se figea.

— Je ne suis pas un homme assez fort pour résister à la tentation, docteur Belleterre...

— Tant mieux, dit-il en s'approchant encore plus près.

Magnus se leva de son fauteuil, et Belle l'observa avec attention. Sa grande silhouette musclée, et son visage scarifié. Il avait l'air sur le point de s'enfuir.

Mais Belle n'était pas près de le laisser faire.

Il combla les derniers pas qui les séparaient, attrapa délicatement le visage de Magnus entre ses mains et dit :

— Je vais vous embrasser. Je vais vous embrasser jusqu'à ce que vous compreniez à quel point vous êtes extraordinaire.

Puis il posa ses lèvres contre celles de Magnus, s'attendant à être repoussé. Au lieu de ça, Magnus enroula ses bras autour de sa taille pour le serrer contre lui.

L'intensité de l'émotion fit tourner la tête de Belle. Avant de tomber malade, sa mère l'avait souvent pris dans ses bras. Son père en revanche ? Presque jamais. Quant à ses rares amants, il s'agissait toujours d'étreintes superficielles et insatisfaisantes. Mais là ce soir, enfoui dans les bras de Magnus, il se sentait plus en sécurité que jamais.

Il glissa sa langue dans la bouche de Magnus, et une vague de désir le traversa, du contact de leurs bouches jusqu'à son entrejambe, comme une traînée de poudre enflammée par leur baiser. Magnus l'attrapa par les fesses pour l'encourager à nouer ses jambes autour de sa taille, et Belle gémit lorsque leurs sexes entrèrent en contact. Il commença à onduler des hanches, et Magnus repoussa sa chemise vers le haut, en même temps qu'il tirait obstinément son pantalon vers le bas.

Comprenant le message, Belle cessa un instant de gigoter, le temps d'ouvrir son pantalon de costume avec des mains tremblantes, puis s'attela à celui de Magnus.

Magnus cala les fesses de Belle en équilibre sur l'un de ses bras musclés, et de l'autre il sortit son sexe des confins de son pantalon. Puis il replaça ses deux mains sur les fesses de Belle, et le fit descendre de quelques centimètres seulement, afin que leurs deux sexes en érection soient pressés l'un contre l'autre, de tout leur long. Belle observa le spectacle avec une admiration non dissimulée. Le sexe de Magnus était long, épais, parcouru de veines saillantes. Belle tenta maladroitement d'attraper leurs deux pénis dans une seule de ses mains, mais à l'évidence, ce n'était pas suffisant. Faisant aveuglément confiance à Magnus pour maintenir leur équilibre, il fit glisser son autre main qui était enroulée autour du cou de son patron, pour rejoindre l'autre autour de leurs sexes. C'était nettement mieux avec deux mains.

Il les pressa légèrement l'un contre l'autre, et Magnus inspira brusquement en fermant les yeux.

— Non, ne ferme pas les yeux. Regarde, murmura Belle, fasciné.

— Vous n'avez aucune pudeur, docteur Belleterre, grogna sensuellement Magnus en rouvrant les yeux.

— Ça dépend avec qui, répondit Belle en commençant un mouvement de va-et-vient avec ses mains.

Magnus parvint à les guider jusqu'au bord de son bureau et à déposer Belle dessus sans interrompre ce qu'ils faisaient. Libéré du poids de Belle, il se mit à onduler furieusement des hanches à son tour, en émettant des sons de plaisir tous plus délicieux les uns que les autres.

Belle ferma les yeux et serra la mâchoire. Il sentait qu'il allait jouir. Et il savait qu'il n'était pas le seul.

Les gémissements de Magnus se changèrent en murmures d'encouragement, et Belle songea vaguement que s'il y avait encore quelqu'un à l'étage, il devait sans doute avoir du mal à se concentrer. Mais il n'en avait rien à faire.

Magnus rejeta brusquement la tête en arrière et jouit entre les mains de Belle. La simple sensation de sa semence qui se répandait entre ses doigts suffit à entraîner Belle dans l'orgasme le plus puissant de toute sa vie.

Il se retint tout juste de crier et sa vision se troubla sous la force du plaisir. Il peinait à comprendre comment se masturber avec ses propres mains sur un coin de bureau avait pu donner lieu à un orgasme de cette magnitude.

Il lui fallut plusieurs minutes pour retrouver son souffle et l'usage de tous ses membres. Magnus laissa mollement retomber sa tête dans le creux entre l'épaule et le cou de Belle, qui se surprit à sourire.

— Je ne pensais pas que je trouverais un jour la gratitude séduisante…

Belle se figea. Qu'est-ce qu'il venait de dire ?

— De la gratitude ? répéta-t-il.

Magnus hocha la tête contre son épaule.

— Tu veux dire… *ma* gratitude ?

— Eh bien, je…

Belle le repoussa, descendit du bureau et se rhabilla avec des gestes rapides.

— Tu t'imagines que la seule raison que je pourrais avoir de coucher avec toi serait pour te montrer ma *gratitude* ?

— Ce n'est pas ce que j'ai dit, corrigea Magnus, découragé.

Belle réajusta ses vêtements, et se tint immobile, à quelques centimètres de Magnus, mais aucun d'entre eux n'esquissa le moindre geste.

— Quand j'ai débarqué ici, j'avais le sentiment horrible qu'on venait de m'acheter, je ne savais pas pourquoi, je ne comprenais pas ce qui était en train de se passer. Tout ce que je savais c'est que tu trouvais ça normal de m'avoir gagné à un jeu de poker, et pire encore, mon père trouvait ça normal, lui aussi. Pendant les semaines qui ont suivi, j'ai cru entrevoir de l'espoir, je me suis dit que peut-être je m'étais trompé sur ton compte. Mais la vérité, c'est que je n'avais pas compris l'étendue de la manipulation. Tu as fait en sorte de m'endormir, de me donner ce que je voulais en te disant que la petite pute que tu avais gagnée au poker finirait par être amadouée, par venir d'elle-même.

— Ne sois pas ridicule, ce n'est pas du tout ce qui s'est passé, protesta faiblement Magnus, incapable de soutenir son regard.

— C'est exactement ce qui s'est passé, insista Belle en se dirigeant vers la porte. Eh bien puisque je vous appartiens, monsieur Strong, ne vous embarrassez pas de manières la prochaine fois, il vous suffira de m'ordonner de faire ce que vous voulez.

Il quitta le bureau, et une petite partie malsaine de son cerveau espérait presque que Magnus lui coure après.

Mais personne ne le suivit. Personne ne l'empêcha de monter dans l'ascenseur. Personne ne lui ordonna de faire demi-tour.

BELLE PARCOURUT rapidement ses e-mails sur son téléphone portable pour la énième fois de la matinée. Il ne les lisait même pas, il avait simplement besoin de quelque chose pour lui occuper les mains. Un docteur était venu lui dire que l'opération était terminée, et qu'ils avaient retiré la tumeur avec succès. Belle n'y connaissait pas grand-chose, mais il imaginait que c'était plutôt une bonne nouvelle.

Il regardait l'heure en se rongeant les ongles. Il avait tellement hâte de voir Judy. C'était presque un soulagement d'avoir à s'inquiéter autant pour Judy, ça signifiait qu'il n'avait pas le temps de ruminer ses ridicules petits problèmes personnels. Une infirmière passa dans le couloir, et Belle l'interpella.

— Excusez-moi, est-ce que vous savez si je peux aller voir Judy Brancoli ?

— Oui, monsieur, elle vient de se réveiller. Elle est dans la chambre numéro 168.

Belle se précipita vers les chambres, et ses chaussures crissèrent contre le linoléum lorsqu'il freina avec un grand sourire en apparaissant à la porte ouverte de la chambre de Judy. Magnus Strong était assis sur le bord de son lit. Il lui tenait la main et riait avec elle. Belle sentit une colère irrationnelle monter en lui. Que n'aurait-il pas donné pour que cet homme terrible le laisse complètement indifférent.

— J'imagine que quand on est le patron, on a le droit de tout savoir avant tout le monde, lança-t-il amèrement en entrant dans la pièce.

Judy leva les yeux vers lui et lui offrit un faible sourire. Magnus avait l'air coupable d'un petit garçon qu'on venait de surprendre à faire une bêtise.

— Ma famille a financé la construction de cet hôpital, expliqua-t-il d'une voix sourde.

— Évidemment, répondit Belle, exaspéré.

Magnus se releva lentement, sourit à Judy, et se pencha pour l'embrasser sur la joue.

— Tiens bon, les nausées ne devraient pas durer. Mais si jamais tu en as encore d'ici demain, n'hésite pas à prévenir l'infirmière.

— Merci pour tout, Magnus, répondit Judy en hochant la tête.

— Et tu sais que tu peux m'appeler, si tu as besoin, ajouta-t-il en désignant du menton le téléphone portable de la jeune femme sur sa table de nuit.

Il passa à côté de Belle en sortant, et lui fit un bref signe de tête.

— Docteur Belleterre, dit-il simplement.

Belle l'ignora. Quel acteur dramatique ! Il connaissait Judy depuis deux minutes et il jouait le coup du « appelle-moi à toute heure du jour et de la nuit, je suis là pour toi » ? Il prit sa place sur le fauteuil à côté de Judy, et posa délicatement une main sur la sienne, en prenant soin de ne pas appuyer sur sa perfusion.

— Hey ma belle, le docteur m'a dit que tu t'en étais très bien sortie. Comment tu te sens ?

— Les effets secondaires de l'anesthésie sont un peu violents, avoua-t-elle en fronçant les sourcils. Il paraît que c'est normal, mais je ne dois pas faire de mouvement brusque. Maintenant, tu veux bien m'expliquer c'était quoi ce cirque avec Magnus à l'instant ?

— Rien du tout, dit-il avec l'expression la plus neutre possible.

— Comme tu veux, dit-elle en poussant un long soupir fatigué. Je te préviens, si je vomis, ce sera sur tes chaussures.

Belle se pencha et laissa doucement reposer son front contre la main de sa meilleure amie.

— Je suis désolé. Je me suis comporté comme un enfant, murmura-t-il faiblement.

— C'est parce que tu n'as pas eu d'enfance, mon chou. Tu as le droit de te rattraper de temps en temps. Allez, dis-moi ce qui ne va pas. Je crois qu'on a tous les deux fini par réaliser que Magnus Strong n'était pas celui qu'on croyait.

— Je n'en suis plus si sûr... Je ne suis plus sûr de rien.

— Tu crois encore que toute sa bonté et toute sa générosité sont calculées ? Je ne voudrais pas me montrer sceptique, mais ça m'étonnerait quand même fortement.

— D'accord, soupira Belle en se redressant. Je te passe les détails scabreux, mais il faut que tu saches une chose : il m'attire.

125

— Sans blague.

— Tu avais remarqué ?!

— Je ne suis pas aveugle, Belle. Et je te comprends. Il est puissant, intelligent, mais également d'une gentillesse et d'une générosité incroyables.

— Je… J'ai plus ou moins couché avec lui, et il a laissé entendre que c'était par gratitude. Pour le remercier de tout ce qu'il avait fait pour toi.

— Ce n'était pas le cas ?

— Judy ! Je t'aime de tout mon cœur, mais pas au point de me prostituer pour que tu aies une mutuelle !

— Je suis blessée, le taquina-t-elle.

Belle sourit malgré lui.

— Belle, réfléchis un instant. À ton avis, combien de personnes dans la vie de Magnus Strong ont su voir au-delà de ses cicatrices ?

— Je ne sais pas… répondit-il en se dandinant sur son siège.

— Nous n'imaginons probablement pas le nombre de fois où il a dû être rejeté à cause de son visage. C'est peut-être plus facile pour lui de croire que tu étais reconnaissant, plutôt que de s'autoriser l'espoir que tu puisses sincèrement tenir à lui. C'est un mécanisme d'autodéfense, dit-elle faiblement, ses paupières sur le point de se fermer.

Belle la fixa un long moment. Elle avait raison. Comme d'habitude, elle avait raison. Il serra brièvement sa main dans la sienne.

— D'accord, grand-mère feuillage, c'est toi qui as raison. Mais pour l'instant il faut que tu te reposes. Je vais rentrer à l'appartement, mais je te promets d'être là demain à la première heure.

— Tu dois aller travailler, protesta Judy, d'une voix déjà étouffée par le sommeil.

— On est samedi, demain, tête de linotte, dit-il tendrement en se penchant pour l'embrasser.

Il resta assis à ses côtés pendant quelques instants, le temps qu'elle s'endorme. Il écouta le son régulier de sa respiration et du bip des machines autour d'elle, puis il se leva lentement, et quitta l'hôpital.

Se pouvait-il vraiment que malgré toute son intelligence, Magnus soit incapable de comprendre que Belle était sincèrement attiré par lui ? Il fallait qu'il en ait le cœur net.

Malheureusement il ne pouvait plus organiser d'embuscades dans le bureau de Magnus pendant au moins deux jours. C'était le week-end. Peut-être qu'il tomberait sur lui à la boîte de nuit où il l'avait aperçu l'autre jour avec Owen.

Il ne lui restait plus qu'à trouver le moyen d'y entrer.

OWEN FIT tourner le fond de martini dans son verre, et glissa l'olive dans sa bouche. C'était sans doute censé être un geste sexy, mais Belle n'avait pas la tête à ça. Il sourit distraitement.

— Est-ce que tu vas finir par me dire ce que je fais vraiment là ? demanda Owen en posant une main sur son bras.

— Je suis désolé, je ne suis pas de très bonne compagnie ce soir, s'excusa Belle.

— Hey, je ne me plains pas. Tu viens de me payer un délicieux dîner dans mon restaurant préféré, et tu m'emmènes en boîte de nuit en m'accordant dix pour cent de ton attention. Dix pour cent de ton attention, c'est mieux que cent pour cent de l'attention de n'importe quel autre homme, précisa Owen d'un ton séducteur.

Belle laissa échapper un reniflement amusé, en se disant pour la millième fois que tout aurait été beaucoup plus simple s'il avait succombé aux charmes d'Owen.

— Pour être honnête, je me suis disputé avec Strong, et quand j'ai réalisé que c'était ma faute et que j'ai voulu aller m'excuser, il était déjà trop tard, et il était parti. Je me suis dit que je le croiserais peut-être ici, je suis désolé de m'être servi de toi.

— Ne sois pas si dur avec toi-même. Après tout, tu m'as bien dit que tu m'offrirais à dîner si en échange je te faisais entrer ici. Je me doutais qu'il ne s'agissait pas vraiment d'un rendez-vous galant.

— Et au final, il n'est même pas là, ajouta Belle en sirotant son champagne avec un air préoccupé.

— Ne parle pas trop vite. Il est là presque tous les week-ends avec le type qu'il fréquente en ce moment. Carl, je crois qu'il s'appelle.

— Il voit quelqu'un ? Comment se sont-ils connus ?

— Aucune idée. Je les ai souvent vus ensemble ici, et à quelques événements de Beauty Inc., mais c'est tout. Il a l'air sympathique. Quoiqu'un peu simple et ennuyeux pour quelqu'un comme Magnus Strong.

— Tu crois que c'est parce que Magnus pense qu'il ne peut pas prétendre à mieux ? demanda Belle en se frottant pensivement le front.

— Mais dis-moi, tu en passes du temps à penser au patron.

— Je parlais de lui à une amie, et c'est la première chose qu'elle a demandée, expliqua vaguement Belle en relevant les yeux vers Owen.

— C'est une théorie intéressante. J'imagine que tu vas avoir tout le loisir d'observer par toi-même. Ne te retourne pas tout de suite, mais Magnus Strong vient d'entrer avec son gigolo, chantonna Owen en riant.

Belle déglutit péniblement.

XIV

MAGNUS N'AVAIT pas fait cinq pas dans la boîte de nuit, lorsqu'il sentit la présence de Belle. Comme s'il était doté d'un détecteur juste pour lui. Il était avec le docteur Cleese. Magnus songea amèrement qu'il ne lui avait pas fallu longtemps pour passer à autre chose. Il serra les poings et regretta aussitôt cette pensée. C'était entièrement sa faute. Après tout, il les avait quasiment poussés dans les bras l'un de l'autre.

— Tout va bien, chéri ? demanda Carl en lui jetant un regard inquiet.

— Très bien.

Pourquoi était-il venu avec Carl ? Il s'était juré d'en fini avec ce genre de relation superficielle.

Un serveur les conduisit jusqu'à la table favorite de Magnus, et ils s'installèrent. Magnus regrettait déjà d'être là. Il poussa un profond soupir. S'il partait maintenant, ce pauvre Carl ne comprendrait pas.

Il commanda un verre de vin rouge, et Carl un verre de Dubonnet. Magnus songea amèrement que c'était l'une des innombrables raisons pour lesquelles il ne devrait pas sortir avec Carl. Autant prendre un Coca, plutôt que de prétendre boire de l'alcool en commandant cette horreur. *Si c'était Belle qui l'avait commandé, tu trouverais ça adorable*, lui souffla une petite voix dans sa tête.

— Tu veux danser ? proposa Carl.

Carl adorait danser, et il dansait comme un dieu. Parfois, il arrivait que Magnus se laisse tenter, mais la plupart du temps, il le laissait s'amuser sur la piste de danse en observant de loin. Il y avait bien d'autres hommes qui étaient prêts à danser avec lui.

— Pas ce soir, mais vas-y, amuse-toi.

Carl quitta leur table en rejoignant la piste avec enthousiasme, et Magnus sourit. Ils n'avaient peut-être rien en commun, mais Carl était un type bien. Le regard de Magnus glissa instinctivement jusqu'à Belle. Il était penché sur Owen et il riait. Magnus décida que c'était le bon moment pour s'éclipser aux toilettes.

Il se leva et se dirigea vers le fond de la boîte, lorsque quelqu'un l'interpella.

— Magnus !

— Bonsoir Christian. Quelle surprise de te voir ici.

Christian avait beau être gay, il n'était pas vraiment du genre à le crier sur les toits. Il avait toujours craint que sa sexualité ne porte préjudice à sa position en tant que membre du comité de Beauty Inc.

— Ah, oui, c'est vrai. Un des cadres d'une autre entreprise dont je dirige le comité aime venir ici.

— C'est bien, répondit platement Magnus en se demandant où il voulait en venir.

— J'ai cru voir que ton homme dansait avec quelqu'un d'autre ?

— Il aime danser, répondit simplement Magnus en haussant les épaules. Moi pas, alors il danse avec quelqu'un d'autre.

— Tu n'es pas jaloux ? C'est que ça ne doit pas être le grand amour, commenta Christian. Tu veux aller boire un verre ailleurs avec moi ?

Cet homme était tout bonnement incroyable. Magnus ne savait plus en quelle langue lui dire non.

— Merci, mais je vais ramener Carl chez lui et je vais rentrer dormir.

— Tout seul ?

— Ça ne te regarde pas, dit-il en souriant pour rester courtois. Mais merci quand même pour ton invitation.

Christian se rapprocha tout près de lui, si près que Magnus pouvait sentir son haleine alcoolisée. Il était saoul. Ça expliquait pourquoi il était aussi insistant. Heureusement qu'il n'avait pas créé de scandale.

— Je sais que tu penses que je suis trop vieux, mais j'ai encore de la ressource dans le pantalon, et je sais très bien me servir de ce que j'ai entre les jambes, murmura-t-il sur un ton qui se voulait séducteur.

— Je suis heureux de l'apprendre, Christian. Tant mieux pour toi, répondit Magnus en faisant un pas en arrière. À la semaine prochaine, pour notre réunion.

Christian fronça brièvement les sourcils, puis esquissa un sourire forcé.

— Absolument, j'y serai. Pour rien au monde je ne manquerais une réunion du comité.

Magnus se pressa jusqu'aux toilettes, en regardant une dernière fois derrière lui pour s'assurer que Christian ne le suivait pas. Il s'enferma dans l'une des cabines, et s'assit sur le couvercle fermé. Il avait besoin d'une minute pour rassembler ses esprits.

Qu'est-ce qui lui avait pris de venir ici ce soir ? Tout ce qu'il voulait, c'était se sortir Belle Belleterre de la tête, mais au lieu de ça, il le croisait partout, et il était en train de passer la pire soirée de sa vie. Voir Belle flirter avec Owen, et devoir ensuite subir les avances de Christian, tout semblait lui rappeler le fiasco général de sa vie sentimentale ce soir.

La porte de la cabine d'à côté s'ouvrit, et il entendit quelqu'un s'installer. Il ferait mieux de tirer la chasse pour faire semblant et de sortir d'ici. Il était ridicule.

Un pied chaussé d'une chaussure de ville noire se glissa sous la cloison qui le séparait de la cabine d'à côté. Magnus écarquilla les yeux. Ce n'était pas du tout le genre de boîte de nuit où les gens faisaient ça dans les toilettes.

— Magnus ?

Magnus retint son souffle. C'était la voix de Belle.

— Oui.

Le pied remua légèrement, comme s'il était en train de saluer, et Magnus se surprit à rire. Puis il s'interrompit brusquement et tendit l'oreille pour s'assurer qu'il n'y avait personne dans les toilettes. Tout était silencieux.

— Qu'est-ce que tu veux, Belle ?

— Pourquoi est-ce que ton premier réflexe a été de croire que j'avais couché avec toi par gratitude ?

Magnus se prit la tête entre les mains. Combien de fois allaient-ils avoir cette conversation ?

— Parce que je sais combien tu tiens à Judy.

— Et le fait que je tienne à Judy est incompatible avec celui que je te trouve sexy et que j'ai envie de coucher avec toi ?

— Je ne suis pas sexy, protesta instinctivement Magnus.

Quelqu'un entra dans les toilettes et ils se turent aussitôt. Un bruit de braguette, puis le type commença à uriner en fredonnant *Wrecking Ball* de Miley Cyrus.

Le pied de Belle glissa jusqu'à rencontrer celui de Magnus. À quoi jouait-il ?

Puis, son pied disparut, et réapparut quelques secondes plus tard, sans chaussure. Il avait le pied mince, la cheville délicate, enveloppé dans une chaussette bordeaux. Il le fit remonter jusqu'au bas du pantalon de Magnus, puis glissa ses doigts de pied dessous jusqu'à toucher le mollet nu de Magnus. Dans quelle position de gymnastique incongrue se trouvait-il maintenant pour avoir réussi à fourrer son pied jusque-là ?

C'était complètement absurde, et Magnus n'aurait pas dû trouver ça excitant. Pourtant, son sexe manifestait déjà un intérêt flagrant pour le petit manège de Belle. Le type qui était entré se séchait les mains en chantant à présent à tue-tête, et Magnus réprima l'envie d'éclater de rire. Toute cette situation était irréelle, mais si le docteur Belleterre continuait comme ça, il ne resterait plus d'autre choix à Magnus que d'entrer dans sa cabine pour lui montrer l'effet qu'il lui faisait exactement.

Belle gigota ses doigts de pied. Magnus avait atteint sa limite. Il attrapa brusquement le pied de Belle, qui à en juger par le petit cri qu'il venait de pousser, était tombé de son siège.

L'inconnu s'interrompit en milieu de chanson. Puis, le silence.

La porte des toilettes s'ouvrit de nouveau, une autre personne entra, et le chanteur lança :

— Tiens t'es là, toi aussi, j'allais sortir.

— Vas-y, je te rejoins, il faut que je pisse.

Belle gigota de nouveau les doigts de pied pendant que le nouveau venu se soulageait, et Magnus leva les yeux au ciel.

Il attrapa fermement le pied de Belle, et le pressa contre son entrejambe, qui était déjà dur comme du marbre. Belle commença aussitôt à le masser du bout de son pied, envoyant des petites décharges électriques de plaisir le long de la colonne vertébrale de Magnus. Il lui retira sa chaussette d'un geste rapide, et se pencha pour embrasser chacun des doigts de pied de Belle, l'un après l'autre. Puis, il ouvrit sa braguette, et pressa son pied nu contre son sexe. C'était sans doute la chose la plus excitante qu'il avait faite de toute sa vie. Belle devait être du même avis, car il laissa échapper un long gémissement en pliant ses doigts de pied autour de l'érection de Magnus.

L'homme qui était à l'urinoir ricana, puis il se lava les mains et sortit, les laissant seuls dans les toilettes.

Belle retira son pied de l'emprise de Magnus, se releva, et vint tambouriner à sa porte. Magnus se leva, lui ouvrit, mais Belle le repoussa à l'intérieur, entra avec lui, et referma la porte derrière eux.

— Toi et moi allons avoir une discussion sérieuse au sujet de ton attrait sexuel, tu es prêt ? Il est important que tu comprennes que tu es extrêmement sexy, alors sous-entendre que la seule raison pour laquelle je pourrais t'offrir ceci, dit-il en pointant ses fesses du doigt et en les remuant sous le nez de Magnus, serait pour te remercier de ton immense générosité est un brin insultant. C'est pour ça que je me suis emporté aussi vite. Mais nous avons une amie commune très intelligente, et elle m'a très justement fait remarquer que tu ne cherchais probablement pas à m'insulter, mais que c'était au contraire envers toi-même que tu te montrais cruel. Est-ce qu'elle a raison ?

La gorge nouée, Magnus chercha ses mots pendant plusieurs secondes, avant de répondre enfin, d'une voix rauque :

— Je ne comprends pas comment quelqu'un comme toi pourrait s'intéresser à moi.

— Tu as plus de charisme dans ta lèvre supérieure que tous les hommes de cette boîte de nuit dans leur corps tout entier !

Magnus porta machinalement une main à la cicatrice qui traversait sa lèvre. Belle attrapa sa main pour la repousser, et traça la cicatrice du bout des doigts.

— J'ai dit ce que j'avais à dire. Nous sommes tous les deux venus ce soir avec quelqu'un d'autre, et si on ne sort pas bientôt, ils vont finir par croire qu'on est tombés dans le trou. Je vais rejoindre ma table, et dans très peu de temps, je vais rentrer chez moi. La balle est dans ton camp.

Il se pencha vers Magnus, lui attrapa fermement l'entrejambe, et déposa un baiser sur ses lèvres, avant d'ouvrir la cabine. Au même moment, Owen entra dans les toilettes.

— Tu es là ! Je commençais à m'inquiéter.

— Désolé, Owen, j'ai croisé quelqu'un sur le chemin et on a discuté un peu.

Ils quittèrent les toilettes et Magnus baissa les yeux vers son érection encore bien présente.

La balle était dans son camp.

— À TON avis, que va faire Magnus maintenant ? demanda Owen.

— Difficile à dire, répondit Belle. C'est un homme compliqué.

Ils étaient garés devant l'appartement d'Owen, et Leroy avait laissé le moteur tourner, prêt à repartir.

— Il faudrait qu'il réalise qu'il a le droit d'être heureux aussi. Il passe sa vie à se soucier du bonheur des autres.

— Je ne sais pas si je peux le rendre heureux, mais j'aimerais vraiment essayer.

— Je te souhaite bonne chance, répondit sincèrement Owen en posant une main sur la sienne. S'il s'agissait de n'importe qui d'autre, je serais sans doute jaloux, mais je ne peux pas t'en vouloir d'être tombé sous le charme de quelqu'un comme Magnus. On se voit lundi au bureau, dit-il avant de sortir du véhicule.

Belle lui fit un petit signe de la main, puis il baissa l'écran qui le séparait des sièges avant.

— Où est-ce qu'on va maintenant, patron ? demanda Leroy avec un sourire malicieux.

— Direction la maison !

Owen éclata de rire, et démarra.

On était à New York, un soir de week-end. Il leur fallut donc plus de trois quarts d'heure pour atteindre Brooklyn. Belle maudissait tous les conducteurs en tapotant nerveusement sur sa jambe. Et si Magnus venait ce soir ? Ou pire, s'il ne venait pas ?

Lorsque Leroy arriva enfin en bas de son immeuble, Belle descendit du véhicule avant même qu'il n'ait mis le frein à main.

— Merci Leroy, passe une bonne soirée, et à lundi.

— Bonne soirée à vous aussi, patron, répondit Leroy en riant. N'hésitez pas à m'appeler si vous avez besoin de moi avant lundi.

— Promis ! lança Belle par-dessus son épaule, en gravissant les marches de l'immeuble.

Leroy était étrangement facétieux ce soir. Belle se demanda s'il avait entendu sa conversation avec Owen, ou s'il était simplement dangereusement perspicace.

Il ouvrit la porte de l'immeuble, et se figea sur place. Confortablement installés dans l'atrium, un verre de champagne à la main, étaient assis Mister P., Wanda, Fatima, Ahmed... et Magnus.

— Bonsoir, mon garçon, le salua Mister P. en se levant pour lui offrir une coupe de champagne. Nous t'attendions justement.

— Oh. Bonsoir tout le monde, salua Belle, un peu hébété.

— Je suis passé pour te voir, et ces charmantes personnes m'ont tout de suite mis à l'aise, expliqua Magnus avec un petit sourire, le regard brillant.

Belle accepta le verre qui lui était tendu, et s'installa sur la chaise libre à côté de Magnus. Il lui rendit son sourire, et trinqua avec lui.

— Alors, Belle, lança Mister P. entre deux gorgées de champagne, Magnus était en train de nous parler de ton merveilleux projet de centre d'information pour les femmes atteintes du cancer.

— Une idée de génie, commenta Fatima en levant son verre de thé glacé dans sa direction. Mais il va falloir lui trouver un nom plus cool que « Centre d'information pour les femmes atteintes du cancer », Belle. Tu as déjà des idées ?

— Je… oui. J'ai une idée, répondit-il en lançant un regard nerveux à Magnus. Mais j'ai encore besoin de régler quelques détails à ce sujet, alors je préfère ne pas l'annoncer tout de suite.

— Voyons, tu es de la famille, tu peux tout nous dire, l'encouragea Wanda en souriant.

— Je préfère vraiment attendre.

Magnus le fixa en fronçant les sourcils, mais il n'insista pas.

— Et comment va notre ravissante et courageuse Judy ? demanda Wanda.

— C'est une battante. Elle garde le moral.

— Les médecins en sauront davantage demain, mais ils sont confiants. Ils ont réussi à extraire la tumeur entière, expliqua Magnus. Elle n'aura peut-être même pas besoin de chimiothérapie.

Belle adorait la douceur et l'assurance avec laquelle il expliquait. Cet homme était tellement extraordinaire.

— Maintenant il faudra simplement s'assurer qu'elle intègre les compléments végétaux et minéraux nécessaires pour prévenir toute récidive.

— Est-ce que c'est le genre d'informations importantes auxquelles les femmes auront accès dans ton centre ? demanda Fatima.

— Ça ne sera pas mon centre, mais celui de Magnus. Eh oui, l'idée est de leur donner l'accès aux dernières et aux meilleures recherches contre le cancer.

— C'est vraiment un super projet, répondit-elle avec enthousiasme.

Mister P. bâilla et s'étira avec exagération.

— Il est tard, et je crois que nous devrions tous aller nous coucher. Pourquoi ne pas offrir le reste de la bouteille de champagne à Belle et Magnus et leur laisser un peu d'intimité ?

Mister P. n'était pas très subtil, mais pour être honnête, Belle était reconnaissante de son intervention.

— J'espère sincèrement vous revoir, Magnus, dit Wanda en souriant, avant de regagner son appartement.

— Sans doute demain matin, ajouta Fatima dans un clin d'œil, avant d'entraîner Ahmed avec elle jusque chez eux.

L'écho de son rire se réverbéra contre les parois de verre de l'atrium, et Mister P. tendit une main à Magnus.

— Ne leur en voulez pas pour leur indiscrétion. Ils tiennent beaucoup à Belle.

— Merci de prendre si bien soin de deux employés qui sont chers à Beauty Inc., répondit simplement Magnus en acceptant sa poignée de main.

— Tout le plaisir est pour moi, assura Mister P. en le fixant avec une étrange intensité.

— Cet endroit est vraiment extraordinaire, commenta Magnus en regardant autour de lui.

— Un endroit extraordinaire, pour des gens extraordinaires, répondit Mister P. J'espère qu'on vous y verra souvent.

— C'est très gentil, dit Magnus.

Belle crut le voir rougir.

XV

MISTER P. les laissa seuls, et Magnus se racla la gorge.

— Quel fantastique petit homme.

— Toi aussi, tu trouves ? demanda Belle en lui souriant. Comment ça se fait que tu ne l'avais jamais rencontré ? C'est pourtant toi qui as choisi cet endroit.

— Je n'étais pas encore venu. Mais je savais que tu aimais les plantes.

— Comment as-tu su ? demanda Belle, suspicieux.

— J'ai... mes sources.

— Laisse-moi deviner, Elliott Porter ?

— Qu'est-ce qui l'a trahi ? demanda Magnus avec un sourire en coin.

— Il m'a posé tellement de questions, c'était louche. Et je me souviens vous avoir vus dîner ensemble au restaurant à Las Vegas. J'ai vite fait le lien. C'est amusant, je ne me rappelle absolument pas lui avoir dit que j'aimais les plantes, ajouta-t-il en regardant Magnus avec un sourcil relevé.

— Il est possible que je lui aie demandé de faire quelques recherches, répondit timidement Magnus en souriant, les yeux rivés sur ses chaussures. Et lorsque les RH m'ont appelé pour me dire qu'un immeuble à Brooklyn avec un atrium tropical était en vente, je leur ai dit de foncer.

— Quelle heureuse coïncidence.

— Avec les années, j'ai appris à accepter et à profiter des heureux hasards que m'offrait l'existence.

— Je ne t'ai jamais vraiment remercié, pour l'appartement. Je crois que je ne m'étais jamais autant senti chez moi de toute ma vie. Et puis, quand Judy est arrivée, c'est officiellement devenu ma maison.

— Je suis heureux que tu t'y plaises, répondit-il en glissant un regard dans sa direction.

— Ce qui signifie que je te suis très, très, très reconnaissant, mais ça n'a absolument aucune incidence sur mon irrépressible envie de te chevaucher toute la nuit, ajouta-t-il sur un ton léger.

— Belle ! Tu ne peux pas dire des choses pareilles ! rétorqua Magnus en portant une main à son entrejambe pour dissimuler son érection naissante.

137

— Nous avons la moitié d'une bouteille de champagne, et le reste de la nuit. Qu'est-ce que tu veux en faire ?

— On pourrait peut-être monter chez toi et improviser ? suggéra Magnus, d'une voix étrangement hésitante.

— C'est une excellente idée, répondit Belle en se lançant dans les escaliers et en éclatant de rire lorsque Magnus se lança à sa poursuite.

Arrivé à son étage, il ouvrit la porte d'entrée, traversa le salon et se rendit dans la chambre. Malmenée pendant l'ascension, la bouteille de champagne était en train de mousser et menaçait de déborder, mais Magnus arriva juste à temps avec leurs deux coupes pour récupérer le liquide qui s'apprêtait à couler.

Belle posa la bouteille sur sa table de nuit, et Magnus lui tendit son verre. Ils trinquèrent à nouveau, en se regardant dans les yeux, et burent sans jamais rompre le contact visuel. Belle réalisa qu'il n'avait jamais remarqué les éclats dorés dans les yeux bruns de Magnus lorsqu'il riait.

— Tu as fini de me fuir ? demanda Magnus en souriant.

— C'est plutôt à toi que je devrais poser cette question, rétorqua très sérieusement Belle.

— Ce n'est pas facile pour moi, se défendit Magnus en perdant son sourire.

— Je ne te demande pas de baisser ton armure maintenant, du premier coup. Mais il va falloir faire un petit effort. Tu pourrais peut-être commencer par baisser ton pantalon, qu'en dis-tu ?

Magnus haussa les sourcils, et se rapprocha de Belle. Le jeune homme était étonnamment grand, et Magnus ne faisait que quelques centimètres de plus que lui, mais il devait facilement peser dix kilos de muscles en plus.

— Tu es sûr de toi ? demanda-t-il, dans un souffle.

— Je ne sais pas, tu veux négocier avec lui ? demanda Belle en pointant du doigt l'érection évidente qui tendait son pantalon.

Magnus sourit malgré lui.

— Tu veux voir de plus près ? demanda malicieusement Belle.

— J'y compte bien, répondit Magnus, la voix rauque de désir.

Belle porta son verre de champagne à ses lèvres d'une main, et de l'autre, il baissa lentement la braguette de son pantalon, révélant un minuscule slip à motif léopard.

— Mais dites-moi, docteur Belleterre, si j'avais su plus tôt ce qui se cachait sous votre blouse blanche, je vous aurais déshabillé bien avant.

— Tu vois un peu tout ce que tu manquais ? demanda-t-il en ouvrant grand les yeux et en posant son verre à côté de la bouteille.

Magnus s'assit sur le bord du lit, sans jamais quitter Belle des yeux. Belle s'approcha entre le V de ses jambes écartées, et bougea les hanches pour faire descendre son pantalon le long de ses jambes. Il le retira, en même temps que ses chaussures, et envoya le tout valser à l'autre bout de la pièce d'un coup de pied adroit.

— J'avais failli oublier combien tu étais doué de tes pieds, commenta Magnus en regardant son pied nu, et l'autre auquel il y avait toujours une chaussette bordeaux.

Magnus sortit sa jumelle de sa poche.

— Extraordinaire, tu as une paire, s'exclama Belle, faussement étonné, avant de retirer son slip.

— Est-ce que c'est ma récompense ? demanda Magnus en désignant l'érection qui se dressait entre les pans de la chemise de Belle avec un regard affamé.

— Tu as le choix entre ça, ou ça, répondit Belle en se tournant lentement et en redressant sa chemise pour dévoiler ses fesses. À toi de choisir, dit-il en se penchant de manière obscène.

— Je ne sais pas si tu es au courant, mais je suis très dur en affaires…

— Je sais, le plus *dur*, répondit Belle en se penchant encore davantage pour exhiber son entrée.

— Dans ce cas, tu ne seras pas surpris d'entendre que je choisis les deux, ajouta Magnus avant d'attraper Belle par les hanches, et de s'installer à genoux derrière lui pour plonger sa langue en lui.

— Oh mon Dieu, gémit Belle, tu ne traînes pas quand tu prends une décision, dit-il d'une voix tremblante et essoufflée.

La langue de Magnus s'insinua plus profondément en lui, et Belle dut fermer les yeux pour contenir la sensation. Il avait eu sa part de coups d'un soir dans sa vie, mais jamais il n'avait vécu d'expériences sexuelles aussi intimes, aussi rapidement. Il avait même plutôt toujours eu tendance à garder une certaine distance avec ses partenaires. Magnus avait l'étrange capacité de le mettre à nu, à fleur de peau. C'était presque trop pour ses pauvres nerfs. Ses genoux se mirent à trembler, et il se sentit lentement tomber jusqu'sur le tapis.

Mais à aucun moment Magnus ne s'interrompit. Il suivit chacun des mouvements du corps de Belle avec une fluidité ahurissante. Sa langue était en train de lui faire des choses qui devaient sans doute être illégales dans plusieurs pays. Belle avait l'impression d'être en feu. Il ne pouvait pas s'empêcher de pousser ses hanches vers Magnus, à la recherche de toujours plus de sensations.

Magnus recula son visage, puis traça une ligne brûlante avec le bout de son doigt, le long de la raie de Belle, jusqu'à ses testicules.

— Tu as des préservatifs et du lubrifiant ? demanda-t-il d'une voix rauque.

— Dans la table de nuit, dépêche-toi.

Les yeux clos, Belle entendit Magnus ouvrir le tiroir, sortir ce dont il avait besoin, puis le bruit du froissement du tissu tandis qu'il se déshabillait enfin.

Puis, très vite, il sentit la chaleur du corps de Magnus de retour contre lui. Il entendit ensuite le bruit de l'emballage du préservatif, et le cliquetis du plastique de la bouteille de lubrifiant, suivi du bruit humide du liquide qui en sortait.

— Plus vite, gémit Belle impatient.

— Autoritaire au lit, j'aurais dû m'en douter, grogna Magnus en glissant un doigt en lui.

Belle poussa un long gémissement et se cambra. Magnus le prépara lentement, et avec attention. Lorsqu'il inséra un troisième doigt, Belle était dans un état d'excitation indescriptible.

— Je veux plus, plus, ordonna-t-il d'une voix tendue.

— Ne t'inquiète pas, murmura Magnus, je vais te donner ce que tu veux.

Belle sentit ensuite Magnus presser le bout de son sexe contre son entrée, énorme et dur, puis il le pénétra.

— Oh mon Dieu, souffla Belle, tremblant.

— C'était ça que tu voulais, mon cœur ?

Toute l'hésitation, toutes les réticences de Magnus s'étaient envolées. L'homme méfiant et entravé par son apparence physique avait cédé la place au puissant homme d'affaires qui savait ce qu'il voulait et qui l'obtenait toujours. Le mouvement rapide et vigoureux de ses hanches faisait claquer ses testicules contre l'arrière des cuisses de Belle à chaque pénétration. Il faisait l'amour à Belle comme s'il cherchait à entrer plus profondément en lui à chaque coup de piston, et Belle adorait ça. Il aimait ça au-delà des mots. Jamais il n'avait ressenti une chose pareille. Il se sentait à la fois hors de contrôle et plus en sécurité qu'il ne l'avait jamais été.

— Magnus, mon Dieu, je t'en prie, ne t'arrête pas. Ne t'arrête jamais.

L'espace d'un instant, Magnus stoppa le mouvement de ses hanches, mais seulement pour changer légèrement l'angle et s'enfoncer de nouveau en Belle, plus vite, plus loin. Il glissa une main entre les jambes du jeune homme pour se saisir de son sexe tendu, et le masturba jusqu'à ce que Belle voie des étoiles et que sa vision ne se trouble.

Tout son corps se tendit, il avait l'impression que le sang qui galopait dans les veines sous sa peau était de la lave en fusion. Lorsqu'il éjacula enfin, un jet de sperme éclaboussa le mur de la chambre en face de lui, puis Magnus rattrapa le reste entre ses doigts. Belle poussa un long gémissement et laissa le plaisir l'emporter.

Il sentit vaguement Magnus se figer derrière lui, donner quelques derniers coups de hanches, comme des spasmes, et jouir en rugissant son nom.

Belle se laissa mollement retomber contre le tapis, suivi de près par Magnus. Le contraste de la sensation du tapis doux et moelleux contre son ventre, et du poids du corps moite de Magnus contre son dos était délicieux. Il se mit à rire.

Le cœur de Magnus battait si fort que Belle pouvait le sentir vibrer contre lui.

— Je te promets de me redresser et d'arrêter de t'écraser dès que j'aurai retrouvé l'usage de mes membres, marmonna Magnus.

— Ne te presse pas, je suis très bien comme ça.

— Tu plaisantes ?

— J'apprécierais que vous ne remettiez pas sans cesse en question mes propos, monsieur Strong.

Magnus laissa échapper un petit rire contrit, et Belle sourit.

— Je crois que je viens de vivre un des moments les plus importants de mon existence, soupira Belle. Je crois même que j'ai senti la terre trembler.

Il sentit Magnus se tendre derrière lui.

— Magnus, je ne suis pas en train de me moquer. Je suis sérieux.

Après un moment d'hésitation, Magnus se détendit.

— C'était un moment important pour moi aussi, avoua-t-il à voix basse.

— Tu veux bien rester avec moi cette nuit ?

— Tu en as envie ?

— Je ne te l'aurais pas demandé autrement.

— Alors oui, merci, j'aimerais beaucoup.

— Tu es tellement formel pour quelqu'un qui vient de me pilonner le derrière comme si sa vie en dépendait, gloussa Belle.

— J'espère que je ne t'ai pas fait mal, dit Magnus en se tendant à nouveau.

— Soulève-toi un peu, dit Belle en le regardant par-dessus son épaule.

Magnus s'exécuta, et Belle se tourna pour lui faire face. Lorsque Magnus se redressa, comme s'il s'apprêtait à se relever, Belle le retint.

— Non, reste là. J'aime t'avoir contre moi.

Magnus lui lança un regard incertain, mais se rallongea doucement contre Belle, ses avant-bras posés à plat, de part et d'autre de son visage. D'aussi près, les cicatrices sur son visage ressemblaient à une œuvre d'art. Le relief en alternance de peau lisse et rugueuse était fascinant.

— Pourquoi est-ce que tu es toujours si généreux avec les gens autour de toi, mais si dur avec toi-même ? demanda Belle en souriant.

— Ce n'est pas le cas, protesta Magnus en fronçant les sourcils.

— Magnus, je viens de te dire que j'avais vécu l'un des moments les plus importants de ma vie entre tes bras, et ton premier réflexe a été de me demander si tu m'avais fait mal. Tu ne trouves pas ça contradictoire ? Aux dernières nouvelles, je ne suis ni un menteur ni un masochiste.

— Ce n'est pas ce que j'ai voulu dire.

— Je sais, mais tu comprends ce que j'essaye de t'expliquer ? Je suis ici, avec toi, parce que j'en ai envie. Et je ne regrette absolument rien.

— Moi non plus.

— Tant mieux. Tu veux dormir maintenant, ou tu veux remettre ça ? demanda Belle en jouant des sourcils.

— Comment tu veux que je songe à dormir après une proposition pareille ?

— On a tout le temps du monde, répondit Belle en caressant son visage. Si tu veux te reposer un peu, je te promets d'être toujours là à ton réveil.

— C'est un compromis qui me plaît beaucoup.

Après quelques mouvements acrobatiques dignes du Cirque du Soleil, ils parvinrent à se relever, pour rejoindre la salle de bains, puis enfin, le lit de Belle. Magnus tira Belle contre lui, pressa le dos du jeune homme contre son torse, et referma ses bras autour de lui. Belle écouta attentivement sa respiration, en savourant le mouvement de sa cage thoracique contre son dos.

Il entrelaça ses doigts avec ceux de Magnus, et s'endormit, un sourire aux lèvres.

Lorsqu'il rouvrit les yeux, il faisait toujours nuit. Son dos était froid. Il tendit un bras derrière lui, mais le lit était vide. Il s'assit en se frottant les yeux, et en se demandant où Magnus pouvait bien être. Il ne serait quand même pas parti sans rien dire ?

Belle descendit du lit, enfila sa robe de chambre qui était accrochée derrière la porte, et se rendit silencieusement dans le salon. Magnus était assis dans l'un des fauteuils, en face de la cheminée, et il regardait l'atrium à travers l'une des deux grandes fenêtres qui encadraient l'âtre. Elle était entrouverte, et le parfum sucré des fleurs flottait dans l'appartement. Magnus sentit sa présence, et se tourna vers lui.

— Je ne voulais pas te réveiller, excuse-moi. Cette vue est tout simplement incroyable.

— Je sais, répondit Belle en souriant et en s'asseyant sur le bras de son fauteuil.

Ils observèrent ensemble en silence l'arrivée des premiers rayons du soleil qui coulaient à travers la verrière de l'atrium.

— Tu ne m'as toujours pas dit comment tu voulais appeler le centre, remarqua Magnus en se tournant vers Belle.

— Je... J'ai regardé ta biographie sur Internet, et j'ai vu que le nom de ta mère était Beatrice.

L'expression sur le visage de Magnus se figea.

Belle ne savait pas s'il fallait qu'il continue à parler. C'était un terrain extrêmement délicat. Mais après tout, c'est lui qui avait lancé la conversation.

— Quand tu m'as dit qu'elle avait eu un cancer, j'ai pensé que nous pourrions l'appeler le « B Strong Center [3] », pour honorer sa mémoire avec la première lettre de son prénom, et pour répandre un message d'espoir. Mais je comprendrais si tu préfères choisir autre chose.

Magnus déglutit péniblement. Une succession d'émotions défilèrent sur ses traits ; de la douleur, de la peur, de la panique. Belle mourait d'envie de le prendre dans ses bras et de le serrer fort contre lui.

— Je suis désolé, Magnus, je ne voulais pas...

— C'est moi qui l'ai tuée. Comment est-ce que je pourrais oser utiliser son nom ?

---

[3] « B Strong Center », car « to be strong » signifie « être fort » en anglais.

— Quoi ? Comment ça, c'est toi qui l'as tuée ?

Les yeux perdus dans le lointain, comme s'il était prisonnier de ses souvenirs, Magnus murmura :

— Je l'ai tuée. Si je n'avais pas été là, elle n'aurait jamais eu d'accident de voiture, et elle ne serait pas morte. Tout est de ma faute. Je ne peux pas me servir de son nom en faisant comme si de rien n'était. Comme si j'avais le droit.

Belle passa ses bras autour de Magnus, comme il avait vu faire lorsque quelqu'un avait une crise de panique, et imprima un léger mouvement de balancement à leurs deux corps. Au début, Magnus se débattit et chercha à se libérer de son étreinte, mais Belle refusa de le lâcher, et lentement, ses muscles se détendirent et il se calma un peu. Sa respiration était toujours laborieuse, mais il avait cessé de se débattre.

— Tu sais que tu peux tout me dire, murmura Belle.

— Non.

— Je sais écouter, et au moins tu n'as pas besoin de prendre rendez-vous ni de me payer à la fin.

Magnus poussa un long soupir, et Belle se demanda si c'était bon signe. Il desserra légèrement son étreinte.

— J'avais quinze ans, commença Magnus. J'étais jeune et j'étais en colère à cause de son cancer. Je lui en voulais d'être malade, parce que les mamans ne sont pas censées tomber malades, elles sont censées s'occuper de leurs enfants. Mon père n'était jamais là, il passait sa vie au travail. Elle était mon seul parent, et elle est tombée gravement malade, dit-il d'une voix morne, vide d'émotion. Je me souviens que j'étais assis sur la banquette arrière, en train de bouder. Elle était au volant, un foulard autour de sa tête pour cacher son crâne chauve. Je lui criais dessus, je lui disais qu'il fallait qu'elle trouve un meilleur docteur, un docteur qui pourrait la guérir. Je lui ai dit que tout était de sa faute et qu'elle ne faisait pas d'efforts. Elle s'est tournée vers moi pour me regarder, elle a grillé un feu rouge, et le camion qui arrivait en face n'a pas eu le temps de freiner. La voiture a été complètement détruite par la violence de l'impact. Ma mère aussi. Et moi je m'en suis sorti avec seulement quelques bleus et quelques coupures.

Le souffle de Belle se coupa, et un grand froid l'envahit. Il venait d'avoir la réponse à la grande question que tout le monde se posait : pourquoi est-ce que Magnus Strong, l'un des hommes les plus riches des États-Unis, n'avait pas eu recours à la chirurgie esthétique pour réparer son visage ?

Parce qu'il pensait qu'il n'avait eu que ce qu'il méritait, et qu'il faisait pénitence chaque fois qu'il se regardait dans le miroir.

— Je sais que ça ne changera rien si je te dis que tu n'as pas tué ta mère, dit Belle d'une voix douce en pressant sa joue contre les cheveux de Magnus.

Magnus secoua la tête avec véhémence. Il débordait de colère et de désespoir.

— Est-ce que tu serais prêt à essayer ? Pour moi ?

— Essayer quoi ?

— Essayer d'être heureux ? Je me sens égoïstement investi dans ton bonheur, parce que je crois qu'il est étroitement lié au mien. Alors, est-ce que tu voudrais bien essayer de te pardonner un tout petit peu ? Pour moi ?

— Je ne comprends pas pourquoi c'est aussi important pour toi, rétorqua Magnus d'une voix brisée.

— Je sais, mais je vais avoir besoin que tu me fasses confiance et que tu croies en moi, d'accord ?

Après un long et douloureux silence, Magnus répondit enfin :

— D'accord.

XVI

BELLE ET Magnus se dirigeaient vers la chambre d'hôpital de Judy main dans la main, mais lorsqu'ils arrivèrent devant sa porte, Magnus lâcha la main de Belle.

— Tu ne veux pas qu'elle sache qu'on est ensemble ? demanda Belle en levant les yeux vers lui.

— Non, mais je croyais que toi tu ne voudrais pas.

Belle sourit en secouant la tête. Il reprit la main de Magnus, et entrelaça leurs doigts.

— Il va falloir que tu te fasses à l'idée, dit-il en ouvrant la porte et en tirant Magnus derrière lui.

Judy était assise dans son lit. Son visage s'illumina en les découvrant, puis ses yeux se posèrent sur leurs mains, et elle ouvrit la bouche de stupeur, poussa un petit cri de joie, et se mit à taper dans ses mains malgré la perfusion toujours branchée à son bras.

Une infirmière entra en trombe dans la chambre en bousculant Belle et Magnus.

— Que se passe-t-il ? Tout va bien ?

— Un petit excès d'enthousiasme, c'est tout, expliqua Belle en éclatant de rire.

— Bon, rien de fatal alors, soupira l'infirmière en souriant, avant de quitter la chambre.

Ils tirèrent deux chaises à côté du lit de Judy, et s'installèrent.

— Comment tu te sens ? demanda Belle en attrapant sa main.

— Beaucoup mieux depuis que vous êtes là, dit-elle avec un immense sourire. Je suis tellement heureuse que vous ayez fini par entendre raison.

Belle glissa un regard à Magnus, craignant qu'il ne soit gêné ou mal à l'aise, mais il souriait en rougissant légèrement, les yeux rivés sur ses chaussures.

— Quand est-ce que tu pourras sortir ? demanda Belle à sa meilleure amie.

— Le docteur doit passer dans quelques minutes pour qu'on en discute. Mais peut-être dès demain, si tout va bien.

— J'ai hâte. On est plus que prêts à te kidnapper pour te ramener à la maison, tu sais.

— Je donnerai des congés supplémentaires à Belle pour qu'il puisse s'occuper de toi, ajouta Magnus d'une voix douce.

— Ça ne sera pas utile, répondit Belle avec un petit sourire. Entre Wanda, Mister P., Fatima et Ahmed, j'aurai de la chance si je peux seulement m'approcher d'elle un instant.

— Sans oublier Henry, ajouta Judy avec un sourire timide.

— Tu veux dire Henry Kim ? Tu as déjà rencontré le jardinier ?

— Oui, il est vraiment charmant, dit-elle en rougissant à son tour. Il a un petit accent jamaïcain quand il parle.

— Un Henry Kim avec un accent jamaïcain ? demanda Magnus en penchant curieusement la tête sur le côté.

— Il doit son nom à un lointain ancêtre asiatique, expliqua Judy en haussant les épaules, mais il est aussi jamaïcain qu'on puisse l'être.

— Je dois dire que j'ai hâte de rencontrer l'homme qui est derrière l'œuvre d'art de l'atrium, commenta Belle en serrant brièvement la main de Judy dans la sienne.

— Il a un talent fou. Quand on pense qu'à l'origine il a fait des études pour devenir agent de change…

— Tu te moques de moi.

— Non, c'est la stricte vérité, gloussa Judy.

— D'accord, raison de plus pour rencontrer ce type.

Au même moment, le docteur entra dans la chambre. Il avait dans les mains les papiers de sortie de Judy, et lui annonça qu'elle était libre de partir dès aujourd'hui. Belle appela Leroy pour lui demander d'amener la limousine juste devant l'entrée de l'hôpital, et une infirmière amena un fauteuil roulant pour Judy.

Leroy les attendait en tenant la porte, et il aida Judy à s'installer sur la banquette arrière. Elle était d'une humeur extraordinaire. Magnus s'apprêtait à monter dans le véhicule juste après elle, lorsque Belle l'attrapa par l'épaule pour le retenir.

— Ce que tu viens de faire pour Judy n'a pas de prix, dit-il doucement. Grâce à toi, elle est non seulement sur la voie de la guérison, mais elle est également heureuse, bien entourée, et en sécurité.

— J'ai fait ce que n'importe qui d'autre aurait fait, marmonna Magnus en rougissant à nouveau.

— Non. Non, crois-moi, je connais très peu de gens qui auraient fait preuve de tant de bonté. En fait, je crois que je ne connais que toi.

— Je confirme, ajouta Leroy, quelques pas derrière eux.

— Je... Merci, Leroy, répondit Magnus, avant de se racler maladroitement la gorge.

Il baissa les yeux en direction de Belle, plongea son regard dans le sien, et sourit. Belle songea que son sourire n'avait rien d'effrayant finalement. C'était même le plus beau sourire au monde.

Près d'une demi-heure plus tard, de retour à Brooklyn, tous les habitants de leur immeuble s'étaient rassemblés sur le trottoir pour saluer Judy dès sa sortie de la voiture, y compris le mystérieux Henry, qui s'avéra être un grand homme séduisant, avec des yeux sombres. Lorsque Leroy aida enfin Judy à s'extirper du véhicule et qu'il l'aperçut, son visage s'éclaira.

— Hey, *mi parri*. Comment tu te sens ?

— Je... ça... ça va, bredouilla Judy en rougissant, et Belle devait reconnaître qu'il la comprenait, le charme d'Henry était dévastateur.

— Il faut vite qu'elle rentre et qu'elle s'allonge, intervint Wanda sur un ton théâtral. Je vais lui préparer quelque chose à manger. Est-ce qu'elle a le droit de marcher ? demanda-t-elle à Leroy sur un ton de reproche.

— Le docteur a dit qu'elle pouvait très bien marcher, répondit Belle en prenant la défense de son chauffeur. Elle doit simplement faire attention à ne rien transporter de lourd. Pendant quelque temps, il va falloir la traiter en véritable princesse.

Leroy se logea à sa droite, et Henry vint prendre place à sa gauche. Ensemble, ils l'escortèrent jusque dans le hall. Lorsqu'ils ouvrirent enfin la porte, Judy prit une inspiration de surprise. Une gigantesque banderole annonçait « Bienvenue à la maison, Judy ! ». Une table était installée, couverte de nourriture qui embaumait délicieusement tout l'atrium. Nul doute qu'il s'agissait là de l'œuvre de Wanda.

Judy plongea son visage dans ses mains, et se mit à pleurer.

Belle s'approcha, et la prit dans ses bras. Elle avait passé sa vie entière à prendre soin de sa famille, ce devait être très fort émotionnellement de voir tant de gens prendre soin d'elle pour une fois. Belle comprenait mieux que personne.

— Ce sont des larmes de joie, j'espère, lui souffla-t-il à l'oreille.

Elle releva vers lui son visage baigné de larmes en hochant vigoureusement la tête.

— Tant mieux. Allez viens, on va te mettre au lit, et on t'apportera des kilos de nourriture dont tu n'as probablement pas envie, là tout de suite. Mais ce n'est pas grave, parce qu'on est là pour t'aider.

— Tu as un si grand cœur, se moqua Judy.

— Un grand estomac, surtout, corrigea Belle.

Il l'aida à s'installer dans sa chambre, sous le regard envieux d'Henry, et sortit un pyjama propre de sa commode.

— Enfile ça. Appelle-moi si tu as besoin d'aide. J'enverrai Henry.

Judy gloussa malgré elle.

— Tu as toujours eu bon goût en matière d'hommes.

Judy éclata de rire en dissimulant son visage dans son pyjama, et Belle alla rejoindre les autres, qui s'étaient rassemblés dans le salon de l'appartement. Il y avait une place de libre sur le canapé, juste à côté de Magnus, comme si tout le monde s'était passé le mot pour lui réserver cette place. Belle s'installa, et laissa tomber sa tête contre le dossier.

— Quand est-ce qu'on mange ?

— Vous n'avez pas intérêt à avoir commencé sans moi, lança Judy en sortant de sa chambre, vêtue de son pyjama à motifs de chats.

— Retourne immédiatement te coucher, s'écria Belle en pointant sa chambre du doigt et en se levant.

— Et si on allait aider Wanda avec la nourriture, proposa Henry. Ça ira plus vite. Viens avec moi, Ahmed.

Finalement, Belle, Magnus, Mister P. et Fatima s'agglutinèrent autour du lit de Judy, et Henry lui apporta un plateau avec un peu de tout dessus, avant de s'asseoir à côté d'elle, sur le bord du matelas. Judy se blottit contre lui.

Belle serra brièvement la main de Magnus, puis se passa une main fatiguée sur le visage.

— La semaine prochaine a lieu le Festival du Printemps à Beauty Inc., annonça Magnus. Nous invitons tous nos employés, leurs familles et leurs amis. Ça se passe dans une grande salle que nous louons, au cœur de New York. Il y aura des jeux organisés, et sans doute beaucoup trop de nourriture. J'espère que d'ici là, Judy se sentira suffisamment d'aplomb pour venir, et j'aimerais beaucoup que vous vous joigniez tous à nous.

— Mon Dieu, qu'est-ce que je vais me mettre ? s'exclama Wanda en portant une main à sa poitrine.

— Il n'y a pas de dress code, mais on encourage tout le monde à porter des tenues colorées pour célébrer le printemps.

— On trouvera quoi mettre, ne vous inquiétez pas, répondit Fatima sur un ton confiant, en lançant un clin d'œil à Judy.

— Je serais honoré si tu acceptais d'être mon cavalier, ajouta Magnus d'un ton plus bas, en se tournant vers Belle.

— Toute l'entreprise sera au courant pour nous deux.

— Oui.

— Alors je serais honoré de t'accompagner, répondit-il avec un large sourire.

Tout le monde les applaudit, mais Belle sentit l'ombre du doute s'insinuer en lui. Qu'allait penser Beauty Inc. en apprenant que le patron sortait avec l'un de ses employés ?

BELLE BROSSA ses longs cheveux blond pâle jusqu'à ce qu'ils brillent, puis plaça stratégiquement quelques mèches devant son visage. Il lissa le pull bleu ciel qu'il portait, et se tourna pour regarder comment son pantalon de costume lui allait. Est-ce qu'il en faisait trop ?

Il était tellement nerveux à l'idée de révéler sa relation avec Magnus au grand jour. Mais chaque fois qu'il repensait à la merveilleuse semaine qu'il venait de passer, l'inquiétude se dissipait un peu.

La porte de la salle de bains s'ouvrit, libérant un nuage de condensation, et Magnus apparut, vêtu d'une simple serviette éponge et d'un grand sourire.

— Tu veux qu'on soit en retard au festival ? demanda Belle en haussant un sourcil, et en le dévorant des yeux.

Magnus se laissa tomber assis sur le matelas, et les pans de sa serviette tombèrent, le révélant dans toute sa glorieuse, et généreuse nudité.

— Le ciel me protège des jeunes pervers de vingt-deux ans qui ne pensent qu'à ça, grogna-t-il.

Belle éclata de rire en parcourant du regard les quelques cicatrices sur son torse. Le fait qu'il se sente suffisamment à l'aise pour se promener nu devant Belle était une véritable victoire.

— Je te demande pardon ? Qui est-ce qui m'a réveillé à trois heures du matin parce que sa bite avait froid et qu'il voulait la mettre au chaud ?

— Je ne vois pas du tout de quoi tu veux parler, répondit innocemment Magnus en s'allongeant sur le côté, la tête soutenue par son bras. Il faut que je t'avoue quelque chose ; j'ai changé d'avis pour le festival. Je ne vais pas pouvoir y aller avec toi.

Le cœur de Belle manqua un battement, mais lorsqu'il se tourna vers Magnus, il repéra aussitôt le petit sourire suspendu au coin de ses lèvres.

— Oh vraiment ?

— Oui, j'y ai bien réfléchi, et tu es beaucoup trop séduisant pour que je te laisse sortir. Je ne voudrais pas que le reste du monde pose ne serait-ce que les yeux sur toi. J'ai donc décidé de te menotter au lit, et de faire de toi mon esclave sexuel.

Belle plongea la tête dans ses mains et éclata de rire malgré lui. Et dire que c'était à peu de choses près ce qu'il croyait qu'il allait lui arriver le jour où il avait débarqué à Beauty Inc.

— Inutile de me menotter, je suis volontaire, plaisanta-t-il, puis, plus sérieusement, il se redressa, et tourna lentement sous le regard appréciateur de Magnus. Comment tu me trouves ? Ça ira pour le festival ?

— Mon cœur, ta simple existence sur cette terre est un don du ciel. Mais oui, ta tenue est parfaite. Arrête de t'inquiéter.

— Merci. Je ne sais pas ce que j'ai fait pour te mériter, mais merci.

Magnus rougit, et se rassit en ramassant sa serviette pour essayer de le dissimuler. Puis, il sourit timidement à Belle.

— On abandonne les menottes alors ? Je devrais peut-être aller m'habiller dans ce cas. Tu m'aides à choisir ? demanda-t-il en se tournant vers son sac, révélant l'étendue musclée de son dos, et ses hanches étroites.

Belle prit une grande inspiration, et se rapprocha pour regarder les vêtements qu'il avait ramenés.

Une demi-heure plus tard, Magnus et lui étaient dans la cage d'escalier et se dirigeaient vers l'atrium. Magnus avait finalement opté pour un pantalon de costume gris, et une chemise blanche cintrée, avec des fines rayures, sans cravate. Il portait par-dessus une veste en cuir verte qui lui donnait l'air à la fois sexy et dangereux.

— Vous êtes superbes, les garçons, commenta Fatima en passant la tête par la porte d'entrée de son appartement.

Magnus avait dormi à l'appartement avec Belle chaque soir de la semaine, si bien que les résidents s'étaient très vite attachés à lui. Il fit une courbette en se penchant dans la direction de Fatima.

— Merci du compliment, gente dame. Toi et le reste de la troupe serez des nôtres j'espère ce soir ?

— On ne manquerait ça pour rien au monde, confirma Fatima.

— Tant mieux. Leroy reviendra vous chercher après nous avoir déposés au bureau, Belle et moi.

— Je vais rouler en limousine, s'écria Wanda en sortant sur le palier de son appartement, juste en dessous.

— J'ai bien peur que ce ne soit qu'une petite limousine de ville, madame, répondit Magnus en se penchant par-dessus la rambarde d'escalier.

— Carstairs, tu as entendu ça ? Une limousine ! répéta Wanda, hystérique.

Belle sourit. Magnus avait trouvé sa place ici à une vitesse incroyable. Il ne savait même pas à quoi ressemblait l'appartement de son patron, mais il n'était pas inquiet. Magnus semblait épris de l'appartement de Brooklyn comme il s'était épris… de Belle.

Arrivé au rez-de-chaussée, Magnus se dirigea vers l'appartement de Judy. La porte d'entrée était ouverte. Elle était assise sur le canapé, dans son salon. Elle était encore en robe de chambre, mais sa coiffure et son maquillage étaient déjà prêts.

— Comment tu te sens ? demanda Magnus en s'asseyant à côté d'elle et en lui prenant la main.

— Je commence à devenir folle, enfermée ici, admit-elle. J'ai hâte d'être à ce soir.

— Voici votre petit déjeuner, Majesté, annonça Henry en sortant de la cuisine avec un plateau-repas.

— Henry Kim, il est hors de question que je te laisse me donner la béquée à chaque repas, je suis une jeune femme indépendante ! dit-elle en se tournant vers Belle avec une petite moue indignée, comme si elle cherchait son soutien.

— On verra ça au prochain repas, répondit-il imperturbable.

Judy leva les bras au ciel, et un éclair de douleur traversa son visage. Elle baissa les bras en grimaçant et Belle la surveilla attentivement du regard.

— Tu peux manger toute seule, mais fais-moi plaisir, mange quelque chose, implora Henry en s'asseyant à côté d'elle.

— Il va y avoir des montagnes de nourriture au festival, ce soir. Pas vrai, Magnus ?

— Oui, mais ça ne veut pas dire que tu dois sauter un repas, l'admonesta gentiment Magnus en poussant l'assiette d'œufs brouillés dans sa direction.

— Il faut que tu manges pour accompagner la quantité astronomique de vitamines que tu dois prendre, ajouta Henry en sortant un sachet contenant des dizaines de petites pilules de toutes les couleurs et de toutes les tailles.

Belle approcha derrière le canapé, et se pencha sur elle pour lui murmurer :

— Mange vite et finis de te préparer pour venir éblouir tout le monde au festival.

— Manipulateur, rétorqua-t-elle en lui tirant la langue.

— On se voit dans quelques heures, dit Magnus en lui tapotant gentiment la jambe, avant de se lever.

Puis, il attrapa la main de Belle, et ensemble, ils quittèrent le bâtiment.

Une fois dehors, Belle inspira profondément, puis ils montèrent dans la limousine.

C'était étrange comme l'air pollué de la ville lui semblait doux à présent.

XVII

JUSQU'ICI, TOUT allait bien. Magnus et lui étaient arrivés en avance pour aider aux installations de dernière minute, au choix des jeux, des prix à gagner et de l'emplacement du buffet. Lorsque les premiers invités arrivèrent, Belle ne devait avoir l'air d'être qu'un membre du comité d'entreprise comme les autres, qui aidait simplement à l'organisation du festival. La salle qu'ils avaient louée comportait une immense piscine, sur laquelle flottaient des petits bateaux en plastique qui transportaient des bougies. Des énormes bouquets de fleurs étaient disséminés un peu partout. En arrangeant des rubans autour des vases sur la table du buffet, Belle se dit qu'il était au paradis. Il plongea le visage dans le bouquet sous son nez pour en humer le délicat parfum, et ferma les yeux. Il faisait beau, le soleil brillait haut dans le ciel. Tout était parfait.

Puis, ses amis arrivèrent, et Belle les rejoignit, pendant que Magnus papillonnait d'un invité à l'autre pour prendre le soin de saluer tout le monde. Mister P. fit sensation en arrivant, vêtu d'un pantalon de costume à motif tartan pastel, d'une chemise couleur lavande, et d'une veste de sport d'un vert éclatant. Cet homme était définitivement un elfe. Il n'y avait pas d'autre explication.

Ils s'installèrent à une table sous un grand arbre, lorsqu'une voix interpella Belle.

— Bonsoir, patron.

C'était Leroy, et il tenait à son bras une élégante dame, plus âgée que lui. Elle portait une jupe à fleurs, et une veste en jean qui lui allaient à ravir.

— Leroy, viens t'asseoir avec nous.

— Patron, je vous présente ma maman, Erica. Maman, voici le docteur Belleterre, dont je t'ai déjà parlé.

— Appelez-moi Belle. Je suis ravi de vous rencontrer, Erica.

— Moi de même, Belle. Leroy m'a tant parlé de vous et de votre projet de centre. Je meurs d'envie d'en savoir davantage. Et si jamais il vous faut des volontaires, n'hésitez pas à faire appel à moi.

— Ce serait un honneur de vous voir participer au projet.

— Je me suis dit que Judy aurait peut-être envie de parler un peu avec ma mère, expliqua Leroy.

— Très bonne idée.

Tout le monde décala sa chaise pour permettre aux deux femmes de s'asseoir côte à côte, et elles se plongèrent aussitôt dans une intense discussion. Des serveurs commencèrent à apporter des plats sur les tables, et tout le monde commença à manger. Très vite, Henry, Leroy et Ahmed s'éclipsèrent pour une partie de football. Belle resta assis, trop heureux de simplement observer tous ses amis qui profitaient pleinement de l'instant. Lui qui avait tant eu l'habitude de profiter du silence, de la forêt et de la verdure de l'Oregon, aujourd'hui, c'était sans regret qu'il profitait de sa famille new-yorkaise. Jamais il ne s'était senti aussi comblé de toute sa vie.

La raison principale de son bonheur entra dans son champ de vision. Magnus traversa la pelouse en se dirigeant vers lui. Belle poussa un soupir énamouré en l'observant. Cet homme avait une façon tellement sexy de se mouvoir.

— Tu viens au buffet avec moi ? demanda Magnus en s'approchant avec un sourire, et en lui tendant une main.

Le cœur de Belle s'emballa, et il leva les yeux vers Magnus.

— Tu es sûr ?

— C'est toi qui doutes maintenant ? Je suis plus que sûr.

— Okay. Très bien, c'est parti.

Il glissa sa main dans celle de Magnus, et ensemble, ils se dirigèrent jusqu'à la foule qui se pressait devant le buffet.

Quelques personnes se retournèrent sur leur passage. Lorsqu'ils arrivèrent devant la table, un jeune serveur les accueillit. Il regardait Magnus avec un mélange adorable de terreur et d'admiration.

— Tout se passe bien, Rory ? demanda gentiment Magnus.

— Oui, monsieur Strong, c'est une très belle fête, répondit-il nerveusement.

— Rory, je te présente le nouveau représentant de la Fondation, le docteur Belleterre. Belle, voici Rory. Il travaille au bureau de tri.

Belle serra la main du jeune homme. Il devait avoir à peine dix-huit ans, et le fait que le grand Magnus Strong connaisse son prénom semblait le mettre dans un état de nervosité incroyable.

— Monsieur Strong, les interrompit une femme en s'approchant d'eux. Vous n'avez pas besoin de venir faire la queue. Je suis certaine que quelqu'un va pouvoir vous apporter votre plat.

— Avec l'appétit de Belle, j'ai bien peur qu'on ne soit frustrés, répondit Magnus en riant. Je préfère qu'on se serve nous-mêmes.

La femme se mit à rire elle aussi, mais elle ne put s'empêcher de lancer un regard curieux à Belle.

Magnus fit la conversation à quelques autres personnes qui passaient, et presque tout le monde scruta Belle avec intérêt.

— Heureusement que tu es chimiste et que tu sais ce que ça fait de se retrouver sous le microscope, lui murmura Magnus.

Belle étouffa un petit rire dans son épaule.

— Magnus ? appela une voix légèrement nasale derrière eux.

L'expression sur le visage de Magnus se durcit, mais il conserva son sourire poli, et se retourna.

— Bonsoir, Christian. Tu passes un bon moment ? demanda-t-il en serrant la main de Belle un peu plus fort.

L'homme dévisagea Belle sans rien dire, puis hocha la tête.

— C'est une très belle fête, comme d'habitude. Je suis Christian Archer, se présenta-t-il brusquement, en se tournant vers Belle. Un membre du comité de Beauty Inc.

— Pardonne-moi, Christian, je croyais que tu avais déjà fait la connaissance de Belle. Je te présente le docteur Belleterre.

Sans même prendre la peine d'offrir à Belle une poignée de main, il se tourna de nouveau vers Magnus, et demanda :

— Les membres du comité sont assis là-bas, que dirais-tu de prendre quelque chose à manger et de nous rejoindre ?

— Non, merci, c'est gentil, Christian, mais je les ai déjà tous salués, et Belle et moi sommes venus avec des amis, répondit-il avec un sourire carnassier.

— Je vois. Toi et…. *Belle*.

— En effet, confirma Magnus imperturbable, sans jamais baisser le regard.

— Comme tu voudras, conclut Christian en faisant demi-tour, puis il ajouta par-dessus son épaule : tu vises un peu haut quand même, mon grand.

Belle sentit tout le corps de Magnus se tendre. Il serra sa main et murmura en regardant l'homme odieux s'éloigner :

— Qui est cet abruti ?

— Mon père lui a donné une place au comité il y a des années, répondit Magnus en soupirant. Il essaye de coucher avec moi depuis que je suis sorti de l'école, mais il refuse d'admettre ouvertement son homosexualité.

156

— Quel grossier personnage, cracha Belle en le regardant rejoindre sa table de cinquantenaires bien portants, vêtus de costumes sombres.

Quelque chose lui disait que cet homme-là ne se rangerait pas de leur côté.

Belle décida d'oublier ce désagréable interlude, et se lança le défi d'empiler le plus de nourriture possible dans son assiette.

Ils retournèrent s'asseoir avec leurs amis. Belle était tellement reconnaissant envers Magnus de rester assis avec lui, un tout jeune chimiste, son chauffeur et ses amis inconnus, plutôt qu'avec les autres cadres de la société. Mais il n'était pas dupe, il voyait bien que quelque chose le préoccupait.

Le soleil se coucha, et les parents commencèrent à rassembler leurs marmots. Magnus monta sur la scène, et attrapa un micro.

— Je tenais à tous vous remercier d'être venus célébrer le Festival du Printemps de Beauty Inc. avec nous aujourd'hui. Je suis honoré de travailler jour après jour aux côtés de gens aussi dévoués. Nous ne sommes pas qu'une simple société de cosmétiques, et chacun d'entre vous nous aide à changer la vie de millions de personnes à travers le monde. Les connaissances, la qualité du travail, et l'excellence de cette société n'ont pas que pour but de rendre les gens plus beaux, mais également plus heureux et en meilleure santé. Merci à tous de partager avec nous votre motivation et votre savoir. J'espère que Beauty Inc. est, et restera, un employeur dont vous pourrez toujours être fiers. Je vous souhaite à tous un excellent week-end, et je verrai la grande majorité d'entre vous dès lundi, termina-t-il dans un sourire.

Belle s'essuya discrètement les yeux, et Mister P. posa une main sur son bras.

— C'est un homme extraordinaire que tu as déniché là, mon garçon.

Belle se contenta de hocher la tête, incapable de dire un mot. Jamais son père n'aurait parlé de Bella Terra de cette façon. Il n'aurait sans doute jamais été sobre assez longtemps pour ça.

Leroy reconduisit Mister P., le reste de la troupe, Judy et sa mère chez eux, mais Magnus et Belle restèrent. Magnus prit le temps de dire au revoir à tout le monde, et Belle aida à ranger la salle.

Lorsqu'ils grimpèrent enfin dans la limousine, plusieurs heures plus tard (Leroy avait insisté pour revenir les chercher), Belle était épuisé. Il se pelotonna contre Magnus sur la banquette arrière, et Magnus l'embrassa sur le sommet du crâne.

— Tu t'es bien amusé ?

— C'était parfait. J'ai rencontré plein de gens nouveaux, mais j'ai quand même pu passer du temps avec mes amis. Et toutes ces fleurs étaient tellement magnifiques.

— Je me doutais qu'elles te plairaient.

— Elles étaient pour moi ? demanda Belle en levant les yeux vers Magnus.

— Disons simplement que j'ai soufflé l'idée au comité.

— *Soufflé l'idée* ? Magnus, il y avait des centaines de fleurs partout !

Magnus haussa les épaules et l'attrapa par la main.

— On vient de me dire qu'il fallait que j'aille voir des clients dans le Midwest. Tu n'aurais pas une envie subite de découvrir Cleveland et Kansas City, par hasard ?

— Quand est-ce que tu dois partir ?

— Après-demain.

— Tu as une vie trépidante, commenta Belle en souriant. Mais j'ai toujours dit que Cleveland était la seconde plus belle ville du monde, après Paris bien sûr.

Magnus éclata de rire.

— Plus sérieusement, j'aurais adoré t'accompagner, mais les travaux pour le bâtiment où le centre sera installé commencent la semaine prochaine.

— Il faut que tu sois là, soupira Magnus en hochant la tête. Tu vas me manquer.

— Tu vas me manquer aussi, répondit Belle en se blottissant entre ses bras.

— Tu as passé une bonne soirée, Leroy ? demanda Magnus en croisant son regard dans le rétroviseur.

— Très bonne, monsieur. Ma mère s'est beaucoup amusée. Elle a adoré Judy. Il n'y a rien d'aussi gratifiant que de pouvoir aider une personne qui traverse ce que vous avez traversé.

— On devrait sans doute faire graver ça en haut de la tour de Beauty Inc., remarqua Magnus.

— Je suis vraiment content qu'elle se soit proposée pour aider Belle au centre. Ça va lui faire du bien de se concentrer sur un nouveau projet.

— Est-ce que ta mère a un emploi, Leroy ? demanda Belle.

— Elle travaillait pour la municipalité, mais quand on lui a diagnostiqué son cancer, elle a dû arrêter.

— Tu crois que ça l'intéresserait de reprendre une activité ?

— Vous plaisantez, patron ? Elle adorerait ça ! C'était une femme d'action, elle savait y faire. Après tout, elle m'a élevé.

Belle et Magnus éclatèrent de rire, et Leroy se gara devant l'immeuble de l'appartement de Belle. Il ne posait même plus la question maintenant, il les déposait tous les deux systématiquement chez Belle. Il alla leur ouvrir la porte, et en sortant de la voiture, Belle lui dit :

— N'en parle pas tout de suite à ta mère, Leroy. Il faut d'abord que je réfléchisse au poste que je vais créer pour elle.

— Pas de souci, patron. Motus et bouche cousue. Et même si vous ne pouvez pas lui donner de travail, je sais qu'elle adorerait aider bénévolement.

— Merci d'être revenu nous chercher ce soir. Va te reposer, tu l'as bien mérité.

En gravissant les marches de l'immeuble aux côtés de Magnus, Belle lui dit :

— Je suis désolé d'avoir pris des libertés sans même te consulter. Je sais que le recrutement des employés pour le centre ne dépend pas de moi.

— Non, c'est une excellente idée, le rassura aussitôt Magnus. J'ai confiance en Leroy, et j'aime beaucoup Erica. Tu devrais définitivement contacter les RH pour lui trouver un poste.

Belle s'arrêta brusquement en chemin. Magnus se tourna vers lui en fronçant les sourcils.

— Que se passe-t-il ?

— Je veux juste que tu saches combien je suis fier de travailler pour quelqu'un comme toi.

Magnus écarquilla les yeux en inspirant. Il se racla la gorge.

— Je… Je suis heureux que tu te plaises à Beauty Inc. C'est tout ce que je voulais. Je voulais que tu trouves ici une place qui te permette de t'épanouir, dit-il en baissant les yeux.

C'était tellement étrange de voir cet homme à la fois si confiant et si humble. Belle s'approcha de lui, et l'embrassa doucement.

— Avec toi, j'ai découvert qu'entre de bonnes mains, le pouvoir pouvait servir à autre chose qu'à corrompre. Tu me donnes envie de devenir un homme meilleur.

— Ne dis pas n'importe quoi, protesta Magnus en secouant la tête. C'est toi l'homme modèle, Belle.

Belle n'insista pas. Il savait qu'il risquait de mettre Magnus mal à l'aise. Mais il espérait secrètement qu'un jour, Magnus accepte ses compliments sans protester. Il lui murmura à l'oreille :

— Et si on s'exprimait notre admiration mutuelle entre les draps…

— Espèce de petit diable.

— Le meilleur des petits diables, corrigea malicieusement Belle.

— Tu vas voir un peu si je t'attrape.

— Alors tu as intérêt à courir vite, s'exclama Belle en ouvrant la porte de l'immeuble à la volée, et en se précipitant dans les escaliers.

La porte de Judy était fermée, et aucun voisin n'était de sortie dans l'atrium. Parfait. Il gravit les marches quatre à quatre, Magnus sur les talons, ouvrit la porte de son appartement qui n'était jamais fermée à clef, traversa le salon en retirant ses vêtements et en les lançant dans tous les sens, et termina sa course dans la chambre. Il se laissa tomber en arrière sur le lit, et Magnus se jeta aussitôt sur lui.

Magnus avait perdu sa veste et une chaussure en chemin. Sa chemise était grande ouverte, et sa braguette aussi, mais il portait encore bien trop de vêtements au goût de Belle.

— Qu'est-ce que tu comptes faire de moi, maintenant que tu m'as à ta merci ?

— Je pourrais bien te manger, grogna Magnus en le dévorant du regard et en se reculant pour s'asseoir sur les cuisses de Belle, sa gigantesque érection tendant le tissu de son boxer. Ou te baiser, à toi de choisir, jolie créature, ajouta-t-il avec ce sourire que Belle avait appris à tant aimer.

— J'aimerais beaucoup me faire manger, monsieur la bête, mais je crois que je préférerais me faire baiser, surtout si j'ai le droit de vous retourner la faveur après.

— Oh parce que tu t'imagines qu'après un orgasme avec moi, tu auras encore la force de bouger ? demanda Magnus en haussant un sourcil.

Il marquait un point.

— J'ai une idée. Je pourrais peut-être commencer ? Tu es teeeeeeellement plus vieux, tu as bien plus de contrôle, pas vrai ?

— C'est une idée qui ne me déplaît pas.

— Parfait, s'exclama Belle en se tournant pour attraper le lubrifiant et les préservatifs dans la table de nuit. Alors en position, vieil homme. Prépare-toi à une chevauchée comme tu n'en as jamais connu.

— Avec plaisir, répondit Magnus en retirant le reste de ses vêtements.

Belle enfila un préservatif et commença à se masturber entre ses doigts couverts de lubrifiant. Puis, prenant déjà les devants pour être prêt au deuxième round, il enfonça deux doigts entre ses fesses pour se préparer.

Magnus lui prit le lubrifiant des mains pour se préparer de son côté. Après quelques minutes, il grogna :

— Dépêche-toi, Belle, je veux te sentir en moi.

Il leva les jambes et tira ses cuisses contre lui pour révéler ses magnifiques fesses musclées et son entrée brillante de lubrifiant.

Belle aligna son sexe contre lui en plongeant son regard dans celui de Magnus.

— Rappelle-toi, je compte sur ton contrôle pour ne pas jouir tant que tu ne m'auras pas baisé. Une promesse est une promesse.

— Comme vous voudrez, Belle.

Belle le pénétra lentement, savourant le fourreau étroit et brûlant autour de son sexe tendu. Magnus ferma les yeux, et Belle commença un mouvement de va-et-vient. Très vite, son rythme s'accéléra, et il s'abandonna au plaisir qui brûlait dans ses veines. Chaque coup de reins faisait naître une étincelle qui remontait ses terminaisons nerveuses et explosait dans sa tête en flashs de plaisir intense. Faire l'amour à Magnus était tellement bon, la sensation d'être en lui tellement enivrante.

Il baissa les yeux vers lui, et vit que Magnus se mordait les lèvres en fronçant les sourcils, concentré pour ne pas jouir. Belle décida qu'il avait assez fait durer le plaisir, il se pencha vers l'avant et pilonna Magnus sans plus aucune retenue. C'était tellement bon. Trop bon. Un dernier flash de plaisir explosa sur l'écran de ses paupières closes, et son orgasme le submergea. Belle poussa un cri, puis il se laissa retomber contre Magnus. Chaque particule de son être vibrait de plaisir, et lentement le plaisir se fondit en une mélasse détendue de contentement.

Magnus le laissa reprendre son souffle pendant quelques instants, puis se redressa, et inversa leurs positions avec des mouvements fluides et précis, comme si Belle ne pesait rien. Avant même que Belle n'ait le temps de réaliser qu'il était sur le dos, Magnus avait enfilé un préservatif et s'était lubrifié.

— Profite bien, susurra Belle d'une voix paresseuse.

Magnus le pénétra d'un coup de reins puissant, et s'enfonça à répétition entre les fesses parfaitement détendues de Belle, qui profitait encore des vertus de son orgasme. C'était comme un rêve, un délicieux rêve érotique, à la fois doux et vertigineux.

— Mon Dieu, Belle, tu es tellement sexy, souffla Magnus. J'aime tellement être en toi…

161

— Moi aussi, gémit Belle en tournant mollement la tête de droite à gauche, et en savourant la sensation de l'énorme sexe de Magnus qui le complétait parfaitement, qui l'emplissait d'une sensation à la fois brûlante et réconfortante.

Il aurait voulu pouvoir rester dans cet état de flottement pendant l'éternité, mais son sexe était déjà en train de manifester à nouveau de l'intérêt, sous la parfaite et exquise friction de l'abdomen de Magnus.

— Regardez un peu qui se réveille, sourit Magnus en constatant sa nouvelle érection.

Il prit le sexe de Belle dans sa main, et le masturba en rythme avec ses coups de reins.

— Magnus ! Oh oui, Magnus! cria Belle en se cambrant contre le matelas.

— C'était ce que tu voulais, ma beauté ?

— C'est parfait, tu es parfait. Mon Dieu, Magnus !

Magnus balança sa tête en arrière et poussa un cri, en même temps que Belle éjaculait entre ses doigts. Il se figea, se mit à trembler, et après un, deux, puis trois spasmes puissants, son orgasme explosa en lui comme une symphonie des sens, et il tomba de tout son poids contre Belle, qui poussa un gémissement de contentement.

XVIII

MAGNUS DESCENDIT silencieusement les escaliers jusqu'à l'atrium au rez-de-chaussée. L'immeuble tout entier était encore plongé dans l'obscurité de la nuit. Il avait enfilé un jean qu'il gardait à l'appartement de Belle, et sa robe de chambre. À ce rythme, toute sa garde-robe finirait bientôt chez Belle. Il se sentait tellement bien ici.

Sur la pointe des pieds, il pénétra dans le fantastique jardin tropical qu'Henry avait créé. Magnus ne connaissait pas le nom de la moitié de ces plantes aux couleurs extraordinaires. Il laissa l'humidité de l'atmosphère et le parfum intense de la terre l'envelopper.

Il s'assit sur l'une des balancelles en bois et commença à se balancer distraitement.

— Du mal à trouver le sommeil ?

Magnus sursauta, et en se tournant brusquement, il découvrit Mister P., qui sortait de derrière un épais rideau de plantes tombantes.

— Vous m'avez fait la peur de ma vie, souffla Magnus en portant une main à sa poitrine.

— Je suis désolé, vous étiez dans vos pensées. Je vous comprends, je viens souvent ici la nuit lorsque j'ai du mal à dormir. Il y a quelque chose de réconfortant dans cette proximité avec la nature.

— Je me suis dit que ça m'aiderait peut-être. Ça fonctionne bien avec Belle.

— Ah Belle, un jeune homme surprenant, n'est-ce pas ? commenta Mister P. en prenant place dans une chaise en face de Magnus.

— Vous me donnez parfois l'impression désagréable de pouvoir lire dans les pensées, lança Magnus, mal à l'aise sous le regard intense du petit homme.

— Allons, qu'est-ce qui vous fait dire ça ?

— Je ne suis pas un homme facile à cerner, je le sais, je fais tout pour. Mais vous semblez lire en moi comme dans un livre ouvert.

— Je crois qu'il est important de trouver une personne capable de voir à travers l'armure. Comme Belle.

— Non, répondit Magnus avec véhémence. Non, Belle mérite mieux.

163

— De quoi parlez-vous, Magnus ?

— Je ne sais même pas pourquoi un splendide et brillant jeune homme tel que lui a décidé de laisser entrer un homme comme moi dans sa vie, répondit Magnus en fronçant les sourcils et en repensant à sa dernière interaction avec Christian.

— Belle est un adulte qui a déjà traversé de nombreuses expériences difficiles. Il est parfaitement capable de décider ce qui est bon pour lui.

— Il est naïf et trop gentil, protesta Magnus. Belle est un ange descendu du ciel, et il ne devrait pas avoir à supporter ma présence.

— Expliquez-moi ce que vous faites avec lui, dans ce cas ? demanda Mister P. en croisant les bras. Vous n'êtes pas un homme cruel, alors si vous pensez que votre influence est si néfaste, pourquoi rester avec lui ?

— Je ne sais pas, répondit Magnus en se prenant la tête dans les mains. Il est tellement…

— Parfait ? Parfait pour vous ? proposa Mister P.

— Trop parfait pour moi, corrigea Magnus en redressant la tête. Et je n'ai pas la force de lui résister.

— Pensez-vous qu'il le fait exprès ? Qu'il vous a séduit en sachant que vous ne pourriez pas résister ?

— Non. Non, pas consciemment en tout cas, répondit Magnus en lançant un regard à Mister P.

— À votre avis, pourquoi est-ce qu'il a pris la décision de rester à vos côtés ?

Magnus haussa les épaules.

— Pour votre argent ?

— Mon Dieu non. Belle ne s'est jamais soucié de l'argent.

— Par gratitude alors ?

— Oui, répondit Magnus en poussant un long soupir. Je sais que ça le met en colère quand je lui dis ça, mais je crois sincèrement que son affection pour moi n'est nourrie que par sa reconnaissance, pour tout ce que j'ai fait pour Judy.

— Je comprends.

— Vraiment ? demanda Magnus.

— Je m'en remets à votre jugement, Magnus. J'imagine qu'une personne puisse se sentir obligée de coucher avec quelqu'un si sa vie ou la sécurité de ses proches en dépend, mais croyez-vous vraiment que Belle se serait mis avec vous simplement pour vous remercier d'avoir pris soin de Judy ? Croyez-vous vraiment qu'il serait resté, même après son opération ?

demanda Mister P. en souriant avec indulgence. Je sais que l'amour rend aveugle, mais à ma connaissance, pas la gratitude.

— Vous ne saisissez pas.

— En êtes-vous sûr, Magnus ? Parce que de là où je me tiens, tout ce que je vois, c'est un jeune homme qui est arrivé ici complètement perdu, plein de méfiance et de rancœur. Un jeune homme qui est aujourd'hui resplendissant, qui se tient droit et qui irradie de confiance et de bonheur. Ce que j'observe, Magnus, c'est de l'amour, pas de la reconnaissance. Faites-moi confiance, la rumeur court que je peux lire dans les pensées, ajouta Mister P. en se levant et lui lançant un clin d'œil.

Magnus le regarda s'éloigner en secouant la tête. C'était impossible. Mister P. devait se tromper. Mais… et s'il avait raison ?

BELLE RÉAJUSTA la cravate de Magnus.

— Tu reviens dans combien de temps ? Tu ne dois pas rester plus d'une journée, j'espère.

— J'espère aussi, répondit Magnus en levant la tête pour lui laisser l'accès à son cou. Mais j'ai bien peur de devoir rester une bonne partie de la semaine.

— Je regrette de ne pas pouvoir venir avec toi.

— Si ça se prolonge trop, je te payerai un billet d'avion pour me rejoindre, d'accord ?

— D'accord, répondit Belle en souriant. Je suis désolé de ne pas pouvoir t'accompagner à l'aéroport, ajouta-t-il en tapotant tendrement son nœud de cravate parfait. Si j'avais su plus tôt, j'aurais déplacé le rendez-vous avec le chef de chantier.

— De toute façon, je prends le jet privé, je ne fais que traverser l'aéroport en coup de vent. Je t'appellerai pendant mon vol.

Belle glissa ses bras autour du cou de Magnus et le serra contre lui. Il s'était toujours estimé heureux malgré sa solitude constante. Ou tout du moins, satisfait. Il n'avait rien en commun avec ses frères, et il avait grandi en apprenant à s'occuper tout seul. Il n'avait jamais rencontré de partenaire qui lui donne envie de partager sa vie avec lui. Mais en scrutant le visage de Magnus aujourd'hui, la simple pensée d'être séparé de lui une seule nuit lui déchirait le cœur.

— Prends bien soin de toi. Tu vas me manquer, dit-il d'une petite voix.

— Mais non, tu vas vite m'oublier, protesta faiblement Magnus en s'écartant de lui pour le prendre par les épaules, les yeux brillants d'émotion contenue.

Ils descendirent ensemble jusqu'au rez-de-chaussée, où Judy, Wanda et Mister P. les attendaient pour lui souhaiter bon voyage. Ils le serrèrent tour à tour dans leurs bras, et Belle en profita pour l'étreindre encore une fois.

— Je serai de retour dans une petite heure, patron, lança Leroy en escortant Magnus à l'extérieur de l'immeuble.

Belle hocha fébrilement la tête en se faisant violence pour ne pas courir après Magnus.

— Ça va aller ? demanda gentiment Judy en posant une main sur son épaule.

— Oui, soupira Belle. J'ai tout un tas de choses à faire pour m'occuper l'esprit, ne t'inquiète pas. J'ai juste… un mauvais pressentiment.

— C'est normal, mon chou. C'est votre première séparation depuis que vous vous êtes mis ensemble.

— Tu as probablement raison, ce doit être ça.

Deux heures plus tard, Belle se tenait à l'entrée du bâtiment qu'il envisageait de louer pour la construction du centre. Il y avait de la place, et des pièces de différentes tailles qui pourraient leur permettre d'organiser des grandes réunions, mais également des groupes de parole plus intimistes. Ce que Belle préférait, c'était la luminosité du lieu. Il y avait des grandes baies vitrées partout qui laissaient généreusement entrer la lumière du jour, et Belle tenait absolument à ce qu'elles restent en l'état. Il était en train de discuter des derniers détails avec le chef de chantier, lorsque Judy apparut. Elle avait l'air serein, et reposé.

— Qu'est-ce que tu fais dans les parages, ma belle ?

— J'étais trop impatiente, je voulais voir l'endroit que tu avais choisi. J'ai soudoyé Leroy pour qu'il m'emmène, ajouta-t-elle malicieusement. En échange je lui ai promis de rentrer faire une sieste, juste après, précisa-t-elle en grimaçant.

— Je savais que je pouvais compter sur lui. Alors, qu'est-ce que tu en penses ? demanda-t-il en avançant dans le hall et en tournant sur lui-même.

— La lumière est magnifique.

— Je suis d'accord, c'est aussi ce qui m'a séduit. Ma seule inquiétude sont les bureaux intérieurs. Je ne voudrais pas me retrouver avec des espèces de pièces troglodyte alors qu'on a toute cette lumière. J'imagine qu'on trouvera une solution. J'avais pensé à des parois en verre.

— C'est peut-être bien, quelques pièces troglodytes, suggéra-t-elle en reprenant son expression avec un sourire en coin. Parfois, on a envie de se sentir caché, protégé.

— Tu as complètement raison, qu'est-ce que je ferais sans toi ? Pourquoi est-ce que tu ne restes pas avec moi jusqu'à la fin du rendez-vous ?

Son téléphone portable se mit à sonner. Belle fronça les sourcils en découvrant le nom affiché sur son écran. C'était son frère.

— C'est Rick, expliqua-t-il à Judy. On ne s'est pas adressé la parole depuis que je suis arrivé à New York. Allô, Rick ? dit-il en décrochant. Est-ce que tout va bien ?

— Pas vraiment, Belle. C'est papa. Il ne va pas bien du tout. Je crois que tu devrais revenir.

— Comment ça, il ne va pas bien du tout ? Rick, qu'est-ce que tu essayes de me dire ? Il ne va quand même pas…

— Écoute, rentre le plus tôt possible, l'interrompit son frère.

— Mon Dieu, Rick, mais qu'est-ce qui s'est passé ? Pourquoi personne ne m'a prévenu avant ? Je ne savais même pas qu'il était malade !

— Qu'est-ce que tu t'imaginais, Belle ? Avec tout le stress généré par ta maudite crème, ton départ, et ton refus de nous aider, évidemment qu'il est tombé malade.

— Je ne pouvais pas vous aider ! se défendit-il, écrasé par le poids de la culpabilité. Dis-moi où il est, j'arrive aussi vite que possible.

— Contente-toi de rentrer, je t'expliquerai tout à ton arrivée.

— D'accord, merci, dit-il avant de raccrocher en prenant de profondes respirations.

— Belle, que se passe-t-il ? demanda Judy, inquiète. C'est ton père ?

Belle hocha la tête en se concentrant pour ne pas hyperventiler.

— Rick dit qu'il est au plus mal. Est-ce que je peux te demander un énorme service, Judy ? Est-ce que tu veux bien attendre l'entrepreneur en bâtiment avec lequel j'avais rendez-vous juste après ? Il sera là dans quelques minutes. Dis-lui que j'ai eu une urgence familiale et que je reporterai le rendez-vous dès mon retour. Et si jamais il n'est pas là d'ici un quart d'heure, ne t'inquiète pas, rentre avec Leroy, moi je vais prendre un taxi, dit-il en la serrant dans ses bras.

Belle sortit du bâtiment en courant, fit un rapide signe de la main à Leroy, puis héla le premier taxi qui passait. À peine dix minutes plus tard, il était de retour à Beauty Inc., et se dirigeait vers le bureau des RH. Il leur expliqua qu'il avait une urgence familiale, et la responsable lui répondit aussitôt de prendre autant de temps qu'il avait besoin. Il se rendit ensuite dans le bureau d'Owen.

— Que se passe-t-il ? demanda aussitôt Owen en apercevant l'expression dévastée sur son visage.

— Mon père est malade. Est-ce que je peux compter sur toi pour superviser les travaux du centre pendant mon absence ? Je t'enverrai tous les détails par e-mail.

— Bien sûr, ne t'inquiète pas. Qu'est-ce que je peux faire d'autre pour t'aider ?

— Rien, merci, c'est gentil. Ce sera déjà une grande aide, Owen.

Lorsqu'il ressortit, Leroy l'attendait devant la porte.

— Montez dans la voiture, patron. Judy m'a expliqué ce qui se passait. Elle est rentrée préparer votre valise, vous n'avez plus qu'à réserver votre billet d'avion pendant que je vous ramène à l'appartement.

— Merci pour tout, répondit Belle en se glissant sur la banquette arrière, son téléphone portable déjà collé à l'oreille.

Lorsqu'ils arrivèrent au pied de l'immeuble de Brooklyn, Belle avait réservé ses billets et il était plus inquiet que jamais. Il sortit du véhicule et se précipita dans le hall, Leroy juste derrière lui. Son appartement était grand ouvert, et Judy, Wanda et Mister P. s'affairaient avec efficacité entre la chambre et la salle de bains pour rassembler ses affaires.

Wanda sortit un minuscule slip rose et blanc de sa commode en gloussant, et Belle leva les yeux au ciel en la prenant dans ses bras.

— Merci d'être venus aider.

— Judy nous a dit que votre père était malade, dit Mister P., le regard soucieux.

— Oui, mon frère n'est pas rentré dans les détails, mais d'après ce qu'il a laissé entendre, c'est grave. Je suppose que son problème d'alcool a dégénéré. Rick et Rusty ne s'en sont jamais vraiment souciés, et après mon départ…

— Il est à l'hôpital ?

— Je suppose. Rick m'a dit de rentrer à la maison et que…

Belle hésita.

— Qu'il m'expliquerait tout à mon arrivée.

— Intéressante tournure de phrase.

168

Mister P. avait raison, c'était une façon étrange de dire les choses. Belle débrancha son ordinateur qui était posé sur le bureau, et récupéra son chargeur de téléphone sur la table de nuit.

— Il faut que je me dépêche, mon vol décolle dans très peu de temps.

Il n'était pas particulièrement inquiet, s'il y avait quelqu'un qui pourrait braver le trafic et l'amener à l'heure, c'était bien Leroy.

Belle embrassa Judy sur la joue, serra Mister P. et Wanda dans ses bras, puis Leroy et lui descendirent les escaliers et remontèrent dans la voiture en un temps record. Belle composa le numéro de Magnus.

— Belle ? demanda Magnus inquiet en décrochant.

— Je suis désolé de te déranger maintenant…

— Tu ne me déranges pas, c'est un plaisir d'entendre ta voix. Je ne vais pas tarder à atterrir à Cleveland.

— Je t'appelais juste pour te prévenir que mon père est malade et que je dois rentrer à la maison, expliqua Belle, la voix nouée. Je suis en route pour l'aéroport avec Leroy.

— Mon Dieu, Belle, je suis désolé. Je peux ordonner au pilote de faire demi-tour et venir te chercher, on ira ensemble.

— Non, mon cœur, du calme. Je ne suis pas certain d'avoir bien compris toute la situation, et je ne veux pas chambouler ton organisation. De toute façon, mon avion aurait décollé avant que tu n'aies le temps de revenir. Je t'appellerai dès que je serai dans l'Oregon.

Belle devait reconnaître que le simple fait que Magnus soit prêt à faire demi-tour sur-le-champ pour voler à sa rescousse lui réchauffait le cœur.

— Tu es sûr ?

— Je suis sûr, mais merci de ton soutien, ajouta-t-il avec un petit sourire, le premier depuis des heures. Et puis, si tu venais avec moi, j'ai bien peur que mes frères succombent au choc et finissent à l'hôpital eux aussi.

— Tu n'as pas complètement tort, répondit Magnus en riant, et le son fit frissonner Belle.

— Tu me manques déjà.

— Tu me manques aussi. Promets-moi d'appeler dès que tu en sauras davantage, d'accord ?

— C'est promis.

Un étrange silence suivit, durant lequel Belle réalisa qu'il mourait d'envie de lui dire *je t'aime.*

169

— Je… Fais bon voyage alors, termina-t-il lamentablement.

— Merci, mais sans toi ça sera forcément inintéressant. À très vite, Belle, répondit Magnus d'une voix douce, avant de raccrocher.

Belle fixa son téléphone pendant un long moment.

— Vous êtes sûr que vous ne voulez pas attendre qu'il fasse demi-tour pour venir vous chercher ? demanda Leroy. Vous pourriez avoir besoin de son soutien.

— Je sais bien, soupira Belle.

Mais Magnus et lui ne se connaissaient pas depuis assez longtemps pour qu'il se permette déjà de l'embarquer dans ses histoires de famille compliquées.

— Ce serait égoïste de lui faire ça, et j'essaye de devenir moins égoïste. Je voudrais être aussi généreux et altruiste que lui, avoua-t-il en fronçant les sourcils. Et puis, je veux d'abord comprendre ce qui se passe exactement avant de lui faire traverser tout le pays pour me retrouver.

XIX

BELLE TRAVERSA le terminal en tirant sa valise derrière lui. Il n'y avait pas de Leroy pour l'accueillir à la sortie de l'aéroport cette fois-ci. Ses frères non plus n'étaient pas là. Non pas qu'il se fût attendu à un comité d'accueil chaleureux. Mais l'espoir était une bête coriace.

Et il avait peut-être un peu trop pris goût aux attentions et à la tendresse de Magnus ces dernières semaines.

Il avait déjà essayé de joindre Rick à plusieurs reprises, mais il ne répondait pas. Mort d'inquiétude, Belle fit une nouvelle tentative, et enfin, son frère décrocha.

— Allô ? dit-il d'une voix pâteuse.

— Rick ? C'est Belle !

— Ah, frangin, tu es arrivé, ça y est. Super.

— Où est-ce que tu veux que je vous rejoigne ? Vous êtes à quel hôpital ?

— Quoi ? Non, on n'est pas à l'hôpital. Papa est ici, avec moi. Mais il est tard, tu n'as qu'à passer demain.

— Attends une minute ? Tu es en train de me dire de prendre un taxi, de rentrer chez moi, et de vous retrouver *demain* ? Rick, est-ce que tu réalises que je me suis démené pour obtenir un vol en urgence et rentrer ce soir ? Il n'est même pas vingt-deux heures pour l'amour du ciel !

— Prends un Uber, c'est moins cher.

— Rick, pourquoi est-ce que tu ne veux pas que je voie papa ce soir ? Que se passe-t-il exactement ?

— Il dort.

— Alors pourquoi est-ce que je ne peux pas tout simplement vous rejoindre maintenant ?

— On dort tous, Belle. On se verra demain, d'accord ?

Et sans attendre de réponse, il raccrocha.

De colère, Belle était presque tenté de n'en faire qu'à sa tête et se rendre jusqu'à la maison de son père. Mais à bien y penser, il préférait largement rentrer chez lui au calme et reprendre ses esprits. Il se dirigea jusqu'au comptoir du stand de location de véhicules d'un pas résigné.

LE LENDEMAIN matin, en traversant la banlieue de Portland dans laquelle il avait grandi, Belle fut assailli par une vague de souvenirs. Il réalisa alors que très peu d'entre eux étaient des souvenirs heureux. Regarder ses frères jouer sans lui et l'ignorer. Attendre le retour de son père tous les soirs, pour finalement s'endormir sur le tapis au milieu du salon, comme un chien. S'occuper de sa mère pendant sa maladie.

Il se sentait étrangement déraciné.

Il commençait à comprendre que son appartement farfelu de Brooklyn, avec tous ses amis, toutes ces plantes, avec Magnus à ses côtés, était devenu sa véritable maison. Et il voulait rentrer chez lui.

Il se gara devant l'immense maison de style Tudor qu'il n'avait jamais vraiment aimée, et coupa le moteur. Il n'avait pas encore appelé Magnus, mais il préférait attendre de connaître tous les détails de cette histoire.

Il grimpa les marches du perron en constatant que les voitures de Rick et de Rusty étaient garées dans l'allée. Celle de son père devait être dans le garage.

Il réalisa subitement qu'il avait oublié ses clefs. Il appuya sur la sonnette en soupirant. Et, comme pour le téléphone de son frère la veille, il dut s'y prendre à plusieurs reprises avant que quelqu'un ne daigne venir lui ouvrir.

C'est Rusty qui l'accueillit sur le pas de la porte. Il affichait une expression étrange, comme s'il se retenait de rire. Ou peut-être de pleurer ? Pris de panique, Belle l'attrapa par le bras.

— Qu'est-ce qui ne va pas ? Où est papa ? Rusty, dis-moi ce qui se passe !

— Ne t'inquiète pas, petit frère, dit-il en souriant. Tu es pile à l'heure. Entre.

— Pile à l'heure pour quoi ? demanda Belle en le suivant dans l'entrée.

Belle jeta un regard mélancolique sur les tableaux baroques accrochés au mur et les vieux meubles en bois sombre. Sa mère avait préféré le mobilier moderne et les couleurs claires, mais le père de Belle avait eu le dernier mot. Tout était poussiéreux. La maison n'avait pas l'air sale, simplement abandonnée.

— Où est papa ? répéta-t-il.

Rusty pointa le salon du doigt, et Belle se précipita dans cette direction. Lorsqu'il entra dans la pièce, il découvrit son père, affalé dans le canapé, et Rick, assis sur un fauteuil à côté de lui. Le cœur de Belle manqua un battement. Il y avait un verre de whisky posé sur la table basse, et un match de foot défilait sur l'écran de télévision à un volume assourdissant. On aurait dit un dimanche après-midi comme tant d'autres chez les garçons Belleterre. Sauf que ce n'était ni un dimanche, ni l'après-midi.

— Est-ce que quelqu'un veut bien m'expliquer ce qui se passe ici ? demanda Belle en croisant les bras.

— C'est un sacré bon match, répondit son père avec un geste mou de la main, sans décoller ses yeux de l'écran. Installe-toi. Tu veux du café ?

Belle sentit une vague de colère noire comme la nuit l'envahir. Il avait envie de hurler, de casser quelque chose.

— Qu'est-ce que je fais là ? demanda-t-il d'une voix trop calme.

— Tu es venu voir ton père, quelle question. Rick t'a bien expliqué que je voulais vraiment que tu rentres, non ?

— Non. Il m'a dit que tu étais malade.

— Je n'ai pas dit ça, protesta Rick en se laissant aller contre son fauteuil. J'ai dit que papa n'allait pas bien, c'est toi qui as fait des conclusions hâtives.

— Tu m'as laissé croire le pire sans même m'expliquer, dit-il entre ses dents.

— Ben voyons.

Rusty sortit de la cuisine avec une tasse de café, et la tendit à Belle. Un café noir. Personne dans sa famille n'avait jamais été fichu de se souvenir qu'il ne le buvait qu'avec du lait. Ce simple petit rappel lui fit monter les larmes aux yeux.

— Je peux rentrer à New York, alors ?

— Je ne crois pas, non, répondit Rusty.

— Mais qu'est-ce que…

La sonnerie du téléphone portable de Belle les interrompit. C'était sans doute Magnus qui s'inquiétait.

Belle décrocha.

— Je suis désolé de ne pas avoir appelé plus…

— Docteur Belleterre ? l'interrompit une voix féminine.

— Quoi ? Oh, oui. C'est moi ?

Il entendit Rusty ricaner, et tourna le dos à sa famille.

— Docteur Belleterre, nous venons d'être informés de votre décision de retourner travailler pour Bella Terra. Compte tenu du fait que cette

173

société est techniquement un concurrent de Beauty Inc., je tenais à vous informer que votre démission est effective immédiatement.

— Ma... quoi ?

— Vos effets personnels étant encore dans votre bureau, je demanderai à Leroy de les rassembler et de vous les faire parvenir. Votre logement vous ayant été pourvu par Beauty Inc., je vais également devoir vous demander de déménager dans les plus brefs délais. Quant aux dossiers sur lesquels vous étiez en train de...

— Attendez ! C'est ridicule, je n'ai jamais démissionné !

— Docteur Belleterre, cette information nous vient tout droit d'un membre du comité, et un communiqué de presse officiel a été délivré ce matin même, communiqué dans lequel une citation pour le moins dénigrante de Bella Terra au sujet de Beauty Inc. était présente. Si vraiment vous n'avez pas démissionné, je trouve la situation quelque peu suspecte et vous recommande de voir ça directement avec le comité, ce n'est plus du ressort des RH.

Elle raccrocha. Toutes les cellules du corps de Belle se glacèrent d'effroi. Son travail, sa maison... Il venait de perdre tout ce qu'il aimait. Il se tourna lentement vers son père et ses frères.

— C'était vous.

— On t'a aidé, confirma Rusty en hochant la tête. Ça n'a pas été très compliqué. Visiblement tu t'étais déjà fait de sacrés ennemis au comité, il n'en a pas fallu beaucoup pour te faire virer.

— Mais pourquoi ?

— J'ai essayé de t'expliquer que Bella Terra avait désespérément besoin de toi, ajouta son père en se redressant dans le canapé. Je t'ai dit qu'on risquait la faillite, alors quand l'opportunité s'est présentée de te récupérer, je l'ai saisie. Ta place est ici.

— On a fait ça pour toi, ajouta Rusty.

— Est-ce qu'à un seul moment il vous est venu à l'idée de me tenir au courant ? De me demander ce que j'en pensais ?

— Bon Dieu, Belle, tu n'es jamais content ! s'écria Rick. Tu étais en colère quand tu as dû partir, et maintenant tu es en colère parce qu'on t'a fait revenir ?

Il fallait qu'il appelle Magnus. Le plus vite possible. Belle tourna les talons et se précipita à l'extérieur de la maison.

— Belle ! appela son père derrière lui, mais il avait déjà ouvert la porte d'entrée, et se dirigeait vers sa voiture de location en composant le numéro de Magnus.

Il démarra le moteur et attendit que Magnus décroche en pianotant impatiemment des doigts sur le volant.

— Allez, décroche, décroche… murmura-t-il en rejoignant la route.

— *Bonjour, vous êtes bien sur le répondeur de Magnus. Je suis désolé d'avoir manqué votre appel, laissez-moi un message et je vous rappellerai.*

Belle sentit les larmes couler le long de ses joues en entendant la voix de Magnus.

— Magnus, c'est Belle. Je n'ai pas démissionné, je te le jure. C'est ma famille qui a tout manigancé avec l'aide de quelqu'un du comité de Beauty Inc. Il faut que tu me croies, je t'en supplie. Je ne savais rien de tout ça. Je ne veux plus être ici, tout ce que je veux c'est être avec toi. Viens me chercher s'il te plaît, je veux rentrer à la maison. S'il te plaît, s'il te plaît…

Il laissa tomber sa tête contre le volant en sanglotant et le bip de fin de message retentit.

Le conducteur derrière lui klaxonna, et Belle réalisa que le feu rouge auquel il s'était arrêté venait de passer au vert. Il rentra chez lui, l'esprit perdu dans un nuage de tristesse, en songeant amèrement que ce n'était plus chez lui.

Arrivé devant la maison, il se gara, descendit, et se rendit instinctivement dans le jardin. Il avait payé le petit voisin pour qu'il prenne soin de ses plantes, mais la végétation poussait malgré tout dans tous les sens. Il se laissa tomber sur sa balançoire, et se balança mollement en levant la tête pour sentir la bruine sur son visage. Pas d'odeur de fleurs tropicales ni de terre chaude et humide. Il poussa un long et douloureux soupir. Pourquoi Magnus ne l'avait-il pas rappelé ? Peut-être qu'il ne le croyait pas…

Belle descendit de la balançoire. Malheureusement, il savait qu'il serait plus facile pour Magnus de croire que Belle s'était servi de lui, plutôt que de croire qu'il était amoureux de lui. Car c'était pourtant bien de ça qu'il s'agissait. Belle était tombé amoureux de Magnus Strong.

Il fallait que Magnus le sache. Il fallait que Belle le lui dise de vive voix. Même si Magnus ne partageait pas ses sentiments, il fallait que Belle lui fasse comprendre qu'il ne l'avait pas trahi. Il reprit son téléphone en main, et composa un autre numéro.

— Belle, mon garçon !

— Bonjour Mister P., vous êtes au courant de ce qui s'est passé ?

— J'en ai bien peur. Les RH m'ont appelé pour m'informer que tu avais démissionné et que tu n'aurais plus besoin de l'appartement. Mais ne t'inquiète pas, je n'avais pas l'intention de faire quoi que ce soit tant que je ne t'avais pas entendu directement. L'appartement est à toi tant que tu le voudras.

— Pour toujours. Je le veux pour toujours, répondit désespérément Belle.

— Oh ?

— Oui, même si Beauty Inc. refuse de me reprendre, tant pis, je trouverai un autre travail, mais je veux rester auprès de Magnus. J'ai tellement peur qu'il croie tout ce qu'on raconte alors que rien de tout ça n'est vrai !

— Pourquoi penses-tu qu'il y croirait ?

— Parce qu'il est prêt à croire n'importe quoi qui pourrait le rendre malheureux. Il est persuadé qu'il ne mérite pas le bonheur. Il doit déjà se dire que j'ai fait semblant pendant tout ce temps simplement pour mieux me servir de lui, mon Dieu… Je l'aime, Mister P., je suis tombé amoureux de lui et je refuse de le laisser croire qu'il ne mérite pas cet amour. Il faut que je trouve un moyen de lui expliquer.

— C'est un très beau sentiment, Belle, mais est-ce que tu as lu la presse à sensation dernièrement ?

— Quoi ? Non, je ne lis jamais ces torchons.

— Je crois que pour une fois, tu ferais peut-être bien d'y jeter un œil. Est-ce que tu as eu l'occasion de parler avec Judy ?

— Pas encore.

— Elle est morte d'inquiétude, mais je vais lui dire que tu vas bien, que tu seras très bientôt de retour, et que tu as simplement quelques dernières choses à régler.

— Des choses à régler ?

— Fais-moi confiance.

Assis sur le lit, Magnus fixa l'écran de son ordinateur portable. Il venait de recevoir un e-mail étrange de Christian, dans lequel il lui expliquait que Belle avait prétendu devoir partir pour une urgence familiale, alors qu'en réalité, il était simplement retourné travailler pour Bella Terra.

Le cœur battant à tout rompre, Magnus prit une profonde inspiration, puis cliqua sur le lien qu'il lui avait envoyé. Le communiqué de presse était déjà disponible sur une dizaine de sites web différents, avec une citation de Belle qui expliquait qu'il avait payé sa dette à Beauty Inc., qu'il avait retrouvé sa véritable place à Bella Terra, et qu'il avait bien l'intention de montrer à leur concurrent de quoi il était capable, avec la sortie de sa nouvelle crème.

Magnus baissa l'écran de l'ordinateur, le posa sur le lit, se leva, et s'avança jusqu'à la fenêtre. Dehors, le soleil brillait au-dessus de l'étendue infinie de l'océan azur. Il n'était pas à Cleveland. Il n'avait jamais été question de se rendre à Cleveland, mais de faire une surprise à Belle. Belle, qui ne reviendrait plus jamais.

Il y avait peu de chances pour que le jeune homme soit à l'origine de ce grossier communiqué. Il n'avait décemment pas pu prendre l'avion, et s'occuper de ça en même temps. D'autant que Magnus trouvait cela extrêmement suspect que la nouvelle lui vienne de Christian.

Il poussa un long soupir, et se laissa tomber dans un fauteuil.

C'était peut-être mieux ainsi. Belle était coincé entre l'amour qu'il portait à sa famille, le produit qu'il avait créé, et la loyauté qu'il devait à Magnus et à Beauty Inc. Magnus le connaissait, il était tellement reconnaissant envers eux, jamais il ne serait rentré dans l'Oregon de cette façon. Mais on ne lui avait pas laissé le choix, et c'était peut-être la meilleure chose qui puisse arriver au jeune homme. Magnus avait fait preuve d'un égoïsme monstrueux en le faisant venir à New York. Il s'était persuadé que c'était pour le bien du jeune homme, mais Belle avait eu raison dès le début. Ce n'était que pour le séduire.

Magnus sentit les larmes lui brûler les yeux.

Belle devait rentrer chez lui. Sa véritable place était dans l'Oregon, auprès de sa famille, même si selon Magnus, ils ne le méritaient pas. Belle ne pouvait pas rester séquestré à New York et payer la dette de son père jusqu'à la fin des temps. Magnus s'assurerait de faire rentrer Judy aussi, pour que Belle ne soit pas seul. Très vite, ils oublieraient New York, Beauty Inc., et Magnus.

Il se passa une main sur le visage. Son horrible visage couvert de cicatrices.

Une femme entra dans sa chambre.

— Bonjour, Señor Strong. Aujourd'hui il faut vous reposer et vous préparer pour la grande opération de demain, dit-elle en éloignant son ordinateur portable.

Magnus songea distraitement qu'il n'avait pas vérifié son téléphone depuis un moment. Et si Belle avait appelé ? Non, ça ne changerait rien.

Il avait tout réglé avant son départ, il ne lui restait plus qu'à se détendre et à être patient. Il respira profondément, et essaya de se détendre.

— Merci, Maria, dit-il en se tournant de nouveau vers sa fenêtre pour observer l'océan.

— NON. NON! s'écria Belle en regardant l'écran devant lui.

« *Le célèbre milliardaire et PDG de Beauty Inc, Magnus Strong, rendu célèbre grâce à son horrible visage couvert de cicatrices, aurait finalement pris la décision de passer sous le bistouri pour faire disparaître les traces du tragique accident de voiture qui l'a défiguré dans son adolescence. Se pourrait-il que cette décision ait un lien avec le mystérieux et séduisant chimiste qui était à son bras ces dernières semaines ? Se pourrait-il que les complexes aient eu raison du grand et puissant Magnus Strong ?* »

Belle se laissa tomber entre les draps en sanglotant pendant Dieu seul savait combien de temps. Lorsqu'il se redressa enfin, il attrapa son téléphone, déterminé.

Après plus d'une heure passée à crier et à supplier, son oreille droite était brûlante, mais il était parvenu à ses fins. Il avait réussi à obtenir quelques réponses et à réserver un billet d'avion. Il récupéra son passeport, ferma sa valise à la hâte, et se dirigea vers la porte d'entrée.

Il fut surpris de trouver Rick et Rusty au beau milieu de son salon.

— Qu'est-ce que vous faites là ? demanda Belle en fronçant les sourcils.

— Tu avais laissé la porte ouverte, répondit Rick.

— Je n'ai pas le temps de discuter avec vous, j'ai un rendez-vous important.

Rick croisa ses gros bras sur son torse musclé, rappelant clairement à Belle qu'il pesait le triple de lui et qu'il pourrait très bien l'arrêter.

— Laisse-moi deviner, un rendez-vous à ta nouvelle société chérie ? Espèce de sale traître. Si tu t'en vas maintenant, tu ne seras plus jamais le bienvenu dans cette famille.

Rusty hocha la tête, et croisa les bras à son tour.

— Mais tu n'iras nulle part tant que tu n'auras pas réglé le problème avec le flacon de ta foutue crème. C'est de ta faute si notre entreprise est en train de couler.

Belle observa attentivement ses deux frères. Les deux frères qui ne s'étaient jamais préoccupés de lui une seule fois dans toute leur vie.

— C'est ridicule. Votre entreprise est en train de couler parce que papa est un alcoolique accro aux jeux qui a dilapidé tout notre argent avec votre aide, dit-il en traversant la pièce pour rejoindre la porte d'entrée.

— On ne peut pas te laisser partir, dit Rick en se dressant sur son chemin.

Belle hésita un instant. Est-ce qu'ils étaient vraiment capables de le retenir ici contre son gré ?

XX

— Est-ce que vous êtes prêt, Señor Strong ? C'est l'heure d'y aller, indiqua Maria, son infirmière, en lui souriant chaleureusement.

Magnus jeta un dernier regard à la vue à travers sa fenêtre, en songeant que c'était étrange comme l'océan pouvait changer d'une minute à l'autre. Calme et serein, puis tourmenté et imprévisible. Un peu comme sa vie ces derniers jours.

Il avança jusqu'au lit sur roulettes qui l'attendait à la porte de sa chambre, en se disant qu'il regrettait la sérénité de sa vie quelques jours plus tôt. Et dire qu'il avait préparé tout ça dans l'idée de faire une surprise à Belle. Il ne savait même plus pourquoi il était là, à présent. Il s'allongea sur le lit, et ferma les yeux.

— Vous êtes bien installé ? demanda Maria.

— Ça va, répondit-il.

Un jeune interne le poussa sur son lit à travers le couloir. Magnus rouvrit les yeux et vit passer une pancarte sur laquelle il y avait une flèche, et il était écrit « Bloc Opératoire » en espagnol.

Son estomac se contracta.

Le chirurgien, docteur Morales, apparut à ses côtés.

— Bonjour Magnus, comment vous sentez-vous ?

— Ça va, répéta-t-il en serrant les poings.

— Ne soyez pas inquiet, la chirurgie esthétique a fait d'immenses progrès ces dernières années. Le résultat va vous changer la vie.

— J'avais fini par m'habituer à ma sale trogne.

— Vous vous habituerez encore plus vite à votre nouveau et séduisant visage, vous verrez.

— Et si… Attendez, dit-il enfin.

— Que se passe-t-il ? demanda le docteur.

— Je veux mon téléphone. Arrêtez-vous une minute et donnez-moi mon téléphone.

— Nous vous le rendrons dès que vous serez en salle de réveil, le rassura Maria en posant une main sur son bras.

Il secoua énergiquement la tête et se rassit. Il était en train de paniquer.

— Non, non. Je suis désolé, mais il me le faut maintenant.

— Docteur ? demanda Maria, incertaine, en levant les yeux vers Morales.

— Donnez-lui son téléphone, répondit-il simplement en haussant les épaules.

Elle fit demi-tour et trottina jusqu'à sa chambre, et le bruit de ses sabots en plastique qui couinaient sur le linoléum envahit le couloir.

Magnus fixa ses mains en se forçant à respirer calmement, pendant que le docteur Morales et l'interne échangeaient en espagnol juste à côté de lui. Il comprit rapidement que le docteur expliquait qu'il n'était pas un patient difficile, et que si c'était sa seule requête extravagante, on pouvait bien la lui accorder.

Qu'est-ce qui lui prenait au juste ? Que comptait-il faire ? Il ne le savait même pas lui-même.

Maria revint en courant, et lui tendit son téléphone.

— Merci, dit-il avec un signe de tête.

Tout le monde attendit patiemment pendant qu'il rallumait son téléphone. Après quelques minutes, il vit qu'il avait plusieurs appels en absence et des messages vocaux. Deux du bureau, un de Christian, un des RH, et un de Belle.

Il appuya aussitôt sur celui de Belle, et pressa le téléphone contre son oreille. La magnifique voix de Belle retentit, et Magnus sentit les larmes lui monter aux yeux. Peut-être qu'il n'était pas capable de formuler avec des mots ce qu'il voulait, mais en entendant la voix de Belle, il sut. Les larmes se mirent à couler, tandis que la voix de Belle le suppliait :

« *Je veux rentrer à la maison. S'il te plaît, s'il te plaît...* »

— Que se passe-t-il, monsieur Strong ? Des mauvaises nouvelles ?

— Non. Non, pas exactement.

Un vacarme soudain retentit à l'autre bout du couloir, et Magnus redressa la tête.

Belle apparut en courant, suivi de près par trois aides-soignants et un infirmier. Il courait comme s'il avait le diable aux trousses, puis s'arrêta brusquement, comme si on venait de coller ses chaussures au sol.

— Magnus, ne fais pas ça !

— Ne fais pas quoi, Belle ? demanda-t-il.

Les deux aides-soignants lui attrapèrent les bras, mais Magnus ordonna d'une voix ferme qui résonna dans tout le couloir :

— Lâchez-le, s'il vous plaît. Tout de suite.

Les deux hommes s'exécutèrent comme s'ils venaient de se brûler au contact de Belle, et le jeune homme se jeta sur Magnus.

— L'opération, je t'en prie. Ne fais pas ça. Sauf si tu le fais pour toi, et parce que tu as réalisé que ce n'était pas une punition du destin pour ce qui était arrivé à ta mère. Mais Magnus, si la seule raison pour laquelle tu t'apprêtais à le faire c'est moi, moi ou n'importe qui d'autre, je t'en prie, arrête-toi. Je t'aime exactement comme tu es. Quand je regarde ton visage, tout ce que je vois c'est ta bonté, ta gentillesse et ta générosité. À mes yeux tu es le plus bel homme du monde, et je veux voir ce visage à mes côtés jusqu'à la fin de ma vie, dit-il en essuyant rageusement les larmes qui coulaient le long de ses joues. Et je suis sûr que tous les gens qui t'aiment seront d'accord avec moi.

— Je ne comprends pas… Est-ce que tu es en train de me dire que tu m'aimes comme n'importe quelle autre personne qui tient à moi ? Comme un ami ? Comme un employé loyal ? demanda Magnus, le cœur au bord des lèvres.

Belle essuya son visage avec sa manche, et Magnus se sentit fondre un peu en observant cet adorable spectacle.

— Bien sûr que non ! Si jamais un de tes employés t'aime comme je t'aime, dis-moi tout de suite de qui il s'agit, je lui arracherai le cœur et je le donnerai en pâture à la plante carnivore d'Henry.

Magnus ne savait plus vraiment s'il avait envie de rire ou de pleurer. Belle baissa la tête, et Magnus aperçut un énorme hématome sur sa mâchoire.

— Belle, qu'est-ce que c'est que ça sur ton visage ? Est-ce que quelqu'un t'a fait du mal ?

Belle redressa rapidement la tête, les yeux écarquillés.

— Je… Je me suis pris le poing de mon frère dans la figure au moment où je lui ai balancé ma valise dans l'estomac.

— Pardon !? demanda Magnus en descendant de son lit. Je vais le tuer.

— Il va d'abord falloir attendre qu'il se réveille, expliqua fièrement Belle en haussant un sourcil.

Magnus sentit un courant d'air sur son derrière, et se rappela soudain qu'il était en robe d'hôpital. Il se tourna dans la direction de Maria, de l'interne et du docteur Morales, qui observaient la scène avec un grand sourire.

— Désolé, Doc, mais je crois que finalement, je ne vais pas avoir besoin d'un nouveau visage. L'homme dont je suis tombé amoureux a l'air d'être satisfait de celui-ci.

— Est-ce que tu viens de dire amoureux ? demanda Belle d'une petite voix.

— Évidemment, tu ne crois quand même pas que je m'apprêtais à faire ça simplement parce que tu es un excellent chimiste ?

Belle poussa un petit cri excité, et se jeta dans les bras de Magnus. Magnus ouvrit les bras pour le rattraper, offrant au passage une vue imprenable sur ses fesses à tous les gens qui étaient derrière lui.

— Et si on remontait tous les deux sur ce lit et qu'on laissait ces gentilles personnes nous ramener à ma chambre ? Ça évitera que j'offre un spectacle exhibitionniste à tout l'hôpital, proposa Magnus en riant.

Magnus se réinstalla sur le lit, et Belle vint aussitôt se blottir contre lui. Ils s'embrassèrent tout le long du chemin, jusqu'à la chambre de Magnus, au grand bonheur des patients qui se trouvaient dans le couloir.

BELLE CALA sa tête sous le menton de Magnus en regardant les nuages à travers le hublot.

— Si tu savais comme mon père et mes frères sont jaloux de cet avion. On l'a vu pour la première fois en arrivant à Las Vegas pour la convention.

— Le jour de notre rencontre.

— Oui, confirma Belle en souriant.

— Je suis désolé pour ce qui s'est passé avec ta famille. Quand on m'a dit que tu étais rentré dans l'Oregon, j'ai cru que c'était ton choix, et que tu voulais rester là-bas. Après tout, tu n'avais pas du tout envie de vivre à New York, au début. Je me suis dit que tu préférerais aider ton père plutôt que de rester travailler pour moi.

— Je voudrais bien aider mon père, répondit Belle en soupirant. Mais il faudrait qu'il commence par s'aider lui-même.

— Je n'arrive toujours pas à croire que tu as frappé ton frère avec ta valise.

— Il a essayé de se mettre entre nous, répondit férocement Belle en redressant la tête. Je n'ai pas réfléchi, c'est l'adrénaline qui a agi. Je dois admettre qu'il a eu l'air surpris.

— Et comment tu as fait pour savoir où j'étais ?

— Okay, je vais te le dire, mais promets-moi de ne pas lui en vouloir.

— J'imagine qu'on parle de Judy…

— Comment tu as su ?

— Une intuition, disons.

— J'étais complètement désespéré. Je l'ai appelée et elle a réussi à se rendre aux RH et à les convaincre de lui dire où tu étais. Elle a prétendu qu'elle devait te parler d'un gros problème juridique.

— Elle commence bien sa carrière d'avocate, commenta Magnus avec un reniflement amusé.

— Ce n'était pas vraiment un mensonge, la défendit Belle.

— Ah vraiment ?

— Non ! Qui sait ce qui se serait passé si elle n'avait pas obtenu cette information ? J'aurais pu faire de grosses bêtises et finir en prison. C'est un sérieux problème juridique, ça.

Magnus éclata de rire.

— Magnus ? appela doucement Belle après quelques minutes de silence.

— Hmm ?

— Pourquoi tu as pris rendez-vous pour cette opération ?

Magnus poussa un long soupir.

— Au début, c'était pour te faire une surprise. Et puis, après avoir lu le communiqué de presse, j'ai réalisé que je risquais de ne plus jamais te voir. Je me suis dit qu'avec cette opération, je te prouverais que j'étais capable de tourner la page, d'accepter mon passé. Pas pour que tu reviennes, mais simplement pour que tu saches que tu avais changé ma vie. Et que t'aimer avait fait de moi un homme meilleur.

— Dis-le-moi encore.

— Quoi donc ? demanda Magnus en souriant.

— Que tu m'aimes.

— Je t'aime, Belle. Je crois que je suis tombé amoureux au moment même où mes yeux se sont posés sur toi au restaurant, à Las Vegas.

— Répète après moi maintenant : « Je suis très bien comme je suis. ».

— Tu es sûr que tu ne préférerais pas que je sois aussi séduisant que toi ? plaisanta faiblement Magnus.

— Tu es déjà la personne la plus séduisante de la planète.

— Est-ce que tu voudras bien me pardonner si parfois j'oublie ?

— Si tu oublies quoi ?

— Que je suis chanceux de t'avoir.

— Ne t'inquiète pas, on se le rappellera mutuellement. Tout est réglé avec les RH ?

— Tout est réglé. Mais ils n'étaient pas très contents lorsqu'ils ont compris que Christian les avait manipulés. Toutes tes affaires ont été remises dans ton bureau, et Judy supervise les travaux du centre avec l'aide de la maman de Leroy. Et au fait, en parlant de Christian, il n'est plus membre du comité. J'ai parlé de ses agissements au président, qui s'est empressé de le remplacer par la toute première femme du comité. Il était grand temps, tu me diras. Un comité d'une entreprise de cosmétiques avec zéro femme, c'est un peu honteux.

— Tout est rentré dans l'ordre. Si on oublie mon horrible famille, on peut même dire que tout est bien qui finit bien.

Magnus lui sourit, et le serra contre lui.

QUELQUES HEURES plus tard, Leroy les déposa devant leur appartement de Brooklyn.

— Enfin de retour à la maison, murmura Belle en poussant un long soupir.

Mister P., Wanda, Henry, Fatima et Ahmed les attendaient dehors devant les marches. Judy était en train de les descendre lentement, mais Henry l'attrapa dans ses bras, sous les faibles protestations de la jeune femme, et la déposa délicatement dans les bras de Belle. Elle passa ses bras autour de son cou et l'embrassa sur la joue.

— Je suis tellement heureuse que tu sois rentré. Je n'aurais pas supporté de vivre aussi loin de toi, mais je ne pouvais pas non plus m'imaginer quitter cet endroit merveilleux.

— Jamais je ne serais parti si j'avais su ce qui se passait.

— Je savais que tu reviendrais.

— Tu aurais dû le dire à Magnus, il était bien moins convaincu, dit Belle en jetant un regard à son cher et tendre.

— Ça aurait été avec plaisir, s'il nous avait dit où *il* allait.

— Une chose est sûre, ça n'a pas pris beaucoup de temps à Belle pour trouver, chantonna Magnus.

— Oh mon Dieu ! Tu lui as dit que j'avais menti aux RH !

— Yep. Tu es virée.

L'espace d'un instant, son visage se décomposa, puis elle donna un petit coup dans l'épaule de Belle.

— Espèce de menteur !

Belle gloussa en la reposant doucement sur ses pieds.

— Entrez tous à l'intérieur, les encouragea Mister P. Il y a plein de nourriture, et vous allez pouvoir nous raconter vos aventures en détail.

Une fois que tout le monde fut confortablement installé dans le salon de Wanda, avec un verre de vin, du houmous fait maison, et des pains pitas sur la table, Ahmed se tourna dans la direction de Belle.

— Alors c'est vrai ? Ta famille t'a kidnappé ?

— C'est un peu moins dramatique que ça, mais disons qu'avec l'aide d'un membre malhonnête du comité de Beauty Inc. qui ne m'aimait pas beaucoup, ils ont trouvé le moyen de me forcer à revenir.

— Mais c'est ta famille, protesta Fatima. Ils ne veulent pas ton bonheur ?

— Depuis la mort de ma mère, mon père a complètement perdu les pédales. Et mes deux frères n'ont fait qu'encourager son attitude destructrice. À présent ils sont coincés, leur seule chance de redresser la barre était avec la sortie de la crème que j'ai mise au point, mais ils ont un problème avec le flacon. Mon père a dilapidé tout l'argent de l'entreprise au jeu, c'est un véritable désastre.

— Et tu saurais comment réparer le flacon ? demanda curieusement Wanda.

— À quoi bon ? Tout l'argent qu'ils gagneront finira dans les addictions de mon père, de toute façon.

— Quand je pense que cette crème était *ton* projet, s'emporta Judy. Quel gâchis !

— C'est comme ça, je ne peux rien y faire.

— L'essentiel c'est que tu sois revenu. Ta place est ici.

— Je le sais, maintenant, répondit Belle en prenant la main de Magnus dans la sienne.

Après avoir bien mangé et bien bu, Magnus et lui remontèrent à l'appartement. Magnus l'arrêta devant la porte d'entrée, et l'embrassa tendrement.

— J'aime être ici avec toi, dit-il en poussant la porte pour l'ouvrir.

Belle entra dans l'appartement et écarquilla les yeux. Sur sa table basse, trônait le bol marocain qu'il aimait tant et qu'il avait trouvé chez un antiquaire. Rangés dans la bibliothèque, se trouvaient tous ses livres préférés.

— Je... Comment est-ce que...

Magnus sourit.

— Je me suis dit que puisque ta maison était maintenant ici, tu devrais avoir toutes tes affaires avec toi. Judy nous a aidés à choisir les objets qui avaient le plus de valeur à tes yeux, et je les ai fait livrer ici pendant qu'on quittait Mexico.

Émerveillé, Belle traversa l'appartement en observant chaque recoin. Il remarqua alors que, mêlés à ses propres affaires, se trouvaient des objets inconnus qui lui faisaient penser à Magnus.

— Est-ce que ce sont… tes livres ? demanda-t-il en découvrant des titres inconnus dans la bibliothèque.

— Oui. Je pourrai les retirer si tu préfères, je ne voulais pas être présomptueux.

— Oh mon Dieu ! s'exclama Belle en se jetant dans ses bras. Est-ce que ça veut dire que tu emménages avec moi ? Oh Magnus, je t'aime tellement.

— Je te montrerai quand même où j'habite, répondit Magnus en riant. Mais quelque chose me dit qu'on finira toujours par passer plus de temps ici, avec nos amis.

Les yeux de Belle s'embuèrent de larmes.

— Qu'est-ce qui t'arrive mon cœur ? Pourquoi tu pleures ?

— Pour la première fois de ma vie, je ne me sens pas seul.

— J'ai bien peur que tu finisses par regretter ta solitude entre ma présence et celle de tes adorables voisins envahissants, plaisanta Magnus en le serrant fort contre lui.

— Non, répondit Belle en se frottant les yeux. Être avec vous, c'est comme être seul, mais en mieux.

— J'ai essayé de racheter l'immeuble, mais j'ai découvert qu'il appartenait à Mister P., tu étais au courant ?

— Non. Ce petit homme est une véritable énigme.

— J'ai l'impression qu'il a des biens immobiliers partout à travers le monde. Il pourrait sans doute racheter Beauty Inc. avant même que je comprenne ce qui m'arrive.

Ils se rendirent dans la chambre main dans la main, et Belle poussa un petit cri excité en ouvrant son armoire et en découvrant tous les vêtements de Magnus.

— Je n'arrive pas à croire qu'on habite vraiment ensemble !

— J'ai du mal à réaliser aussi, répondit Magnus en riant. Tu as complètement chamboulé ma vie, Belle Belleterre, dit-il en s'asseyant sur le bord du lit. Avant de te rencontrer, je croyais que je n'aurais jamais droit au bonheur. Je pensais que c'était le prix à payer pour avoir causé la mort de ma mère. Mais tu m'as rendu heureux malgré tout, malgré moi, dit-il en souriant. Tu m'as montré que j'avais tort, et que ce n'était pas la solution.

Belle s'assit à ses côtés.

— Après la mort de ma mère, j'étais en colère tout le temps. J'en voulais à la terre entière, au cancer, à Dieu. Mais plus que tout, je lui en voulais à elle. Je ne voulais pas l'admettre, alors j'ai préféré me noyer dans la culpabilité. Je me disais que j'aurais dû mieux prendre soin d'elle, j'aurais dû l'emmener voir un docteur plus tôt. Je n'étais qu'un gamin, et je portais tout ce poids sur mes épaules.

— Qu'est-ce qui t'a fait réaliser que ce n'était pas ta faute ?

— Judy. Mon père travaillait sans cesse, mes frères préféraient faire comme si de rien n'était. Je sais que c'était leur façon à eux de gérer le chagrin, mais je devais m'occuper de ma mère tout seul, et je portais cette colère et cette culpabilité écrasantes en moi. Un jour, je suis rentré de l'école à vélo, et j'ai eu un accident. Je me suis cassé le bras. Judy est arrivée aussitôt, et elle est entrée dans une rage folle. Elle hurlait que c'était sa faute, et qu'elle aurait dû mieux veiller sur moi. Elle était dans un tel état que j'avais peur qu'elle se fasse du mal. Je l'ai attrapée par les bras, et je lui ai dit de se calmer, d'arrêter d'être ridicule, qu'elle n'aurait rien pu faire pour empêcher ça. Elle s'est arrêtée, d'un seul coup, m'a regardé droit dans les yeux et m'a demandé : « Alors pourquoi tu t'en veux pour le cancer de ta mère ? ». C'était comme se faire assommer par un mur de briques. Ce n'était pourtant qu'une gamine elle aussi à l'époque. Mais elle était déjà tellement intelligente…

— Si seulement je n'avais pas déconcentré ma mère, ce jour-là, souffla Magnus d'une voix tremblante.

— Je comprends ce que tu ressens, mais combien de fois dans une journée un enfant réclame-t-il l'attention de sa mère ?

— Des centaines de fois, probablement, répondit Magnus en haussant les épaules.

— Est-ce que ça fait d'eux de potentiels meurtriers ?

Magnus se laissa tomber, allongé sur le matelas.

— Tu sais que tu es étrangement lucide, pour un gamin de vingt-deux ans ?

— Je suis certain qu'on t'a déjà dit des choses bien plus intelligentes dans ta vie, mais pour la première fois, tu es prêt à les entendre, murmura Belle en s'allongeant à côté de lui. Rien ne nous fera jamais oublier nos mamans.

— Non, je sais. Comment s'appelait la tienne ?
— Analie.
— C'est joli.
— Elle aussi, elle était jolie.
Ils restèrent allongés en silence côte à côte.

XXI

MAGNUS SE tourna sur le côté et Belle l'observa attentivement.

— J'avais pensé qu'on célébrerait notre emménagement autrement, confia Magnus en passant une main dans les pâles cheveux soyeux de Belle. Je ne voulais pas être aussi sérieux.

— Je crois que nos mamans respectives ne nous en voudront pas si on laisse notre sérieux ici, et qu'on passe aux célébrations, dit-il en se tournant sur le ventre, et en regardant Magnus avec de grands yeux innocents. Tu avais quelque chose de précis en tête ?

— Pour tout t'avouer, je nous ai même acheté un cadeau de crémaillère.

— Vraiment ? Qu'est-ce que c'est ? demanda Belle, excité, en bondissant sur ses genoux.

— Regarde au-dessus de toi.

Belle leva les yeux vers le plafond, et son visage s'illumina.

— Mais dites-moi, monsieur Strong, est-ce que ces crochets que j'aperçois ont un rapport avec votre surprise ? demanda-t-il en baissant les yeux pour offrir à Magnus un regard suggestif. Je vais avoir besoin de voir le reste.

Et à en juger par la réaction de son entrejambe à la simple vue de ces crochets, le reste risquait de beaucoup lui plaire.

Magnus descendit du lit, fouilla dans l'armoire un instant, puis revint avec un tas de corde, de toile et de mousquetons. Il grimpa sur une chaise, et accrocha le système aux crochets du plafond.

— Oh mon Dieu, c'est un harnais, gémit Belle.

— J'en ai souvent entendu parler, et j'ai toujours eu envie d'essayer. Je me suis dit que c'était l'occasion rêvée, dit Magnus avec un sourire ravageur.

— La taille est ajustable, j'imagine, commenta Belle faussement sérieux.

— Bien entendu.

— Vendu ! Je veux l'essayer, s'exclama Belle en commençant aussitôt à se déshabiller.

190

— J'en conclus que tu aimes ton cadeau, lança Magnus en retirant également ses vêtements.

— Est-ce que tu plaisantes ? Tu penses qu'il supportera mon poids ?

— Leroy m'a assuré qu'il était fait pour résister jusqu'au double de *mon* poids.

— Leroy ?

— On ne peut rien cacher à son chauffeur, fais-toi à l'idée.

— Je suis tellement pressé d'essayer, s'exclama Belle en sautillant.

— Je vois ça, répondit Magnus en jetant un coup d'œil lourd de sens à son érection.

Après quelques manœuvres compliquées, ils finirent enfin par ajuster le harnais autour des cuisses de Belle, qui était à présent suspendu au plafond, les jambes écartées.

— Heureusement que je te fais une confiance aveugle, c'est sans doute la position la plus compromettante de toute mon existence.

— Et j'ai bien l'intention de te compromettre, ajouta Magnus en avançant vers lui, le tube de lubrifiant entre les mains. Tu es absolument magnifique, dans cette position, dit-il en s'agenouillant sur le lit, juste entre les jambes de Belle.

Sans autre préambule, il l'attrapa par les hanches, le tira vers lui, et plongea sa langue dans son anus.

— Oh mon Dieu, gémit Belle en balançant la tête en arrière.

C'était une sensation tellement différente de tout ce qu'il avait connu. Il se sentait à la fois puissant et vulnérable. La position dans laquelle il se trouvait permettait à la langue de Magnus d'atteindre des profondeurs insoupçonnées.

Magnus plongea ensuite deux doigts couverts de lubrifiant en lui, et lui massa la prostate, jusqu'à ce que Belle commence à voir des étoiles. Il retira ses doigts, et les remplaça à nouveau par sa langue.

— Mon Dieu, Magnus, c'est trop bon, ça va trop vite. Je veux te sentir en moi, dépêche-toi.

Magnus se redressa, enfila un préservatif, et d'un mouvement de hanches fluide et sensuel, il pénétra Belle jusqu'à la garde. Il l'attrapa de nouveau par les hanches, et le pilonna avec vigueur, faisant rebondir le sexe de Belle contre son estomac à chaque puissante pénétration.

Belle se mit à pousser des cris de plaisir et Magnus accéléra encore le rythme. Puis, subitement, il s'arrêta, attrapa les sangles du harnais et fit tourner Belle sur lui-même, avant de le pénétrer de nouveau, par-derrière cette fois-ci. Le changement d'angle ne fit qu'accroître l'extase de Belle qui ne savait plus ni où il était, ni qui il était. La force de son orgasme l'emporta comme un raz-de-marée, mais ce n'était rien comparé à l'océan d'amour pur qui irradiait de son cœur.

— Je t'aime ! cria-t-il en éjaculant enfin, sans même que Magnus ne l'ait touché.

LA JOURNALISTE pointa du doigt l'immeuble flambant neuf devant lequel une file de femmes attendaient en discutant.

— Monsieur Strong, vous devez être extrêmement fier de votre nouveau projet ? dit-elle en souriant à Belle et à Magnus. C'est un grand jour pour vous, mais également pour toute la ville de New York.

— Je vous remercie, mais il s'agit en fait du projet du docteur Belleterre. Je ne suis présent aujourd'hui que pour profiter un peu de sa gloire.

— Mais je ne peux pas m'empêcher de remarquer qu'il porte votre nom.

— Il porte celui de ma mère pour être exact, Beatrice Strong. C'est également une idée de Belle de l'avoir appelé le B. Strong Center. Nous espérons que ce nom parlera aux femmes atteintes du cancer et aux proches qui les entourent et qui mènent ce combat à leurs côtés.

— C'est une très belle idée, dit-elle en clignant des yeux pour chasser un début de larmes. Pourquoi n'êtes-vous pas à l'intérieur, docteur Belleterre ?

— Ce n'est pas ma place, répondit-il en souriant. Ce centre a été conçu pour répondre aux besoins des femmes atteintes du cancer, et il y a déjà à l'intérieur deux très courageuses femmes qui y ont survécu et qui sauront mieux que moi comment accueillir leurs consœurs.

— J'ai hâte de faire leur connaissance. Quel est votre prochain projet, docteur ? demanda-t-elle en lui tendant le micro.

— Eh bien, si ce centre fonctionne, nous aimerions en ouvrir d'autres, un peu partout à travers le pays.

— Y a-t-il des sorties de nouveaux produits révolutionnaires prévues chez Beauty Inc. ?

— Nous devrions avoir une annonce importante à faire très bientôt, répondit mystérieusement Magnus en serrant la main de Belle dans la sienne.

— J'ai hâte d'en savoir davantage ! Merci beaucoup à tous les deux pour votre temps. Je vais rentrer boire une petite coupe de champagne, si vous permettez.

— Je vous en prie, profitez-en.

Au même instant, monsieur Pennymaker sortit du centre et se dirigea vers eux, avec deux coupes de champagne en main.

— Tenez, jeunes gens. Je sais bien qu'il est interdit de consommer de l'alcool sur la voie publique, mais je suis sûr que la belle ville de New York fera une exception pour vous aujourd'hui. Magnus, est-ce que vous n'avez pas quelque chose à annoncer à Belle ?

— Quoi donc ? demanda Belle, curieux, en scrutant le visage qu'il aimait tant.

Magnus plongea le nez dans son verre de champagne, visiblement hésitant.

— Magnus, est-ce que tout va bien ? demanda Belle, le cœur battant.

— Je...

Magnus lança un regard nerveux à Mister P., puis à Belle.

— J'espère que tu ne trouveras pas ça despotique mais je... Je me suis permis de racheter ta crème à la société de ton père.

— Quoi ?

— J'ai acheté ton projet de crème. J'ai proposé à ton père de racheter la société tout entière, mais il a répondu qu'il voulait la garder pour tes frères.

— La rumeur raconte que vous avez payé une somme astronomique pour cette crème, ajouta Mister P. avec un sourire en coin.

— Ça n'a pas vraiment d'importance. Beauty Inc. possède à présent l'atout le plus important pour réussir : Belle. Je sais qu'il est la seule personne capable de vendre ce produit, j'étais prêt à payer n'importe quel prix.

— Et je crois savoir que la vente avait des mentions particulières ? ajouta malicieusement Mister P.

Magnus se tourna vers Belle, qui le regardait avec des yeux ronds, la bouche ouverte.

— Le contrat signé par ton père stipule qu'il n'aura l'argent de la vente que s'il accepte de faire une cure de désintoxication. Je sais que forcer quelqu'un à entrer en cure n'est pas la meilleure solution, mais je me suis dit que ça valait le coup d'essayer. Les paiements sont également étalés dans le temps, pour éviter qu'il dépense tout au jeu d'un seul coup.

— Je... Je ne sais pas quoi dire, murmura Belle en essuyant ses larmes. Merci, Magnus. Merci du fond du cœur pour tout ce que tu as fait. Tu n'imagines même pas ce que ça représente pour moi.

— J'ai déjà pensé à un nom pour ta crème.

— Vraiment ?

— Je pensais qu'on pourrait l'appeler Analie.

Les larmes de Belle redoublèrent et il hocha la tête.

— C'est parfait, souffla-t-il.

— Est-ce que tu es reconnaissant ? demanda Magnus, très sérieux.

— Au-delà des mots.

— Tant mieux, parce qu'il y a quelque chose que je voudrais que tu fasses pour moi en échange.

— Tu n'es plus contrarié par ma gratitude ? demanda Belle en penchant la tête sur le côté avec un petit sourire.

— Plus du tout.

— C'est une bonne nouvelle. Et je suis content que tu aies quelque chose à me demander en retour, ça veut dire que tu commences enfin à penser à ton bonheur. Qu'est-ce que je peux faire pour toi, mon amour ?

Magnus sortit de sa poche une magnifique rose couleur lavande.

— Tu peux m'épouser.

Belle poussa un cri perçant et se jeta dans les bras de Magnus pour l'embrasser. Il enroula ses jambes autour de sa taille sans aucune retenue, et tous les journalistes présents eurent l'occasion de prendre une photo de ce moment magique.

TARA LAIN écrit les aventures de ceux qu'elle appelle ses Beaux Garçons Romantiques, des personnages aussi charismatiques qu'inoubliables. Ses romans les mieux vendus lui ont valu de nombreux prix, tels que celui de la Meilleure Série, Meilleure Romance Contemporaine, Meilleure Romance Érotique, Meilleur Couple, Meilleure Romance LGBT et Meilleur Personnage Gay. Quant à Tara elle-même, elle a été élue Auteure de l'Année aux LRC Awards. Ses lecteurs qualifient souvent ses livres de « tendres », même si les scènes d'amour peuvent être torrides à souhait, parce que dans le fond, Tara est une romantique invétérée, et elle croit dur comme fer aux fins heureuses. Dans la vie de tous les jours, Tara est également à la tête d'un cabinet de communication et de relations publiques. Son amour pour les titres de roman percutants lui provient sans doute des années qu'elle a passées à devoir trouver des phrases d'accroche pour des instruments d'analyse et des semi-conducteurs. Elle organise des ateliers sur la promotion des auteurs, ainsi que des ateliers d'écriture. Elle vit avec ses deux âmes sœurs, son mari et son chien (qui est toujours un peu jaloux de toutes les photos de chats qu'elle poste sur Facebook), à Laguna Niguel, en Californie, tout près du bord de mer qui lui sert si souvent de toile de fond dans ses romans. Fervente défenseuse de la diversité, de la justice et des nouvelles expériences, Tara aime dire que sur sa pierre tombale on écrira simplement « Oui ! ».

E-mail : tara@taralain.com
Site Web : www.taralain.com
Blog : www.taralain.com/blog
Goodreads : www.goodreads.com/author/show/4541791.Tara_Lain
Pinterest : pinterest.com/taralain
Twitter : @taralain
Facebook : www.facebook.com/taralain
Barnes&Noble : www.barnesandnoble.com/s/
TaraLain?keyword=Tara+Lain&store=book

les braises
sous la cendre

TARA LAIN

Les contes de Pennymaker, numéro hors série

Mark Sintorella (surnommé Cendres) travaille sans relâche en tant que valet dans un hôtel de luxe le jour, et dessine des vêtements la nuit, dans l'espoir secret de réussir un jour à entrer en école de mode. Mais tous ses plans tombent à l'eau le jour où il rencontre Ashton Armitage, fils de la cinquième plus grosse fortune des États-Unis. Le Prince Ashton est sans conteste le jeune homme le plus séduisant que Mark ait jamais vu de sa vie.

Le testament du grand-père d'Ashton le contraint à se marier s'il veut toucher l'héritage familial, aussi décide-t-il d'épouser Kiki Fanderel. Ce que personne ne sait, c'est qu'en réalité, Ash est gay, et c'est le garçon qui nettoie les cheminées qui fait battre son cœur.

Pour compliquer encore la situation, l'étrange Carstairs Pennymaker, petit homme espiègle et facétieux, découvre que Mark est styliste et décide de lui faire porter ses créations en le faisant passer pour une femme, espérant ainsi impressionner les gourous de la mode qui séjournent à l'hôtel. Et lorsque sonnent les douze coups de minuit, le prince se retrouve confronté non pas à une, mais deux princesses. Seulement l'une d'entre elles n'est pas ce qu'elle semble être. À qui la chaussure ira-t-elle ? Seul le mystérieux Monsieur Pennymaker le sait…

www.dreamspinner-fr.com

BLANC
COMME NEIGE

TARA LAIN

Les contes de Pennymaker, numéro hors série

Le jeune Snowden « Snow » Reynaldi est brillant, beau et seul. Bien qu'il soit timide, étrange et toléré par les étudiants de l'Université NorCal parce que c'est un champion d'échecs réputé et qu'il aide à faire connaître l'école, cela ne l'empêche pas de fantasmer sur l'objet de ses désirs : Riley Prince, quarterback de l'équipe de football.

Lorsque Riley a besoin de cours de soutien en physique, Snow saute sur l'occasion et très vite, leur relation fait des étincelles – mais Riley doit encore sortir du placard avant de pouvoir avancer. Entre-temps, le véritable ami et mentor de Snow, le professeur Kingsley, épouse une femme qui veut secrètement s'accaparer la gloire et l'argent du championnat d'échecs. Peu de temps après, le professeur perd connaissance et Snow se retrouve submergé – littéralement. Dans une voiture !

Sept membres d'une fraternité de l'université de Grimm sauvent Snow juste à temps pour que sa vie aille de mal en pis et qu'il découvre que la seule relation qu'il a toujours désirée est en train de lui échapper. Avec le « diable » qui l'attend à chaque tournant, Snow se doit de survivre ne serait-ce que pour prouver qu'il est le plus honnête de tous et retrouver la confiance de son prince charmant.

www.dreamspinner-fr.com

Le chevalier
de l'avenue
de l'Océan
TARA LAIN

Un amour à Laguna, numéro hors série

Comment à vingt-cinq ans peut-on ignorer qu'on est gay ? C'est une question que Billy Ballew évite de se poser. Après l'échec de sa scolarité, il apprend à lire par sa propre volonté. Sa vie est conditionnée par son besoin d'aider ses parents en travaillant comme ouvrier du bâtiment, d'envoyer ses sœurs à l'université, d'entraîner son équipe junior de baseball et de ne surtout pas penser à ses trois échecs amoureux. Sa phobie des examens l'empêche de passer des validations pour devenir Entrepreneur en bâtiment comme il le souhaiterait, et la crainte du jugement de sa mère l'empêche de voir ce qui pourrait le rendre réellement heureux.

Puis, aux préparatifs du grand mariage de sa sœur, Billy rencontre Shaz Chase Phillips – une étoile montante du stylisme qui est tout ce qu'il y a de plus gay. Pour Shaz, Billy incarne ce qu'il a toujours recherché : fidèle, honnête, courageux. Mais même si Billy se révèle être gay, sera-t-il capable de sortir avec quelqu'un comme Shaz ? Comment deux hommes que tout sépare réussiront-ils à être ensemble ? Est-ce que le Styliste de l'année et le chevalier de l'avenue de l'Océan peuvent s'aimer ?

www.dreamspinner-fr.com

Le valet des cœurs brisés

des cœurs brisés

brisés

TARA LAIN

Ce que font les cowboys, numéro hors série

Rand McIntyre se contente d'une vie satisfaisante. Il aime son petit ranch en Californie, élever des chevaux et apprendre à monter aux enfants – mais pour avoir ses propres enfants et une personne à aimer, il serait obligé de révéler son homosexualité et cela mettrait en péril tout ce qu'il a construit. Un jour, malgré sa phobie de prendre l'avion, il part en vacances à Hana, Hawaii, avec ses parents et rencontre le ténébreux et mystérieux Kai Kealoha, un vrai cowboy hawaiien. Rand se prend d'affection pour le petit frère et la petite sœur de Kai autant qu'il s'éprend du jeune homme, mais Kai est plus piquant qu'un lézard à cornes et plus mystérieux que le territoire exotique dont il est originaire.

Kai tient à son intimité et vit pour protéger ses « enfants ». Pour le bien de tout le monde, il vaut mieux qu'il garde ses distances avec le beau et grand cowboy – mais comme cet homme n'est qu'un haole venu prendre de courtes vacances, peut-il vraiment causer des dommages ? Quand les plus grandes peurs de Kai et les cauchemars les plus atroces de Rand deviennent réalité, il y a peu d'espoir pour une relation entre deux cowboys qui ne peuvent pas – ou ne veulent pas – se révéler au grand jour.

www.dreamspinner-fr.com

DREAMSPUN
DESIRES

UNE MARIÉE
SUR MESURE
Tara Lain

Il épousera la femme
de chambre pour hériter de
50 millions de dollars, mais un secret
pourrait faire capoter l'affaire.

Il épousera la femme de chambre pour hériter de 50 millions de dollars, mais un secret pourrait faire capoter l'affaire.

Taylor Fitzgerald a besoin d'une mariée de dernière minute.

À la veille de son vingt-cinquième anniversaire, le fils du milliardaire découvre, bien qu'il soit gay, qu'il doit épouser une femme avant minuit ou perdre un héritage de cinquante millions de dollars. Il file donc à Las Vegas… où il rencontre la belle femme de chambre Ally May.

Il y a juste un problème de taille : Ally est en fait Alessandro Macias, fils d'un imposant magnat de l'hôtellerie brésilien. Mais si Ally continue à prétendre être une fille un peu plus longtemps, y a-t-il une chance qu'ils puissent découvrir que ce mariage est fait pour eux ?

www.dreamspinner-fr.com

Par Tara Lain

Une mariée sur mesure

UN AMOUR À LAGUNA
Le chevalier de l'avenue de l'Océan
Le valet des cœurs brisés

CE QUE FONT LES COWBOYS
Les cowboys se murent dans le silence

LES CONTES DE PENNYMAKER
Les braises sous la cendre
Blanc comme neige
Beauty, Inc.

Publié par Dreamspinner Press
www.dreamspinner-fr.com